本书由浙江师范大学出版基金（Publishing Foundation of Zhejiang Normal University）和浙江师范大学人文学院学科建设经费（中国语言文学）资助出版。

外国文学研究丛书

英国中世纪道德剧研究

人性、人生与戏剧

郭晓霞 朱琰 著

Research on
English Medieval Morality Plays:
Humanity, Life and Drama

浙江大学出版社
·杭州·

图书在版编目（CIP）数据

英国中世纪道德剧研究：人性、人生与戏剧 / 郭晓霞，朱琰著. -- 杭州：浙江大学出版社，2024.12.
ISBN 978-7-308-25744-2

Ⅰ．I561.073

中国国家版本馆 CIP 数据核字第 2024P3W783 号

英国中世纪道德剧研究：人性、人生与戏剧

郭晓霞　朱　琰　著

策划编辑	包灵灵
责任编辑	仝　林
责任校对	闻晓虹
封面设计	周　灵
出版发行	浙江大学出版社
	（杭州市天目山路 148 号　邮政编码 310007）
	（网址：http://www.zjupress.com）
排　　版	浙江大千时代文化传媒有限公司
印　　刷	杭州高腾印务有限公司
开　　本	710mm×1000mm　1/16
印　　张	14.25
字　　数	228 千
版 印 次	2024 年 12 月第 1 版　2024 年 12 月第 1 次印刷
书　　号	ISBN 978-7-308-25744-2
定　　价	68.00 元

版权所有　侵权必究　　印装差错　负责调换

浙江大学出版社市场运营中心联系方式：0571-88925591；http://zjdxcbs.tmall.com

目 录

绪 论 ……………………………………………………………… 1

第一章 英国中世纪道德剧的起源与发展 ……………………… 11
第一节 道德剧的起源 ………………………………………… 11
第二节 道德剧的发展 ………………………………………… 15

第二章 英国中世纪道德剧的思想观念与艺术价值 …………… 33
第一节 道德剧中的伦理观念 ………………………………… 33
第二节 道德剧中的人性观 …………………………………… 42
第三节 谊德剧的艺术价值 …………………………………… 55

第三章 英国中世纪道德剧在 16 世纪的演变 …………………… 64
第一节 道德剧的自我变革 …………………………………… 65
第二节 教育道德剧 …………………………………………… 72
第三节 政治道德剧 …………………………………………… 100

第四章 伊丽莎白时代剧作家与中世纪道德剧 ………………… 132
第一节 马洛与道德剧 ………………………………………… 132
第二节 莎士比亚与道德剧 …………………………………… 152

第五章　20世纪现代剧作家与中世纪道德剧 ………………… 181

第一节　叶芝与道德剧 ………………… 182
第二节　T．S．艾略特与道德剧 ………………… 195

参考文献 ………………… 206

后　记 ………………… 223

绪 论

国内外研究现状

英国中世纪道德剧(morality plays)共有五部作品保留下来,分别是《生之骄傲》(*The Pride of Life*,1337—1346)、《坚韧的堡垒》(*The Castle of Perseverance*,1405—1425)、《智慧》(*Wisdom*,1450—1500)、《人类》(*Mankind*,1465—1470)、《每个人》(*Everyman*,1495)。[①] 其中,《坚韧的堡垒》《智慧》和《人类》这三部戏剧的手稿曾被编辑在一起,归一个叫作考克斯·马克罗(Cox Macro,1683—1767)的人所有,所以这三部戏剧又被称作"马克罗戏剧"(Macro plays)。作为中世纪晚期英语文学的重要形式之一,道德剧是连接中世纪戏剧与文艺复兴戏剧的重要桥梁[②],对英国后世文学尤其是文艺复兴戏剧和20世纪现代戏剧产生了重要影响。第一,英国中世纪道德剧反映了中世纪后期生活在战争、瘟疫、产业转型、政治变革中的英国人对生命、罪恶、救赎、人性等方面的思考和探索,因此,探讨英国中世纪道德剧,可以加深我们对于英国中世纪后期社会、思想和文化的认识。第二,英国中世纪道德剧在戏剧主题、情节发展模式、戏

[①] 大部分学者认为,英国现存属于中世纪的道德剧有五部,这一观点可以参见:King, Pamela M. *Morality Plays*. In Beadle, Richard (ed.). *The Cambridge Companion to Medieval English Theatre*. Cambridge:Cambridge University Press, 1994:240-264. 也有部分学者将亨利·默德沃(Henry Medwall)于1495年创作的《本性》(*Nature*)看作道德剧,认为英国中世纪道德剧有六部,参见:Happé, Peter. *English Drama Before Shakespeare*. New York:Addison Wesley Longman, 1999:80. 一般认为,《本性》不具有道德剧的特点,属于中世纪后期的世俗戏剧"间插剧",因此,现存的英国中世纪道德剧共五部。

[②] Bevington, David (ed.). *Medieval Drama*. Cambridge:Hackett Publishing Company, 2012:795.

剧手法等方面对克里斯托弗·马洛（Christopher Marlowe）、莎士比亚（Shakespeare）等文艺复兴时期的剧作家产生了巨大影响，以道德剧为观测点，可以深入认识文艺复兴时期的戏剧和文化高潮。第三，英国中世纪道德剧自20世纪复演以来，对威廉·巴特勒·叶芝（William Butler Yeats）、T. S. 艾略特（T. S. Eliot）等现代剧作家产生了重要影响，由此可以深入认识西方现代戏剧的内涵和价值。第四，英国中世纪道德剧通过人们喜闻乐见的舞台形式和独特的艺术手法让广大目不识丁的观众在娱乐中潜移默化地得到了教育，实现了戏剧的娱乐与教育两大功能，这对于当下世界戏剧艺术的发展具有一定的借鉴价值。

对此，国内已有学者予以初步研究和论述。梁实秋先生在1919年出版的《英国文学选》中首次完整翻译了道德剧《每个人》，随后又在《英国文学史》中译介了道德剧《生之骄傲》并初步肯定了道德剧的价值，认为道德剧中具有寓言意味的人物形象使得观众在观看戏剧后产生强烈的情感共鸣，这份共鸣亦是中世纪道德剧在现代社会复活且深受欢迎的重要原因[①]。之后国内学界对道德剧的译介和研究经历了一段沉寂，及至21世纪，国内学界再次关注这一领域，大致有两种情况。

其一，从横向上将英国中世纪道德剧纳入中世纪文学研究的范畴，并强调其对文艺复兴戏剧产生了举足轻重的影响。著名学者杨慧林在其著作《基督教的底色与文化延伸》中对中世纪戏剧的起源进行了论证，并指出，"中世纪的戏剧并不是对前人传统的承袭、借鉴或改造而是带有更多的原创性……与基督教崇拜中的弥撒及圣餐仪式有着密切联系"[②]。刘建军在其著作《欧洲中世纪文学论稿（从公元5世纪到13世纪末）》中认为，"某些道德剧的作品，也给当时的社会提供了某些处世方式和道德行为方面的规范。这对粗野的中世纪而言，也是有一定价值的，不应完全否定"[③]。陆扬在《欧洲中世纪诗学》中认为，"比较昔日气象恢宏的希腊罗马戏剧，中世纪戏剧显得太为单薄而且粗陋。但不容忽视的是它正是以浓郁的非理性特征，对文艺复兴戏剧产生了举足轻重的影响"[④]。

---

① 梁实秋. 英国文学史(第一卷). 台北：协志工业丛书出版股份有限公司，1985：171-174.
② 杨慧林. 基督教的底色与文化延伸. 哈尔滨：黑龙江人民出版社，2002：214.
③ 刘建军. 欧洲中世纪文学论稿(从公元5世纪到13世纪末). 北京：中华书局，2010：234.
④ 陆扬. 欧洲中世纪诗学. 上海：上海社会科学院出版社，2000：166.

其二,从纵向上将道德剧纳入英国戏剧研究的范畴,强调其为英国戏剧的基本模式及发展奠定了基础。何其莘在其著作《英国戏剧史》第1章"英国戏剧的起源和中世纪的英国戏剧",以及与李赋宁合编的《英国中古时期文学史》第11章"中世纪的英国戏剧"中,初步介绍了英国中世纪道德剧的基本特征,认为中世纪道德剧具有以下五个方面的特征:第一,道德剧不取材于《圣经》故事,它的素材往往来自布道;第二,道德剧有很强的说教性,同时,剧作家在创作过程中将个人对于宗教、政治、社会、道德的看法共同融入戏剧中;第三,如果说在连环剧中核心人物是上帝的话,那么在道德剧中占主导地位的角色是人;第四,道德剧的主导情节是善恶之争,是代表善与恶的两股势力争夺人的灵魂的一场争斗;第五,道德剧不以组剧的形式出现,而且也与任何宗教节日无关。[①] 接着,这两部著作简要介绍了《坚韧的堡垒》《人类》《每个人》的剧情梗概,并指出,"道德剧比起神秘剧向现代戏剧的方向迈出了很大的一步"[②]。在《英国戏剧史》第2章"16世纪前期的英国戏剧"中,何其莘还介绍了16世纪的道德剧,提及了约翰·拉斯特尔(John Rastell)的《四种元素》(*Four Elements*,1517—1518)、约翰·雷德福德(John Redford)的《智慧与科学》(*Wit and Science*,1531—1547)以及约翰·贝尔(John Bale)的《约翰王》(*King Johan*,1539,1561)这三部道德剧,为我国学界认识中世纪道德剧在16世纪的演变奠定了基础。陈才宇在其著作《古英语与中古英语文学通论》第12章"戏剧"中,初步介绍了英国中世纪道德剧的发展过程,并指出,16世纪以后,"道德剧的发展并没有因时代的更替而结束。相反地,这历史的转型期恰恰成了道德剧创作的全盛期"[③],这一时期的许多文人作家都加入了创作道德剧的行列,至伊丽莎白时期,许多作家包括马洛和莎士比亚都受到道德剧的影响。肖明翰在其著作《英语文学传统之形成——中世纪英语文学研究》中初步论述了英国中世纪道德剧的基本内容,并肯定了道德剧的独特价值,认为道德剧中的人物形象不再是连环剧中的"《圣经》人物",这是戏剧发展

[①] 何其莘.英国戏剧史.南京:译林出版社,2008:10-11;李赋宁,何其莘.英国中古时期文学史.北京:外语教学与研究出版社,2005:228-229.
[②] 何其莘.英国戏剧史.南京:译林出版社,2008:11;李赋宁,何其莘.英国中古时期文学史.北京:外语教学与研究出版社,2005:229.
[③] 陈才宇.古英语与中古英语文学通论.北京:商务印书馆,2007:230.

的一次巨大飞跃。[①]

国外的研究较为深入，可以大致分为两个时期：其一是20世纪之前，无论是18世纪之前的片面否定、18世纪的理性价值批判，还是19世纪的剧场艺术考证，大都游离了中世纪戏剧的文学和审美特征。其二是20世纪以来，主要有以下四种基本类型。

第一，用比较的方法探讨中世纪道德剧与同期其他英语文学之间的关联。如阿诺德·威廉姆斯（Arnold Williams）在其著作《中世纪英国戏剧》（*The Drama of Medieval England*）中探讨了中世纪道德剧与同时期寓意文学的关系，并分别介绍了现存的五部道德剧的基本内涵，将中世纪道德剧称为"基督徒个人的戏剧"（the drama of the individual Christian）[②]。W. A. 达文波特（W. A. Davenport）在其著作《15世纪英国戏剧：早期道德剧和它们的文学关系》（*Fifteenth-Century English Drama: The Early Moral Plays and Their Literary Relations*）中分别论述了英国中世纪道德剧与同期其他文学之间的相互影响关系，认为《坚韧的堡垒》受到同时期编年史的影响，《智慧》受到同时期英国民间戏剧和神秘连环剧的影响，同时认为《生之骄傲》《每个人》促进了英国悲剧的诞生，而《人类》则促进了英国喜剧的诞生。[③]

第二，从影响研究的角度探讨英国中世纪道德剧对文艺复兴戏剧的意义。如伊丽莎白·简·谢利（Elizabeth Jane Shelley）在其硕士论文《中世纪对莎士比亚〈理查三世〉的影响：道德剧、奇迹剧和编年史》（"The Medieval Influences of Shakespeare's *Richard* Ⅲ: Morality Plays, Miracle Plays, and the Chronicles"）中论述了道德剧在结构、人物形象塑造等方面对莎士比亚的历史剧《理查三世》（*Richard* Ⅲ）的影响，认为《理查三世》与中世纪道德剧《坚韧的堡

[①] 肖明翰. 英语文学传统之形成——中世纪英语文学研究（下册）. 北京：社会科学文献出版社，2009：658-678.

[②] Williams, Arnold. *The Drama of Medieval England*. East Lansing: Michigan State University Press, 1961: 142-162.

[③] Davenport, W. A. *Fifteenth-Century English Drama: The Early Moral Plays and Their Literary Relations*. Cambridge: D. S. Brewer, 1982: 15-78.

垒》具有明显的互文性。① 罗伯特·波特(Robert Potter)在其著作《英国道德剧：起源、历史和对戏剧传统的影响》(*The English Morality Play: Origins, History and Influence of a Dramatic Tradition*)中对英国中世纪道德剧的起源和影响进行了系统研究,论述了中世纪道德剧的本质为"忏悔戏剧"(repentance drama)的观点,并初步探讨了英国中世纪道德剧对马洛、莎士比亚、本·琼森(Ben Johnson)等后世剧作家的影响,认为中世纪道德剧对伊丽莎白时代的戏剧产生了多种直接的和非直接的影响。② 哈丁·克雷格(Hardin Craig)在其论文《道德剧和伊丽莎白时期戏剧》("Morality Plays and Elizabethan Drama")中论述了道德剧在 16 世纪的发展,认为英国中世纪道德剧是伊丽莎白时期戏剧的先驱。③ 南茜·哈维(Nancy Harvey)在其博士论文中系统梳理了英国戏剧从中世纪道德剧、16 世纪道德间插剧直到马洛戏剧的发展历程,认为道德剧直接促进了英国悲剧的产生。④ 威拉德·法纳姆(Willard Farnham)在其著作《伊丽莎白时代悲剧的中世纪遗产》(*The Medieval Heritage of Elizabethan Tragedy*)中论述了伊丽莎白时代悲剧的起源,认为中世纪道德剧在死亡观念、悲剧精神等方面提供了重要资源,是悲剧形成的重要源头之一。⑤

第三,从文学和戏剧艺术角度探讨其内在的审美价值和意义价值。如艾尔伯特·汤普森(Elbert Thompson)在其著作《英国道德剧》(*The English Moral Plays*)中将英国中世纪道德剧置于中世纪文学传统中,分析了中世纪道德剧的神学内涵和寓意手法,认为中世纪道德剧的基本主题和手法在中世纪文学中极

---

① Shelley, Elizabeth J. The Medieval Influences of Shakespeare's *Richard III*: Morality Plays, Miracle Plays, and the Chronicles. Allendale: Grand Valley State University (Master Thesis), 2007: 7-35.

② Potter, Robert. *The English Morality Play: Origins, History and Influence of a Dramatic Tradition*. London and Boston: Routledge & Kegan Paul, 1975: 105.

③ Craig, Hardin. Morality Plays and Elizabethan Drama. *Shakespeare Quarterly*, 1950, 1 (2): 64-72.

④ Harvey, Nancy. The Morality Play and Tudor Tragedy: A Study of Certain Features of the Morality Play and Their Relationship to English Tragedy Through Marlowe. Raleigh: University of North Carolina at Chapel Hill (Doctoral Dissertation), 1969: 21-22.

⑤ Farnham, Willard. *The Medieval Heritage of Elizabethan Tragedy*. London: Lowe and Brydone, 1956: 173-270.

为常见。① 美国哈佛大学学者威廉·R.麦肯齐（William R. Mackenzie）在其著作《寓意视角下的英国道德剧》(*The English Moralities from the Point of View of Allegory*)中深入论述了道德剧中善、恶、人类等角色的具体寓意,并从艺术角度对道德剧重新定义,认为"一个道德剧就是一出戏,它在结构上是寓意的,其主要目的是为生活提供一些教训;它的人物也是寓意的,其主要人物都是拟人化的抽象概念或高度普遍化的类型人物"②。戴维·贝文顿（David Bevington）在其著作《从〈人类〉到马洛：英国都铎时期大众戏剧形式的发展》(*From Mankind to Marlowe: Growth of Structure in the Popular Drama of Tudor England*)中以英国现存的大量 15—16 世纪道德剧剧本为基础,对中世纪道德剧形式结构的特征和发展变化过程进行了深入分析,认为都铎时期的道德剧不仅是中世纪戏剧遗产的继承者,还是中世纪戏剧遗产的传播者。③

第四,从舞台艺术角度探讨其舞台变化及当下意义。如理查德·比德尔（Richard Beadle）主编的《剑桥中世纪英国剧场》(*The Cambridge Companion to Medieval English Theatre*)收录了帕米拉·金（Pamela King）的文章《道德剧》("Morality Plays"),该文具体分析了现存五部中世纪道德剧的文本内容和舞台呈现,指出中世纪道德剧的演出形式对其后的都铎戏剧产生了很大影响。④ 凯迪·诺明顿（Katie Normington）在其著作《中世纪英国戏剧——表演和观众》(*Medieval English Drama: Performance and Spectatorship*)中探讨了英国中世纪道德剧的舞台演出状况,认为《坚韧的堡垒》是一出"固定地点的戏"(fixed-place drama),在"固定地点＋临时舞台"上演出,而《人类》则属于"室内剧"(indoor drama)。⑤

---

① Thompson, Elbert N. S. *The English Moral Plays*. New Haven: Yale University Press, 1910: 312.
② Mackenzie, William R. *The English Moralities from the Point of View of Allegory*. Boston: Ginn and Company, 1914: 9.
③ Bevington, David. *From Mankind to Marlowe: Growth of Structure in the Popular Drama of Tudor England*. Cambridge, MA: Harvard University Press, 1962: 1.
④ King, Pamela M. Morality Plays. In Beadle, Richard (ed.). *The Cambridge Companion to Medieval English Theatre*. Cambridge: Cambridge University Press, 1994: 240-264.
⑤ Normington, Katie. *Medieval English Drama: Performance and Spectatorship*. Cambridge: Polity Press, 2009: 94-134.

大致说来,国内的研究尚处于起步阶段,仅在少量著作和论文中有所涉及,缺乏专题研究。国外的著作大都侧重于从某一角度考察具体问题,缺少整体综合意识,对中世纪道德剧流变的内驱力和所体现的文化内涵的关注也相对不足。本书试图在国内外已有成果的基础上,立足于当代中国的文化语境和知识体验,以翔实的第一手材料为依据,从戏剧的娱乐与教育两大功能的相互联系入手,整体探寻英国中世纪道德剧的发展轨迹、内在规律及其对英国后世文学的影响。

本书主要内容

英国中世纪道德剧结构紧凑,戏剧冲突尖锐、集中,寓意深刻,形式灵活,不但能够在中世纪天主教时代直接宣传基督教教义,而且也能够在文艺复兴、宗教改革语境中及时调整戏剧内涵,从而比中世纪其他类型的戏剧具有更加旺盛的生命力和更长的寿命,因此也具有更强的影响力。本书主要包括以下五章内容。

第一章主要探讨了英国中世纪道德剧的起源与发展。从产生时间上看,道德剧的产生时间稍晚于同时期其他类型的宗教剧;从起源上看,道德剧起源于中世纪基督教关于忏悔的布道传统,同时受到中世纪其他宗教剧、基督教寓意文学和民间戏剧等多种因素的影响;从形式和内容上看,道德剧以完整的故事寓意性地表现《圣经》和基督教教义,结构紧凑,形式灵活。现存的五部道德剧虽然内容较为简单,艺术手法也相对粗糙,但真实地反映了中世纪道德剧的面貌和成就。本章对现存的五部作品分别进行了详细分析和论述。

第二章主要探讨了英国中世纪道德剧的思想观念与艺术价值。道德剧是英国中世纪思想和社会语境下的产物,不但传达了中世纪基督教的神学教义,更重要的是反映了英国中世纪后期人们对生命与死亡、罪孽与忏悔、自由意志与恩典、神性与人性等道德议题的深入思考,奠定了现代英国人民对基本道德规范和现代人性的认知。道德剧中的人物面对的困境,不仅是人类普遍境遇的集中表达,也反映出个体在境遇中的不同选择,体现了中世纪人们对人类个体及群体处境的认知与思考。道德剧通过寓意手法取得了重要艺术成就,其寓意手法不仅使道德剧的表面故事具有了深刻寓意,同时也让基督教的教义形象地、可视化地展现在舞台上。与此同时,道德剧通过塑造一系列喜剧性人物、设置众多喜剧性场面(scene)和喜剧性场景(context),吸引观众,强化戏剧主题。寓意手法与喜剧性特征相得益彰,共同成就了中世纪道德剧,并对后世文学产生了重要影响。

第三章探讨了英国中世纪道德剧在16世纪的演变和世俗化。由于具有不同于中世纪其他宗教剧的独特艺术形式,道德剧在文艺复兴时期更容易适应时代变化,很快进行了自我调整和自我变革。就教诲内容而言,道德剧首先从天主教教义悄然转变成新教思想,如亨利·默德沃(Henry Medwall)的《本性》(*Nature*,1495)便一改传统道德剧的主题——人类灵魂中善与恶的斗争,主要展现主人公"人"(Man)在自我认识过程中理智与感觉的冲突;而道德剧最重要的一步变革是摆脱它被创造之初所具有的实用的宗教功能,将宗教教诲变成政治思想教育和行为规范指导,从而出现了教育道德剧和政治道德剧,前者如拉斯特尔的《四种要素》、雷德福德的《智慧与科学》等,后者如约翰·斯盖尔顿(John Skelton)的《辉煌》(*Magnyfycence*,1515—1522)、贝尔的《约翰王》等。道德剧在内容主题上最终被世俗化。

第四章探讨了英国中世纪道德剧对文艺复兴时期剧作家的影响。英国中世纪道德剧至少在三个方面深深影响了文艺复兴时期的剧作家。首先,道德剧中的寓意人物为文艺复兴时期的剧作家提供了典范。无论是《生之骄傲》中的"生之王"(King of Life),还是《坚韧的堡垒》《人类》中的"人类"和《每个人》中的"每个人"(Everyman),他们都是具有某种性格弱点的悲剧性人物,且具有普遍意义和隐喻色彩。这些主人公形象成为文艺复兴时期莎士比亚笔下麦克白、李尔王以及马洛笔下帖木儿大帝等悲剧主人公的原型,而道德剧中引诱主人公的恶魔则成为莎士比亚笔下伊阿古等恶魔式人物的原型。其次,道德剧"无罪—受引诱—堕落—忏悔—获救"的U形结构成为文艺复兴戏剧的基本情节模式,如文艺复兴喜剧以"受引诱—堕落—忏悔—获救"为基础,发展出"悲哀的开端,欢乐的结尾"的情节结构,而悲剧的结构模式则主要体现为"无罪—受引诱—堕落"。再次,道德剧通过截取生活横断面展现人物从出生到死亡的人生历程,这一戏剧手法影响了文艺复兴时期的剧作家。马洛的《帖木儿大帝》(*Tamburlaine the Great*,1586,1587)以点带面,生动讲述帖木儿大帝驰骋疆场、杀伐征战的人生经历,《浮士德博士的悲剧史》(*The Tragical History of the Life and Death of Doctor Faustus*,1588—1592)以浮士德的青年时期为中心,展现了浮士德博士一生的追求;莎士比亚的历史剧截取历史人物的横断面,展现英格兰历代君王的政治生涯与个人沉浮,《哈姆莱特》(Hamlet)、《奥赛罗》(Othello)、《麦克白》(Macbeth)、《李尔王》(King Lear)等悲剧无不是为英雄人物立传。

第五章探讨了英国中世纪道德剧对 20 世纪现代剧作家的影响。随着《每个人》于 1901 年在英国伦敦成功复演,中世纪道德剧再次引起西方戏剧界、文学界的关注。其中受道德剧影响最大的是爱尔兰剧作家叶芝和英国作家 T. S. 艾略特。叶芝的神秘主义创作观念深受宗教和道德剧的影响,同时,他在创作实践上吸收了道德剧的创作手法,创作了著名的《沙漏》(The Hour Glass,1902)一剧。该剧在形式、结构、寓意、人物等多个方面与道德剧相似,被认为是新时代的"道德剧"。在与中世纪语境截然不同的现代社会,《沙漏》传达了新的道德意义,闪耀出新的时代意义。作为 20 世纪后期象征主义文学的主要代表性人物,T. S. 艾略特也受到了 20 世纪初期上演的道德剧的影响。他创作的《大教堂凶杀案》(Murder in the Cathedral,1935)一剧为了表现托马斯·贝克特大主教殉道的主题,沿袭了古老的英国道德剧的模式。像许多道德剧一样,《大教堂凶杀案》是一出关于诱惑的戏剧,该剧塑造了善与恶之间的斗争冲突。

相对于以往的研究,本书试图在以下方面有所突破。

就学术思想而言,本书首次对现存的五部英国中世纪道德剧进行了深入研究,认为英国中世纪道德剧具有重要的思想和审美价值,并对后世英国乃至世界戏剧发展产生了重要影响;同时,本书以当下中国文化语境为立足点,从戏剧艺术发展规律和多种文化交融共生的角度探讨英国中世纪道德剧的本质特征,以建构中国学界对英国中世纪道德剧的认识和理解。

就学术观点而言,首先,本书厘清了英国中世纪道德剧发展嬗变的过程。英国中世纪道德剧起源于教堂的布道活动,最终在文艺复兴时期人文主义思潮的影响下世俗化。其次,本书还揭示了英国中世纪道德剧的本质特征。英国中世纪道德剧通过独特的艺术手法,不仅反映了英国人民对生命与死亡、罪孽与忏悔、自由意志与神的恩典、人的属性和价值等多方面的思考和伦理寻求,而且也展现了传统基督教思想与中世纪晚期萌芽的新的宗教思想的碰撞;它将个人的生命戏剧化,把人的尘世生命看作一个阶段,认为人生要经历"无罪—受引诱—堕落—忏悔—获救"的过程。在这个过程中,个体生命的发展成为戏剧的中心,个体如何得到上帝的拯救成为戏剧的主题,而这一主题也成为文艺复兴戏剧乃至后世文学关注的重要议题之一。

　　就研究方法而言,本书属于跨文化、跨学科的研究。所谓跨文化,至少涉及四种文化:盎格鲁-撒克逊文化、中世纪天主教文化、新教文化、古希腊罗马文化。所谓跨学科,至少涉及四个学科领域:《圣经》阐释学、戏剧文学、译介学、比较文学。因此,为了客观、全面、深入地展开研究,本书将运用历史考察、译介学和比较文学的方法,同时还使用戏剧文本分析和《圣经》神学阐释的方法。

第一章　英国中世纪道德剧的起源与发展

　　道德剧是英国中世纪后期主要的戏剧类型之一，盛行于 14—15 世纪，至 16 世纪中后期逐渐衰落。从产生时间上看，道德剧的产生时间稍晚于同时期连环剧(cycle plays)①、圣徒剧(saint plays)②等其他类型的宗教剧；从起源上看，道德剧起源于教堂的布道活动；从形式和内容上看，道德剧以完整的故事寓意性地表现《圣经》和基督教教义，结构紧凑，形式灵活。

第一节　道德剧的起源

　　关于道德剧的起源，早期学界大都认为道德剧从连环剧发展而来③，连环剧中的恶魔和寓意成分影响了道德剧的发展。20 世纪 60 年代以来，一些学者根据新的资料重新考证了道德剧的起源，他们指出，道德剧并非从连环剧的寓意成分发展而来④，而是"根源于中世纪神父的布道"⑤，其目的在于"重申教堂布道坛

---

① 该类戏剧又名"圣体剧"(Corpus Christi plays)、"神秘剧"(mystery plays)。较为成熟的连环剧最早大约在 1318—1376 年创作而成。详见：Kolve, V. A. *The Play Called Corpus Christi*. Stanford: Stanford University Press, 1966: 37.
② 圣徒剧形成于 12—13 世纪，繁荣于 14—15 世纪，16 世纪以后在宗教改革运动下逐渐衰落。
③ Bates, Katharine L. *The English Religious Drama*. New York: Macmillan, 1893: 203-204.
④ Thompson, Elbert N. S. *The English Moral Plays*. Rep. of 1910 ed. New York: AMS Press, 1970: 293.
⑤ Schell, Edgar T. & Shuchter, Irvine J. D. *English Morality Plays and Moral Interludes*. New York: Holt, Rinehart and Winston, 1969: vii.

上宣讲的基督教教义和道德"[①]。学者罗伯特·波特则进一步指出,道德剧起源于中世纪基督教关于忏悔的布道传统,并将道德剧称为"忏悔戏剧"[②]。这些学者的观点得到了现代学术界的普遍认可,即道德剧与中世纪教会的布道传统有直接关系。

在早期基督教时期,忏悔是一个公开的仪式,"悔罪的人要难堪地公开认罪,因禁食而形容憔悴,身穿麻布衣服,匍匐在会场门口,含泪请求恕罪,并恳求信徒们代他祈祷"[③]。通过这种方式,信徒之间形成了一种和睦的关系,它是一种新的受洗行为。但从6世纪开始,公开忏悔逐渐变成了信徒与神父之间的私密行为,信徒不再当着众信徒的面公开忏悔,而是只面对教堂的神父忏悔。1215年举行的第四次拉特兰公会(Fourth Lateran Council)则将忏悔确认为教会的七大圣事[④]之一,并确定了它在基督徒生命中的地位,要求所有成年基督徒至少一年忏悔一次。为了确保这项教义的实施,教会既要对神父也要对信徒开展广泛的教育,神父需要明确自己的职责:对信徒而言,为什么要忏悔?忏悔的意义是什么?哪些罪需要忏悔?如何忏悔?因此,这个时期,教会对神职人员和广大信众开展了一场持久而广泛的宗教教育和布道运动。对广大目不识丁的民众而言,抽象的讲解显然难以达到预期的效果,教会布道便运用具体的事例和生动的形象来表达基督教的抽象概念,教会要求传道士"讲述一些动人的讽喻故事和引用一些动听的范例;这样,深奥的讽喻就会使有学问的人大有裨益,简明的范例也会使无知的人深受教益"[⑤]。于是,大量的布道文、劝诫文、圣徒传、寓言故事应运而生,并最

---

① Thompson, Elbert N. S. *The English Moral Plays*. Rep. of 1910 ed. New York:AMS Press,1970:293.
② Potter, Robert. *The English Morality Play: Origins, History and Influence of a Dramatic Tradition*. London and Boston:Routledge & Kegan Paul,1975:29.
③ 吉本. 罗马帝国衰亡史(上). 黄宜思,黄雨石,译. 北京:商务印书馆,1997:285.
④ 中世纪基督教共有七大圣事:1. 洗礼圣事(婴儿洗礼);2. 坚振圣事(坚信礼);3. 圣体圣事(圣餐礼);4. 忏悔圣事(告解礼);5. 神品圣事(圣秩礼);6. 婚姻圣事(婚礼);7. 病人敷油(抹油礼)。
⑤ 伯罗. 中世纪作家和作品:中古英语文学及其背景(1100—1500). 沈弘,译. 北京:北京大学出版社,2007:149.

终以表演的方式将基督教教义搬上了舞台,以便发挥最有效的教育作用①。

教会的宗教教育运动还与14世纪英国的社会发展密切相关。英国的14世纪是"一个危险、动荡和颓废的时期"②。从威廉公爵征服英格兰以后,英国经过了两百多年的蓬勃发展,至13世纪末期,英国的人口、经济等都达到了一个高峰。进入14世纪后,瘟疫(黑死病)、英法百年战争(1337—1453)、频繁爆发的农民起义、两大政治势力之间的玫瑰战争(1455—1485)、贫富分化、教会腐败、道德沦丧等,都让人们感到深刻的道德危机,教会内部出现了宗教改革的呼声,对道德的救赎成为当时社会的主要问题。道德剧就是在这种情形下产生的。因此,学者大都把14世纪看作道德剧正式形成的时间。

教会的宗教教育运动和布道传统成为道德剧产生的直接动力,但是道德剧的形成和发展显然不是一蹴而就的,它还受到当时其他宗教剧、基督教寓意文学、民间戏剧等多种因素的影响。13—14世纪已经蓬勃发展的连环剧无疑也影响了道德剧的形成和发展,连环剧的恶魔形象、寓意手法、狂欢化的喜剧品格等都影响了道德剧的形成。其次,道德剧还受到中世纪寓意文学传统的深刻影响。受基督教神学思想的影响,中世纪出现了大量的寓意文学作品。早在4世纪后期,基督教作家普鲁登修斯(Prudentius)的史诗《心灵之战》(*Psychomachia*)就描述了由"枢机主教美德"所支持的信仰和偶像崇拜与相应的罪恶之间的斗争。在该作品中,在美德与邪恶之间的斗争中,"色欲"(Luxuria)一度占了上风,她在被彻底挫败之前,在其侍者"美丽"(Beauty)和"愉悦"(Pleasure)的伴随下,携带着她的武器——玫瑰花瓣和紫罗兰,一度成功地统治了"美德"(Virtue)的部队。该诗为中世纪寓意文学提供了灵感,其影响超过了它本身的艺术价值。学者H. J. 汤姆森(H. J. Thomson)将史诗《心灵之战》看作中世纪英语道德剧的文学原型③。13—14世纪,英国出现了大量的宗教寓意诗,其中包罗万象、影响最广泛

---

① Schell, Edgar T. & Shuchter, Irvine J. D. *English Morality Plays and Moral Interludes*. New York: Holt, Rinehart and Winston, 1969: xv-xvi.
② 吉林厄姆,格里菲思. 日不落帝国兴衰史——中世纪英国. 沈弘,译. 北京:外语教学与研究出版社,2013:261.
③ Thomson, H. J. The Psychomachia of Prudentius. *The Classical Review*, 1930, 44(3): 109; Potter, Robert. *The Form and Concept of the English Morality Play*. Michigan: University Microfilms, 1965: 53.

的当属威廉·兰格伦（William Langland）的宗教长诗《农夫皮尔斯》（Piers Plowman）。该诗大约创作于1350年，全诗采用了中世纪文学的梦幻和寓意手法，主要讲述了主人公威尔的8个梦和2个梦中梦。第一个梦主要围绕"奖赏夫人"展开，讲述了"奖赏夫人"的婚姻情况以及众人对"奖赏夫人"的献媚，寓意金钱对社会和教会的破坏。第二个梦是诗人看到了七宗罪在"理智"的布道下纷纷忏悔，其他人也都纷纷去寻找真理，唯独担任向导的农夫皮尔斯与一名教士为赎罪券发生争执，最终放弃劳动，决定献身于祈祷和忏悔。接下来的一系列梦主要是威尔在朝圣真理的路途中见到的各种幻象，他通过对"思想""神学""勤学"等人物的询问，最终认识到"善"就是辛勤劳作，"中善"就是乐善好施，"至善"则是惩恶扬善。结尾，威尔被"良心"祈求上帝恩典的呼喊声唤醒，全诗结束。该诗还写到了伪基督率领大军对"统一"这个堡垒的围攻以及上帝的四个女儿之间的争论。《农夫皮尔斯》是中世纪宗教讽喻诗的集大成者，诗歌中的寓意手法，概念化、拟人化的人物，善与恶的斗争，七宗罪与七美德的对立，围攻堡垒，上帝四女儿的争论，忏悔与救赎等内容，都是当时寓意文学的典型体现，它们为道德剧提供了丰富的文学资源，对道德剧产生了深刻的影响。

中世纪英国民间的戏剧创作，尤其是假面哑剧（mummers' plays），也对道德剧的起源产生了重要的影响。假面哑剧起源于原始的丰产仪式，其中心行动是对死亡的战胜和奇迹般的复活。根据学者E. K. 钱伯斯（E. K. Chambers）的研究和整理，一个典型的哑剧在结构上一般由三个部分组成——介绍（presentation）、戏剧性事件（drama）和募捐（quête）[①]。第一部分"介绍"相当于序曲，由一个介绍人向观众介绍两个战士，如圣乔治和"勇敢的杀戮者"等。第二部分中，两个战士各自夸口后便开始争吵，随后开始战斗，其中一个被击倒。这时，一个见多识广的博士出现，他通过一个模拟的斩首动作医治了被击倒的战士，戏剧行动到此结束。第三部分中，许多舞者进入舞台开始跳舞，同时一个演员上台向观众收钱，整出假面哑剧演出全部结束。这种类型的哑剧在中世纪的英国仍然广泛存在，影响了道德剧的形成和发展。首先，道德剧的结构模式具有

[①] Chambers, E. K. *The Medieval Stage (Volume Ⅰ)*, Oxford: Oxford University Press, 1903: 211; Chambers, E. K. *The English Folk-Play*. Oxford: Oxford University Press, 1933: 13.

假面哑剧的特点,几乎所有的道德剧都有序曲,序曲介绍了剧情和主要人物;整出道德剧的演出主要展现人类的"无罪—堕落—拯救"生命历程,同时也是"生命—死亡—再生"的过程,这个过程正是假面哑剧表现的主题。其次,道德剧中还大量存在着假面哑剧的戏剧元素。《人类》中仅第 426—468 行就有四五处戏剧场面来自假面哑剧[①],如剧中人物"恶作剧"(Mischief)给"现在"(Nowadays)疗伤、恶魔梯梯费留斯(Titivillus)[②]向观众收钱等。《坚韧的堡垒》中搭在舞台中间的帐篷、堡垒以及剧中人物的舞蹈,《智慧》中大量不发言的角色以及他们的舞蹈,《生之骄傲》中"生之王"与"死亡"(Death)的战斗等,从这些场景、道具和戏剧行动中,我们均可看到假面哑剧的身影。

总之,教堂的布道传统和日益加强的宗教教育运动直接催生了道德剧,蓬勃发展的连环剧为道德剧提供了可资借鉴的经验,中世纪丰富的寓意文学为道德剧提供了可以利用的资源,通俗易懂的假面哑剧为道德剧以最有效的方式实现教诲目的提供了一种途径。在这众多适宜的土壤中,一遇到适宜的时机,道德剧便形成和发展起来了。

第二节 道德剧的发展

现存的五部中世纪道德剧虽然内容较为简单,艺术手法也相对粗糙,但却真实地反映了英国中世纪道德剧发展的面貌和成就。

一、《生之骄傲》

在现存的五部较为完整的道德剧中,《生之骄傲》可能是英国现存最早的道德剧,只剩下残篇,共 502 行。这部戏剧的手稿出现在都柏林圣三一修道院(Holy Trinity Priory)的账本中狭窄的空白栏处,这个账本的时间可以追溯到

---

① Smart,Walter K. *Mankind* and the Mumming Plays. *Modern Language Notes*,1917,32(1):21-25.
② "梯梯费留斯"是中世纪专门让抄写出错的魔鬼。

1337—1346年[①]，剧本《生之骄傲》可能是后来由两个抄写员抄写在这个账本的四个空白栏处的。关于抄写的时间，学术界普遍认为是在14世纪早期，并且认为这部戏剧来源于爱尔兰地区[②]。不幸的是，这个账本于1922年在四法院大楼（Four Courts' Building）的爆炸中丢失了，后来的版本都以1891年詹姆斯·梅尔斯（James Mills）为爱尔兰古文物研究者皇家协会所做的描述和编辑为依据，他在编辑该剧的同时还用照相技术附上了戏剧文本的一页图片，所以比手稿更清楚。

《生之骄傲》现存的502行内容中，有112行是"发言人"的介绍，其功能类似于序言，其余的390行是剧本的残篇。虽然剧本不完整，但是从前112行"发言人"的介绍中，我们还是可以清楚地得知这部戏的主要内容。主人公"生之王"是"生"这个家族的王，因十分强壮而被推举为王。"生之王"极其傲慢，不惧怕任何人，尤其是他"完全不惧怕死亡"[③]（Pride：28）。他的"王后"（Regina）警告他要做好死亡的准备，但他根本就不放在心上。接着一个大主教也如此警告他，但"生之王"仍然无所畏惧，他派出信使"欢乐"（Mirth）向"死亡"发起挑战。这时，接下来的部分中断了，但是从这部戏的"发言人"的预言可知，"生之王"梦见了"死亡"，"死亡"抓走了他的父亲和母亲。"生之王"醒来后，和"死亡"进行了战斗，结果失败了，后来他的灵魂被魔鬼带到了地狱。在地狱中，他的灵魂得到了圣母玛利亚的拯救，圣母玛利亚希望自己的儿子能够替"生之王"的灵魂向上帝求情。作为早期的道德剧，这部戏在形式上极其简单，剧中人物还没有完全变成抽象概念的化身，如"生之王""王后""主教"都是真实的人物，而"健康"（Health）、"强壮"（Strength）、"欢乐"、"死亡"等抽象概念则开始成为拟人化的戏剧角色。

与早期寓意文学，如4世纪后期的基督教作家普鲁登修斯的史诗《心灵之战》，以及15世纪成熟的道德剧《坚韧的堡垒》《每个人》《人类》等描写人类心灵

[①] King, Pamela M. Morality Plays. In Beadle, Richard (ed.). *The Cambridge Companion to Medieval English Theatre*. Cambridge: Cambridge University Press, 1994: 258.

[②] King, Pamela M. Morality Plays. In Beadle, Richard (ed.). *The Cambridge Companion to Medieval English Theatre*. Cambridge: Cambridge University Press, 1994: 259.

[③] Klausner, David N. (ed.). *Two Moral Interludes*: The Pride of Life *and* Wisdom. Kalamazoo: Medieval Institute Publications, 2009: 9. 后文所用该剧本引文均出自该书，不再另注，仅随文标明剧本简称 *Pride* 和行数。

第一章　英国中世纪道德剧的起源与发展

善与恶的斗争不同,这部戏的主题主要与生、死亡和拯救相关。死亡是人类难以逾越并永远探寻不尽的一个话题,尤其是中世纪,绵延不断的战争和蔓延了两个多世纪的黑死病,使这个时代的人们比以往任何时候都更加恐惧死亡,也比以往任何时候都更多地思考死亡的问题,由此造成中世纪各个地区,包括英格兰都创造了大量的戏剧性绘画作品《死神之舞》(*The Dance of Death*),其画面充满了诸多令人恐惧的意象。这些可视化的死亡意象经常被神父们用于布道,目的在于警示听众对自己的罪过进行悔改。同样,在该剧中,"死亡"是人格化的角色,而且他攫取人的灵魂这一传说也被形象地展现在舞台上。如"生之王"与"死亡"的对抗首先出现在"生之王"的梦中,以下是"发言人"对预言的描述:

> 他做了一个可怕的梦,"死亡"来了——
> ("死亡")应当充满渴望;
> ("死亡")揪住他的父亲、母亲,然后是他:
> 他绝不饶恕任何人。(*Pride*:81—84)

这个描述表明,"生之王"的这个梦应该是在舞台上表演的,很可能是哑剧,也可能是其他形式。无论是以何种形式上演,毫无疑问这是一个小型的"死神之舞",展现了中世纪关于死亡的形象化传统。在这个传统中,人格化的"死亡"抓捕不同类型的人,以说明不可预测的、必然的死亡的降临。因此,在剧中"生之王"与"死亡"的斗争中,"生之王"的失败主要表现了"生之王"的脆弱与"死亡"的强大。结尾处圣母玛利亚对"生之王"灵魂的拯救,表明了中世纪宗教剧以及宗教文学中的另一个主题——救赎。但是,如果与其他宗教文学以及后来的道德剧进行比较的话,我们发现,这里的主人公没有忏悔的过程,他直接"通过我们的圣母玛利亚得到拯救"(*Pride*:97)。该剧缺少宗教文学以及道德剧中善与恶的心灵冲突,其戏剧冲突主要为生与死的最原初的斗争。而生与死的斗争和中世纪与农业相关的民间传说仪式相关①。在中世纪与农业相关的民间传说中,死亡被证明是一个无法克服的问题,是生命力量再生的结果,正如谷物的收获

---

① King, Pamela M. Morality Plays. In Beadle, Richard (ed.). *The Cambridge Companion to Medieval English Theatre*. Cambridge: Cambridge University Press, 1994:260.

17

样,谷物在带来新生命之前必须被砍掉,斩首也会带来再生,这在爱尔兰神话中很常见①。

"生之王"被"死亡"杀死以后,肉体与灵魂分离,"生之王"的"灵魂"进入戏剧行动中,这个情节体现了中世纪后期关于灵魂与肉体的争论。正如学者帕米拉·M.金(Pamela M. King)所言,如果这部戏没有包含关于灵魂与肉体的争论的话,那么,它至少包含了灵魂对肉体的抱怨②。灵魂与肉体的二元对立是基督教的重要思想之一,英国9—10世纪已经出现了关于灵魂与肉体对立的戏剧性诗歌《灵魂对肉体的讲话》(Address of the Soul to the Body)③。该诗歌中灵魂与肉体已经是拟人化的人物,"被诅咒的灵魂"(The Damned Soul)以第一人称的口吻对自己尘世的肉体进行讲话,谴责它在人间犯下的种种罪行,并诅咒它在最后的审判中受到惩罚。这首诗歌中拟人化的意象以及其中的讨论对"中世纪的听众而言具有深刻的意义"④。这首戏剧性的宗教诗歌《灵魂对肉体的讲话》显然对道德剧产生了很大影响,《生之骄傲》中灵魂形象的出现即说明这一点,尽管没有灵魂与肉体之间的对话,但是灵魂已经成为戏剧的一个角色。

可以看出,《生之骄傲》是一个较为简单的道德剧,它受中世纪传统的寓意文学的影响,剧中的拟人化人物、戏剧行动和戏剧冲突都具有明显的寓意性质。

二、《坚韧的堡垒》

《坚韧的堡垒》是英国现存最完整、最长的道德剧,创作于1405—1425年,所用语言为英格兰东部的语言,可能起源于英格兰东部的诺福克郡(Norfolk)。全

---

① King, Pamela M. Morality Plays. In Beadle, Richard (ed.). *The Cambridge Companion to Medieval English Theatre*. Cambridge: Cambridge University Press, 1994: 260.
② King, Pamela M. Morality Plays. In Beadle, Richard (ed.). *The Cambridge Companion to Medieval English Theatre*. Cambridge: Cambridge University Press, 1994: 261.
③ 该诗歌分为两部分,分别出现在两个不同的诗集中,第一部分出现在意大利西北部城市韦尔切利市(Vercelli)的手稿中,被现代学者称为《灵魂与肉体》(一),第二部分出现在英格兰西南部城市埃克塞特市(Exeter)的手稿中,被现代学者称为《灵魂与肉体》(二)。两部分的语言均是西撒克逊语,它们对爱尔兰文学产生了很大影响。参见:WIKIPEDIA. *Soul and Body*. [2022-04-30]. https://en.wikipedia.org/wiki/Soul_and_Body.
④ Ferguson, Mary H. The Structure of the *Soul's Address to the Body* in Old English. *Journal of English and Germanic Philology*, 1970, 69(1): 79.

剧约 3500 行[1],内容特别丰富,涵盖了其他几部道德剧所探讨的所有主题,戏剧行动波折起伏,登场人物多达 35 个[2]。除主人公"人类"外,主要有"尘世"(World)、"好天使"(Good Angel)、"坏天使"(Bad Angel),以"骄傲"(Pride)等为代表的七宗罪,以"谦卑"(Humility)等为代表的七美德,上帝的四个女儿——"慈悲"(Mercy)、"真理"(Truth)、"正义"(Rightness)和"和平"(Peace),以及"死亡"(Death)、"灵魂"(Soul)、"天父"(Father)等。

该剧主要讲述了主人公"人类"从出生到死亡的过程以及死后灵魂接受审判的情况。根据该剧剧情的发展,笔者认为,全剧由 5 个部分组成:开场戏(第 1—156 行);第一场,"人类"的出生与堕落(第 157—299 行);第二场,"人类"进入"坚韧的堡垒"(第 300—1549 行);第三场,七宗罪攻打"坚韧的堡垒"(第 1550—2543 行);第四场,"人类"的死亡与审判(第 2544—3500 行)。

开场戏是两个传令官以对话的形式预告整个剧情,和《生之骄傲》的序言一样,这里的开场戏长达 156 行,它起到古希腊戏剧开场白的作用,主要是介绍剧情,渲染氛围,吸引观众。开场戏之后,"尘世"、魔鬼"毕列"(Belial)、"肉体"(Flesh)分别坐在高台上相互吹嘘自己的力量,并发誓要去引诱即将出世的"人类"堕落,然后摧毁"人类"(第 78 行,第 113 行)。刚刚出生、赤身裸体的"人类"登场,他认识到自己的脆弱,表达了跟随上帝的意愿。这时,"好天使"和"坏天使"纷纷来到"人类"面前劝其跟随自己,"人类"开始犹豫不决:

> 到底跟随谁,你(好天使)还是你(坏天使)?
> 站在这里,我开始胡思乱想。

---

[1] 手稿中显示的诗行是 3649 行,但是根据现代学者亚历山德拉·F. 约翰逊(Alexandra F. Johnston)的研究,其中有部分拉丁文的内容很可能是后来添加上去的,这些内容主要是后人学习其中的基本神学观点时的一些冥想和思考,而且这些所谓的"注释"多来自《圣经》经文,与戏剧行动关联不大,因此,她在对该剧进行现代英语编辑时便将这些内容删掉了,删掉后的剧本共有 3500 行。参见:Johnston, Alexandra F. (ed.). *The Castle of Perseverance*: A Modernization, Based on an Acting Edition Prepared by David M. Parry. Toronto: University of Toronto (Doctoral Dissertation), 1985.

[2] 共出场 35 个有名字的人物,另外传令官的预告中提到的"良心"(Conscience)在剧中没有出现,可能是遗失了。参见:Grantley, Darryll. *English Dramatic Interludes 1300—1580: A Reference Guide*. Cambridge: Cambridge University Press, 2003: 44.

我想拥有许多财宝，

但我也想让灵魂得到拯救；

我的心啊如波涛般起伏不定。(Castle：219—223)[1]

"坏天使"向"人类"展示了俗世的各种欢乐，"人类"经过思考远离了"好天使"，跟随了"坏天使"，善与恶两大势力争夺"人类"灵魂的第一次战争以恶势力的胜利告终。第一场到此结束。正如开场戏中所言，上帝给了人决断的自由，他可以选择拯救自己，也可以选择摧毁自己的灵魂(Castle：25—26)，"人类"的第一次堕落是自由意志选择的结果，而不是"原罪"的延续，这种思想超越了早期基督教的神学，体现了中世纪后期的基督教人文主义思想。"人类"的第一次选择拉开了戏剧的帷幕，并成为戏剧发展的一个动力。

一段音乐之后，第二场开始。"人类"来到了"俗世"的舞台，"俗世""色欲"(Lust-liking)、"愚蠢"(Folly)一起欢迎"人类"的到来。在他们的引导下，"人类"结识了"背后诽谤者"(Backbiter)、"贪婪"(Greediness)，他们一起迎接"骄傲"、"愤怒"(Wrath)、"嫉妒"(Envy)、"暴食"(Gluttony)、"淫荡"(Lechery)、"懒惰"(Sloth)等的到来。这个戏剧场面表明"人类"已经堕落，并犯下了包括七宗罪在内的各种罪行。这时，"好天使"为"人类"的堕落哀痛不已，引起了"忏悔"(Shrift)和"苦行"(Penance)的关注，他们一起劝说"人类"。"人类"认识到了错误，并在"谦卑"、"忍耐"(Patience)、"宽容"(Charity)、"节制"(Abstinence)、"勤勉"(Industry)、"贞洁"(Chastity)、"慷慨"(Generosity)等七美德的劝说下改过自新，进入了"坚韧的堡垒"(Castle of Perseverance)。善与恶两种势力的第二次交锋以善的势力获胜结束。

第三场是戏剧的高潮部分。随着"人类"进入"坚韧的堡垒"，戏剧冲突越来越激烈，邪恶与罪孽们一次次围攻"坚韧的堡垒"，善良与美德们则誓死保卫"人间的堡垒"。其中最精彩也最激烈的是七宗罪与七美德之间的单打独斗，这是中世纪道德剧独有的场面，"它把在人的心灵这个战场上善与恶的激烈冲突戏剧化

---

[1] Eccles, Mark. *The Macro Plays*：The Castle of Perseverance, Wisdom, Mankind. Oxford：Oxford University Press, 1969：9-10. 后文所用该剧本引文均出自该书，不再另注，仅随文标明剧本简称 *Castle* 和行数。

地展现给观众"①。七宗罪被七美德打得落花流水、落荒而逃。在第二次围攻中,"贪婪"提出智取的建议,他绕开对手"慷慨",直接用谗言进攻"人类"。已经年老无力的"人类"在"贪婪"送来的财宝的引诱下,最终产生了动摇:

> "贪婪"你说得好,
> 上帝给了我这么好的机会,
> 你说的这些,我都要做到:
> 我要离开这"坚韧的堡垒",
> 我要和"贪婪"在一起,
> 去获得一些财宝。(*Castle*:2375—2380)

"人类"不顾"谦卑""宽容""忍耐"等七美德的一再劝告,最终走出了"坚韧的堡垒",来到了"贪婪"的舞台上。

第四场是戏剧的结尾部分。正当"人类"享受"贪婪"给他送来的财宝时,"死亡"袭击了他,同时"尘世"带来一个叫作"我不知道我是谁"的小男孩来收取和继承"人类"从"贪婪"那儿得来的所有金银财宝。"人类"虽极其不情愿,但却最终死去,临死之际,他祈求上帝的怜悯。"人类"的"灵魂"从肉体升起,被"坏天使"攫取,并受到"坏天使"的多次鞭打。对于"灵魂"的去处,上帝的四个女儿形成两种截然不同的观点,"真理"和"正义"坚持要把"灵魂"送到地狱中去,"慈悲"和"和平"认为"人类"在临死前喊出了"怜悯",有悔改之意,因此"灵魂"应该得到上帝的拯救。经过一系列辩论,她们决定一起听听上帝的意见,听取上帝的审判。在听取了四个女儿各自的看法以后,上帝同意将"人类"的"灵魂"接到天堂,让他坐在自己的右边(*Castle*:3447)。整部戏在"天父"重申最后的审判的意义中结束。

可以看出,全剧的戏剧行动是善恶两大势力争夺"人类"及其灵魂的战争,而由于"人类"的脆弱与反复无常,他在两种势力之间反反复复,致使二者之间的战争此起彼伏,最终将整部戏的戏剧冲突推向高潮。"人类"的每一次选择不但是戏剧发展的动力,而且也说明了罪恶是"人类"自由意志选择的结果这一中世纪

---

① 肖明翰. 中世纪英语道德剧的成就. 解放军外国语学院学报,2011(1):87.

后期基督教神学的主题,而结尾处上帝和他四个女儿的介入则说明"人类"的救赎既来自"人类"的忏悔,也来自上帝的恩典。该剧通过拟人化的人物生动形象地展示了中世纪后期基督教神学的思想,因此,该剧成为"最典型的道德剧"①。

该剧还有一个特点,即剧作提供了一幅关于该剧剧场设置和演出情况的草图与文字说明,如图 1 所示②。

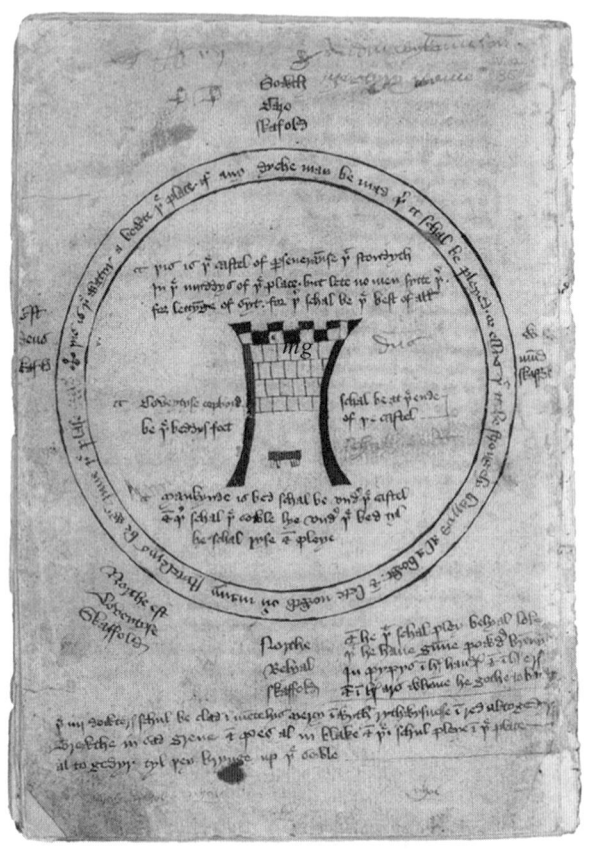

图 1 剧场设置和演出情况草图与文字说明

---

① Thompson, Elbert N. S. *The English Moral Plays*. Rep. of 1910 ed. New York: AMS Press, 1970: 312.
② 该图来自:Bevington, David (ed.). *Medieval Drama*. Cambridge: Hackett Publishing Company, 2012: 796.

第一章 英国中世纪道德剧的起源与发展

由于该草图是现存最早的剧场设置图,因此它引起了众多学者对《坚韧的堡垒》的演出情况和中世纪舞台状况的研究与重构[①]。该图的中间是一个堡垒,堡垒的下面是一张床,这张床是剧作主人公"人类"诞生和死亡的地方。剧作中的舞台说明写道,"人类"从城堡下的床上站起来,自称是刚出生的婴儿,第四场中"人类"躺在床上死去,舞台提示说"灵魂"从他的床下升起来。围绕着城堡,是一个双环,双环中间的文字表明,这是护城河,或者是壕沟。对于这条护城河或壕沟的作用,学者们有不同看法,有人认为是为了阻止没有交费的观众混入剧场看戏[②],有人认为是为了阻止观众过于狂热而干扰正常的演出[③]。笔者认为,图中的壕沟不是环绕剧场外面的沟壑,而仅仅是城堡的护城河,是剧场舞台的组成部分。因为这条壕沟是剧作内容的一部分,剧作角色"懒惰"声称,"我要抽干这条渠中的恩典之水"(Castle:2173),紧接着第2221行的舞台说明写道:"然后他们打了很长时间。在这第二次进攻中,城堡的外围防护——护城河或者护栏——被'懒惰'冲破,但是罪恶们被美德们从城堡赶了回去。"而且从草图看,沿着壕沟的外缘,在五个不同的方位上各设一个高台,这些高台是剧中人物的演出场地,剧中人物或者说演员在这五个高台之间穿梭。因此,壕沟是剧场的组成部分,是其中一个具有象征意义的道具,是剧作内容的一部分。不同类型的人物占据在不同的高台上,东边是上帝的舞台,西面是"尘世"的舞台,南面是"肉体"的舞台,北面是魔鬼的舞台,东北角是"贪婪"的舞台,剧中人物从自己的舞台走向表演区,跨过壕沟走向"坚韧的堡垒",而"人类"则从一个舞台走向另一个舞台或"坚

[①] 主要有:Southern, Richard. *The Medieval Theatre in the Round: A Study of the Staging of the Castle of Perseverance and Related Matters*. New York: Theatre Arts Book, 1975; Tydeman, William. *The Theatre in the Middle Ages: Western European Stage Conditions, c. 800—1576*. Cambridge and New York: Cambridge University Press, 1979: 121-183; Tydeman, William. *English Medieval Theatre: 1400—1500*. London, Boston and Henley: Routledge & Kegan Paul, 1986: 78-103.

[②] Southern, Richard. *The Medieval Theatre in the Round: A Study of the Staging of the Castle of Perseverance and Related Matters*. New York: Theatre Arts Book, 1975: 50; Schell, Edgar T. & Shuchter, Irvine J. D. *English Morality Plays and Moral Interludes*. New York: Holt, Rinehart and Winston, 1969: 1.

[③] Tydeman, William. *The Theatre in the Middle Ages: Western European Stage Conditions, c. 800—1576*. Cambridge and New York: Cambridge University Press, 1979: 158.

韧的堡垒"。每一个舞台都是一个场景,多个场景并置,成为共时性场景,观众在这种共时性场景中可以看到剧中人物看不到的内容和意义,进而可以清醒地认识剧作的主旨,更深刻地接受剧作主题的教育。换而言之,道德剧的演出形式不但为内容服务,而且成为道德剧内容的一部分。

三、《智慧》

《智慧》的全名是《智慧,谁是基督(理智、意志、理解)》[*A Morality of Wisdom, Who Is Christ(Mind, Will and Understanding)*],是现存五部中世纪道德剧中最为抽象的一部。一般而言,中世纪道德剧主要讲述人类从堕落到如何得到拯救的故事,进而传达基督教的"恩典"神学思想,如《坚韧的堡垒》《人类》《每个人》等,但是《智慧》这部戏主要探讨灵魂的堕落与拯救、智慧以及"三位一体"的基督教观念。

《智慧》共有1163行,其中的人物分为两类:一类是在剧中发言、讨论的人物,他们是"智慧"(Wisdom)、"灵魂"(Soul)、"理智"(Mind)、"理解"(Understanding)、"意志"(Will)、魔鬼路西法(Lucifer);另一类是不发声的人物,主要有"五智"(Five Wits)、一个机灵的小男孩、"理智"的六个舞者、"理解"的六个舞者、"意志"的六个舞者、七个作为恶魔的小男孩等。笔者根据剧情发展,将全剧分为四个场次。

第一场(第1—324行)介绍主要人物及其身份,引出矛盾。戏剧开始,"智慧"首先上场,他讲述了自己的身份,说自己是"三位一体中的一个部分"(*Wisdom*:7)[1],这"三位一体"分别是"上帝、智慧和人子"(*Wisdom*:14)。接着穿着白色衣服和黑色斗篷的"灵魂"上场,她也进行了自我介绍。之后,"智慧"向"灵魂"介绍"五智"。"五智"以一个小女孩的形象出现,她穿着洁白的裙子和斗篷,愉快地唱着歌来到了"灵魂"的面前。"智慧"又呼唤"理智""理解""意志"分别上场并做自我介绍,他们都将自己描述成"灵魂"的一部分,指出自己存在的意义在于帮助"灵魂"理解和爱上帝。"智慧"劝告"灵魂"要保持这三者不堕落,还

---

[1] Eccles, Mark. *The Macro Plays*: The Castle of Perseverance, Wisdom, Mankind. *Oxford*: Oxford University Press, 1969:114. 后文所用该剧本引文均出自该书,不再另注,仅随文标明剧本简称 *Wisdom* 和行数。

要她警惕"尘世"(World)、"肉体"(Flesh)和魔鬼的威胁(*Wisdom*：294)。"灵魂"表示不必担心。第一场在"五智"的歌声中结束。

第二场(第325—550行)主要是路西法对"理智""理解"和"意志"的引诱。路西法首先上场,他向观众表达了自己对被驱逐出天堂这一下场极其不满意,为了报复上帝,他决定引诱"灵魂"堕落。他把自己打扮成一个英俊的花花公子,来到了"理智""理解"和"意志"身边,后三者正在进行宗教沉思。路西法严厉谴责沉思的生活,认为他们应该追求物质的丰富。他们很快被说服,决定拥抱"尘世"的生活方式。路西法给他们换上了新的衣服,然后,他们一起非常满意地唱着歌,带着一个机灵的小男孩离开。

第三场(第551—870行)主要展现"理智""理解"和"意志"的堕落生活。"理智""理解"和"意志"分别换上了新的衣服,各自描述自己堕落、淫乱的新生活,他们还分别介绍了自己的团队,他们都是邪恶的代表。"理智"的"六个舞者",实际在剧中出现的是七个人,分别是"愤怒"(Indignation)、"倔强"(Stubbornness)、"怨恨"(Malice)、"轻率"(Hastiness)、"报复"(Vengeance)、"不和"(Discord)、"不公正的法律支持者"(Maintenance),他们都戴着头饰,拿着喇叭;"理解"的"六个舞者"分别是"不公正"(Wrong)、"诡计"(Trickery)、"双重"(Doubleness)、"虚伪"(Falseness)、"抢劫"(Robbery)、"欺骗"(Deceit),他们都是陪审员;"意志"的"六个舞者"在剧中出现的也是七个人,分别是"轻率"(Recklessness)、"懒惰"(Idleness)、"饮食过度"(Surfeit)、"贪吃"(Greediness)、"通奸"(Adultery)、"情妇"(Mistress)、"乱伦"(Fornication)。舞蹈表演之后,他们开始争吵和打斗,最后一致同意计划一下各自的未来。"理解"声称他将在威斯敏斯特找工作(*Wisdom*：789),"理智"说他要去圣保罗教堂工作(*Wisdom*：793—794),"意志"说他要去当厨师(*Wisdom*：800)。他们发誓要快乐地、放纵地生活,最后决定一起离开去喝酒。

第四场(第871—1163行)结局,主要是"灵魂"的忏悔与拯救。"智慧"上场,看到了"理智""理解"和"意志"的堕落生活。此时与他们在一起的"灵魂"已经变成了一个丑八怪,她的斗篷下魔鬼们正在出出进进。"智慧"指出,这是他们堕落的结果。"理智""理解"和"意志"面对这种情况非常恐惧,立即决定放弃他们堕落的生活方式,改过自新。"灵魂"悲悼她的痛苦境地,呼唤上帝的怜悯,于是魔鬼们很快消失,"灵魂"唱着忏悔的歌离开。此时,"智慧"开始一段关于一个基督徒生活中最本质的九个方面的布道,布道之后,"理智""理解"和"意志"分别宣告:"灵魂"退出了尘世浮华,革新了观念,获得了宽容。结尾处,"灵魂"愉快地信奉"智慧"为基督。

此剧将人的道德心智形象化地展现在舞台上,并将人类道德状态的变化可视化。剧中"灵魂"被恶魔困扰的意象象征了现实中人类道德的一种状态,但是她只是个概念性的人物,很少参与到戏剧行动中,人类的道德心智主要以"理智""理解"和"意志"的形象来体现。此三者的堕落说明人类灵魂的脆弱,"理智""理解"和"意志"对堕落生活的主动放弃和忏悔,说明人类灵魂的救赎首先来自人类自身的主动性,这样才能得到上帝的宽恕和救赎。此剧还有另外一个重要的主题,即体现基督教神学的"三位一体"观念。剧中的"智慧"代替上帝对"灵魂"进行审判,"智慧"是上帝的一部分,它与上帝、人子耶稣形成了一个外在的"三位一体",而"灵魂"的三种力量"理智""理解"和"意志"内在地说明了"三位一体"的观念①,这种思想是对中世纪"三位一体"神学观念大讨论的一种补充②。该剧认为,"智慧"等同于古希腊哲学中的"逻各斯"(logos)和《圣经》中的"道"(word),是永恒存在的,是上帝的一个位格形式。

尽管该剧的主题较为抽象,但是该剧显然不仅仅是"一部更适合于阅读的很有文学价值的诗剧,其特殊意义在于开创了英语文学中的诗剧传统"③,而是用来演出,而且预期演出效果非常好的一个舞台剧本。因为剧中有非常详细、具体的舞台提示,既有对人物服装的描述,也有对人物行动的说明。如开场时的舞台提示这样写道:"首先,'智慧'进场。(他)穿着华丽的镶有金边的紫色衣服,披着一件有貂毛的斗篷,脖子上围着有貂毛的围巾,头上戴着假发,胡子是卷曲的、金

---

① Hill, Eugene D. The Trinitarian Allegory of the Moral Play of *Wisdom*. *Modern Philology*, 1975, 73(2): 121-135.
② "三位一体"这一名称并没有出现在《圣经》中,它是在基督教发展中逐渐形成的一个教义,主要形成于中世纪。早期拉丁教父德尔图良最早提出"三位一体"这一术语,这一个概念引起不同教派之间的论证,公元325年的"尼西亚会议"上第一次确立了"圣父、圣子、圣灵"的"三位一体"教义。后来经过奥古斯丁的深入论述,"三位一体"教义成为基督教的正统信仰。
③ 肖明翰. 中世纪英语道德剧的成就. 解放军外国语学院学报,2011(1):88.

色的,头上的王冠用珍贵的石头和珍珠装饰着,左手拿着一个带十字架的金球,右手拿着一个豪华的权杖,然后说……"第996行的舞台提示写道:"他们出去,'灵魂'进来,以哀伤的语调唱歌,声调拉长,如同在受难周歌唱的样子。"这样详尽的舞台提示全剧共有18处。另外,该剧还充满了音乐与舞蹈元素,共有5次唱歌和多次舞蹈。

四、《人类》

《人类》共914行,主要讲述"人类"受到魔鬼的多次引诱后堕落并被"慈悲"(Mercy)拯救的故事。在《坚韧的堡垒》中,"慈悲"是上帝的四个女儿之一,但在这部戏中,"慈悲"是一个独立的人物,他是上帝的化身。和《坚韧的堡垒》中的"人类"一样,这部戏中的"人类"是戏剧的中心人物。戏剧的开场是"慈悲"长达44行的布道,他首先宣讲了上帝拯救世人的计划,并声称自己是人类的保护者、拯救者,要求世人"不要沉溺于那些短暂的事情,/不要只盯着俗世,要抬眼望着天堂"(Mankind:30—31)[①],因为上帝将在最后的审判中对人的灵魂进行奖惩,"要收获谷物,遗弃谷壳"(Mankind:43)。这段布道被"恶作剧"打断,后者模仿"慈悲"华丽的语言风格,故意捣乱、调侃"慈悲"的布道。从第71行开始丢失了一页,接下来,三个恶魔吵闹着上场,分别是"新的伪装"(New Guise)、"现在"、"零"(Nought)。其中,"新的伪装"和"现在"一边跳舞一边做着一种身体游戏,并试图让"零"参与他们的活动,但是"零"不愿意和他们一起跳舞、做游戏,于是,他们便击打"零"的腹部。当"零"被折磨得筋疲力尽时,他们便去强迫"慈悲"加入舞蹈。"慈悲"不愿意跳舞,他们三个便一起用一些下流的语言捉弄"慈悲",最后被其赶下了场。恶魔们唱着歌离开后,"慈悲"为他们的行为向观众道歉,并警告大家不要追随他们的样子(Mankind. 162—185)。这时,"人类"上场,他首先讨论了灵魂与肉体的关系,他说:

我的名字叫"人类"。我由两部分组成——

[①] Bevington, David (ed.). *Medieval Drama*. Cambridge: Hackett Publishing Company, 2012: 904. 下文所用有关该剧的引文均出自该书,直接在文中标明剧名 Mankind 和所在行数,不再另注。

> 肉体和灵魂,二者彼此相对。
> 它们中间有一个巨大的区分;
> 他曾遭遇了这种分离,现在他胜利了。
> 看到我的肉体从灵魂中逃离,
> 这对我来说是一个令人哀痛的故事。
> ……
> 哦,我的灵魂,在我的肉体中他很自在,
> 哎,想到我的肉体,那个散发着臭气的污秽场所,
> 它的未来和机遇是什么?
> 女士呀,救救我,拯救我生病、疼痛的灵魂,
> 看看我的肉体,还有脚下的灵魂。(Mankind:194—205)

他担心自己的肉体会堕落,针对这个问题,"慈悲"教导他要努力工作,让自己强大起来以免遭精神对手的攻击(Mankind:226—244)。这时,"新的伪装""现在""零"这三个恶魔返回,于是,"慈悲"警告"人类"要远离他们。三个恶魔先走到观众中唱了一首下流的歌,然后回到台上开始引诱"人类",他们故意干扰正在田间干活的"人类",企图使他放弃劳动。"人类"坚决抵抗,并用铁锹把他们赶走了。三个恶魔不甘心,他们带着魔鬼梯梯费留斯再次上场。三个恶魔先把梯梯费留斯领到观众面前,让观众为看到梯梯费留斯丑陋的形象付钱。重返舞台后,梯梯费留斯开始扰乱"人类"的工作,他把一块木头放在地上,使土地难以挖掘。他把"人类"的铁锹藏起来,打断"人类"对自然的呼求祈祷,偷窃"人类"的玫瑰园。当"人类"睡觉时,梯梯费留斯让他做了一个梦,梦见"慈悲"被吊了起来。"人类"惊醒后,"新的伪装"带着一根缰绳进来,套住了"人类"的脖子,使其被勒住而无法逃脱。这时,"恶作剧"拿着脚镣进来,"人类"看到后非常恐惧,乞求他们原谅自己以前对他们的虐待,并将自己的梦告诉了他们。恶魔们很高兴,认为这个梦是梯梯费留斯的功劳。接着,他们设立了一个模拟法庭,在法庭上,他们戏仿法律的语言,夺取"人类"的外套,还通过问答教学法引导"人类"信奉邪恶和罪孽。"慈悲"进来后,看到这一幕很痛心。但"人类"拒绝了"慈悲",和恶魔们一起去了一个酒馆。在"慈悲"因受到恶魔的嘲弄发表了一番悲痛的独白后,"人

类"绝望地返回了,并声称要自杀。恶魔们听到后,赶快递上了早已准备好的树形绞刑架。"慈悲"救下了"人类","人类"最后认识到"慈悲"的重要意义。结尾是"慈悲"的又一场布道,戏剧在这场布道中结束。

　　该剧是英国现存五部中世纪道德剧中唯一有争议的一部戏,争议的原因主要在于剧中大量的粗俗甚至猥亵的语言以及喜剧性场景。据此,这部作品被一些学者认为是"最没有知识的道德剧"[1],是"无知的、堕落的、退化的"[2],是"冒牌的道德剧"[3]。但是,近年来,这些否定性评论受到了质疑和反击,如学者劳瑞恩·K.斯托克(Lorraine K. Stock)认为,该剧中的"人类"与三个恶魔"新的伪装""现在""零"之间的关系对应《圣经·约伯记》中的约伯和劝解他的三个朋友之间的关系,粗俗的语言和喜剧性情景是为了衬托"慈悲"对"人类"的布道主题,因此,整部作品"具有主题的和逻辑上的连贯性"[4]。笔者认为,该剧的开场和结束都是"慈悲"的布道,具有强烈的说教色彩,与作品中恶魔们粗俗的语言和行动形成对照,从而形成了亦庄亦谐的戏剧风格,而这一风格正是道德剧的重要特点之一。从这个意义而言,喜剧性正是该剧的特点,而不是缺陷。另外,与《坚韧的堡垒》中的"人类"、《每个人》中的"每个人"不同,该剧还赋予"人类"一个真实的社会身份——农夫,由此,可以看出该剧作者在创作时拟定的观众群体主要是乡下的农民[5]。同时,该剧还强调以辛勤劳动来抵制堕落与罪孽,这一思想也是该剧独有的特点,表现出了作者的平民思想。

五、《每个人》

　　《每个人》是现存英国道德剧中最优秀的剧本,同时也是现代演出最多最成

---

[1] Williams, Arnold. *The Drama of Medieval England*. East Lansing: Michigan State University Press, 1961: 155.

[2] Craig, Hardin. *English Religious Drama of the Middle Ages*. Oxford: Clarendon Press, 1955: 351.

[3] Smart, Walter K. Some Notes on *Mankind*(Concluded). *Modern Philology*, 1916, 14(5): 210.

[4] Stock, Lorraine K. The Thematic and Structural Unity of *Mankind*. *Studies in Philology*, 1975, 72(4): 387.

[5] Potter, Robert. *The English Morality Play: Origins, History and Influence of a Dramatic Tradition*. London and Boston: Routledge & Kegan Paul, 1975: 30.

功的中世纪道德剧[①]。但是,根据学者的考证,这部道德剧却不是英国本土产生的戏剧,很可能是对佛兰德人(Flemish)的同名道德剧的翻译或者借鉴。但是无论它产生于什么地方,毫无疑问,这个剧本是基督教思想文化下的产物,而且反映了中世纪后期基督教思想的新变化——基督教人文主义,也就是说,"它是基督教的……因为它强调只有行善才能得到拯救;它是人文主义的,因为它认为知识是引导人获得拯救的关键,也因为它谴责了腐败的神职人员"[②]。

《每个人》全剧共 922 行,主要探讨唯有善行能使人得到拯救的宗教教义。开场是信使的介绍,指出剧作的主旨。他说,尘世的一切都如过眼烟云,友谊、欢乐、强壮、愉悦和美丽最终都会"像五月的花儿一样离你而去"(*Everyman*:18)[③],并且警告观众:

> 刚开始,你认为罪孽
> 是那么甜蜜,但到最后,
> 你绝不会那么快乐!
> 当身体在泥土里腐烂,
> 它最终会使灵魂哭泣。(*Everyman*:10—14)

信使退出,戏剧正式开始。上帝首先出场,他强调自己如何为人类赎罪,然而人类却耽于淫乐,"变得一年比一年坏"(*Everyman*:43)。为了遏制人类的罪行,他决定对人类进行审判,于是唤来"死亡"(Death)做他的信使,去召唤"每个

[①] 进入 20 世纪以后,中世纪宗教剧开始在西方国家重新演出,道德剧《每个人》是首先进行复演的戏剧。1901 年开始在英国伦敦上演,由当时著名的演员本·格瑞特(Ben Greet)领衔主演。从 1902 年开始,美国、加拿大也开始上演道德剧《每个人》,直到今天,该剧还在北美不定期演出。关于《每个人》在 20 世纪的演出情况的研究可参见:Potter, Robert. *The English Morality Play: Origins, History and Influence of a Dramatic Tradition*. London and Boston: Routledge & Kegan Paul, 1975: 222-234.

[②] Schell, Edgar T. & Shuchter, Irvine J. D. *English Morality Plays and Moral Interludes*. New York: Holt, Rinehart and Winston, 1969: 112.

[③] Cawley, A. C. (ed.). *Everyman and Medieval Miracle Plays*. London: J. M. Dent & Son, 1977: 207. 本书所用 *Everyman* 的引文均出自该书,不再另注,仅在文中标明剧名与行数。

人"(Everyman)前来清算自己的所作所为。"死亡"来到尘世,"每个人"正在"享受着肉体的欢乐和财富"(*Everyman*:81),对他的到来毫无准备。"死亡"说明来意,"每个人"极为恐惧,试图用1000镑钱贿赂"死亡",以求缓期行事(*Everyman*:123—124)。"死亡"断然拒绝,但是允许他找一个旅伴和他一起去接受审判(*Everyman*:158)。"每个人"首先找到了"友谊"(Fellowship),而曾信誓旦旦要和"每个人"同甘共苦的"友谊"得知要去赴死,马上扬长而去,并表示"再不相见"(*Everyman*:300)。"亲属"(Kindred)、"堂兄弟"(Cousin)、"财富"(Goods)都不愿同去,最终,"每个人"想到了"善行"(Good Deeds)。"善行"同意与他同往,但因为"每个人"做的恶事太多"善行"虚弱得无法同行,于是建议"每个人"去找其姐妹"知识"(Knowledge)做向导。"知识"将"每个人"首先带到"告解"(Confession)的面前,"告解"给他一个叫作"忏悔"(Penance)的盒子,告诉他要先忏悔才能得到"善行"的陪伴。在"知识"的引导下,"每个人"对着"忏悔"的盒子,坦白了自己以往的罪孽,恳求上帝的宽恕,并用鞭子惩罚自己的身体,"善行"因此得以痊愈。在"善行"和"知识"的建议下,"每个人"又找到了"美丽"(Beauty)、"力量"(Strength)、"审慎"(Discretion)、"五智"(Five Wits)同往。"五智"建议"每个人"去神父那里接受临死前最后的圣礼,接着,戏剧在这里插入了一段"五智"和"知识"对神父职能的辩论。"五智"根据天主教思想认为,"上帝给了神父那样的尊严,/让他代表上帝和我们在一起"(*Everyman*:747—748),而"知识"则认为神父并不代表上帝,上帝之外无救赎。"五智"与"知识"的论争反映了基督教传统思想与基督教人文主义思想的冲撞。这段插曲之后,他们来到了坟墓旁。"美丽""力量""审慎""五智"都不愿意随"每个人"进入坟墓,纷纷离去,"知识"则在坟墓外徘徊,声称要看着"每个人"死去后才离开,只有"善行"和他一起进入坟墓,最终"每个人"的灵魂得到拯救。收场诗是"博士"(Doctor)的点评:世上的一切都微不足道,唯有善行不能放弃。"博士"总结全剧意义,强调了上帝对每一个人的公平审判,全剧结束。

这里,"每个人"代表的是全体人类,剧本通过"每个人"在死亡之际到上帝那里接受审判并最终获得新生的历程,阐释了只有"善"才能战胜"恶"并使人类获得救赎的主题。总之,《每个人》"是一部内容集中、剧情简洁、结构清楚、主题明晰、语言活泼机智、戏剧效果强烈的优秀寓意剧作"[①]。

由上述五部现存的道德剧可以看出,道德剧以基督教教义和道德伦理为主要内容,将个人的生命戏剧化,把人的尘世生命看作一个阶段,要经历"无罪—堕落—获救"的过程[②]。在这个过程中,个体生命的发展成为戏剧的中心,个体如何得到上帝的拯救成为戏剧的主题。从情节发展看,道德剧主要通过展现一个人一生中所经历的善与恶的斗争,即将人的心灵冲突戏剧化,让观众思考和冥想基督教的教义以及如何按照基督教教义进行生活。从表达方式看,道德剧是单个剧作家独立创作完成的[③]。从演出方式看,道德剧在贵族庆宴或民众集会上演出,演出地点则是固定的广场或贵族庭院。

[①] 肖明翰. 中世纪英语道德剧的成就. 解放军外国语学院学报,2011(1):88.
[②] Potter, Robert. *The English Morality Play: Origins, History and Influence of a Dramatic Tradition*. London and Boston: Routledge & Kegan Paul, 1975:8.
[③] 肖明翰. 中世纪英语道德剧的成就. 解放军外国语学院学报,2011(1):85.

第二章　英国中世纪道德剧的思想观念与艺术价值

道德剧是英国中世纪思想和社会语境下的产物,其短小精悍的故事不但寓意性地传达了中世纪基督教的神学教义,更重要的是反映了英国中世纪后期人们对生命与死亡、罪孽与忏悔、自由意志与恩典、神性与人性等道德议题的深入思考,展现了此时期英国人对生命的深刻体验、对人性罪恶与救赎的伦理道德认识,通过神与人关系的探讨,呈现了此时期英国人对人性的深入思考。

第一节　道德剧中的伦理观念[①]

作为一种以教诲为主要目的的戏剧,道德剧比中世纪其他任何类型的戏剧都更直接、也更直观地向观众传达基督教的教义和伦理观念。由于它通过寓意、类型化的人物和抽象概念的拟人化等手法,促使观众参与到舞台上的行动中并和人物一起思考和冥想,因此,道德剧主要将基督教的教义和伦理观念融入当时人们面临的一些问题和困惑,由此成为"一种关于人类困境的特定类型的戏"[②]。对中世纪后期生活在战争、瘟疫、产业转型、政治变革中的英国人民而言,他们面临着前所未有的矛盾和困惑,道德剧反映了他们的困境,并试图为他们指出一种伦理方向。

[①] 本部分内容详见:郭晓霞.道德剧与英国中世纪后期的伦理寻求.解放军外国语学院学报,2017(4):139-146.

[②] Potter, Robert. *The English Morality Play: Origins, History and Influence of a Dramatic Tradition*. London and Boston: Routledge & Kegan Paul, 1975: 6.

一、生命观

如前所述,英国中世纪后期是"一个危险、动荡和颓废的时期"[①],经济迅速下滑,民不聊生,于是出现了持续的大规模的群体死亡,英国人口锐减[②]。死亡成为当时每个家庭的常客,也是当时艺术创作的重要主题之一,如英国和当时西欧众多国家都创作了大量的《死神之舞》壁画,画面中是一连串成对的舞者,每一对舞者都是一个活人配一个死人(骷髅),舞者只是死人,活人表情僵硬,被死人拉着手。这类壁画在当时的英国极为流行,"甚至穷乡僻壤的村庄里也有这类壁画"[③]。生命的脆弱与死亡的必然这一主题也进入 14—15 世纪的道德剧,成为道德剧讨论的重要伦理问题之一。

现存最早的道德剧《生之骄傲》并没有展现道德剧一贯的主题——人类心灵善与恶的斗争,其主要戏剧冲突是生命与死亡的斗争。主人公"生之王"象征着强大的生命,因自身的强壮而被推举为所属家族的"王"。他生性傲慢,不惧怕任何人,包括"死亡",尽管他的"王后""大主教"都告诫他要做好死亡的准备,他仍无所畏惧,主动和"死亡"进行了交战,但是,最后还是败给了"死亡",其灵魂也被魔鬼带到了地狱中。剧中,"死亡"这个角色和《死神之舞》中的骷髅一样,是极其恐怖的,戏剧开场"发言人"的预告中说明了"死亡"上场时的神态和行动:"应当充满渴望;/揪住他('生之王')的父亲、母亲,然后是他('生之王'):/他('死亡')绝不饶恕任何人。"(Pride:81—83)。通过"生之王"与"死亡"的斗争,该剧告诉观众,再强大的生命也战胜不了死亡,死亡是任何人不可逃脱的必然命运。

《坚韧的堡垒》形象地展现了主人公"人类"从生到死的整个过程。"人类"赤裸裸地来到世上,在以七宗罪为代表的恶与以七美德为代表的善之间几经转变,曾一度进入"坚韧的堡垒"静修,晚年在"贪婪"的引诱下离开"坚韧的堡垒",过上

---

① 吉林厄姆,格里菲思. 日不落帝国兴衰史:中世纪英国. 沈弘,译. 北京:外语教学与研究出版社,2013:261.

② 13 世纪末期,英国人口达到了 400 万高峰,到了 15 世纪中期,则稳步地降到了大约 250 万或者更少。参见:吉林厄姆,格里菲思. 日不落帝国兴衰史:中世纪英国. 沈弘,译. 北京:外语教学与研究出版社,2013:285,288.

③ 沃维尔. 死亡文化史:用插图诠释 1300 年以来死亡文化的历史. 高凌瀚,蔡锦涛,译. 北京:中国人民大学出版社,2004:85.

了堕落、奢华的生活。正当他享受着"贪婪"送来的财宝时,"死亡"袭击了他,并让一个与他素未谋面的小男孩继承了他所有的财产,最终"人类"极不情愿地死去。舞台上,"死亡"向"人类"也向观众直接宣讲死亡的必然,他说:

> 我死亡的气息是沉郁的:
> 无人可以抵挡我。
> 我埋伏以待,
> 让每一块土地上的君主和贵妇都化为乌有。
> 那些我即将给他们教训的人,
> 他们马上就不复存在,
> 我要用我那有害的衣物抓捕他。
> 无论富人、穷人、自由人、奴隶——
> 只要我出现,他们都统统消失!
> 我走过的每一个地方,
> 人人都惧怕我。(Castle:2635—2645)

《每个人》中,死亡来临是整部戏剧的戏剧冲突,当"每个人"正在享受肉体的欢乐和财富时,"死亡"突然降临,他声称:"我是死亡,我无所畏惧,/因为我想抓捕谁,谁就不可能逃脱。"(Everyman:115—116)即使"每个人"想用金钱贿赂他,以宽限一些时日,他也断然拒绝,因为死亡是"每个人"的必然结局。

可以看出,"死亡的必然性成为道德剧对人类存在的一个根本认识"[①],而这种认识显然根植于基督教思想。根据《圣经》的描述,人类本来和天使一样没有死亡,由于违反了上帝的诫命才被罚到尘世,成为寿命有限的生命:"你必汗流满面才得糊口,直到你归了土,因为你是从土而来的;你本是尘土,仍要归于尘土。"(《创世记》3:19)[②]后世基督教神学家奥古斯丁据此认为,"由于我们的始祖犯罪而产生了死亡传给了所有人,死亡是罪的惩罚"[③]。他还指出,"从我们存在于这

---

① 马衡. 中世纪英语道德剧死亡观的圣经渊源. 圣经文学研究,2014(2):57.
② 本书所有《圣经》引文皆出自官话和合本《圣经》(1920 年),后文不再另标注。
③ 奥古斯丁. 上帝之城. 王晓朝,译. 北京:人民出版社,2006:539.

个将要离开的肉体的那一刻开始,就没有任何时刻死亡是不起作用的,因为在整个今生的所有时刻——如果我们必须称之为生——它的变化一直在引导着我们趋向死亡"[1]。既然生命是脆弱的,死亡是必然的,那么人类是否就要消极度日,等待死亡呢?对于这个问题,基督教给出了积极的回答,因为它将人的死亡分为两种类型——肉体的死亡和真正的死亡(即灵魂被上帝抛弃),并提出,在尘世间罪孽小的人在肉体死亡后,其灵魂经过忏悔最终要进到天堂里,享受永生的快乐。因此,基督教的死亡观并没有使人消极遁世,反而使人们更加关注和重视个人在尘世中的生命质量。

道德剧在指出肉体死亡的必然性之后,也强调人在尘世的生活。如在《每个人》中,当"每个人"获准寻找伴侣前往死亡墓地时,他首先找到了"友谊""亲属""堂兄弟""财富",这些人一听说要去赴死,均不愿意同往,纷纷扬长而去。后来,"美丽""力量""审慎""五智""知识"等虽然陪"每个人"来到了墓地,但最后也离他而去,只有"善行"和"每个人"一起进入了坟墓。正是由于"善行"自始至终的陪伴,"每个人"的灵魂得到了上帝的拯救。此剧告诉人们,世上唯有善行不能放弃,也只有善行才能让人类得到第二次重生,正如收场诗中博士[2]的点评:

观众朋友们,无论是年长的朋友还是年轻的朋友,
这个品行端正的人是值得我们思考的,
要放弃骄傲,因为他最终会欺骗你;
诸位请记住:"美丽""五智""力量"和"审慎",
最后他们都会抛弃每个人,
只有善行能够拯救每个人。
诸位须留意:如果善行不足,
上帝也爱莫能助;
没有任何理由可以帮助每个人。
哎,那么他能怎么办呢?

---

[1] 奥古斯丁. 上帝之城. 王晓朝,译. 北京:人民出版社,2006:546.
[2] 在道德剧中,博士一般只在开头或结尾出现,属于剧中介绍或总结的人物,不参与剧情发展。

因为他一旦死了,就没有任何人可以为他补救,

慈悲和怜悯也会将他抛弃。(Everyman:902—913)

最后,博士还警告观众,如果人在尘世不行善,那么在他死亡之后,灵魂将进入永不熄灭的火里受尽苦痛(Everyman:914—915)。《坚韧的堡垒》为了强调人在尘世行善的重要性,还特别展现了人死后灵魂受折磨的痛苦场面。由于在尘世间犯下了一些罪,"人类"去世后,其"灵魂"被"坏天使"攫取,并受到"坏天使"无尽的折磨和鞭打。这个场面显然是中世纪后期基督教思想中"炼狱"场景的写照[1],以此警诫观众在尘世要多行善事,不要作恶多端。

二、罪观

尽管道德剧一再告诫观众,若想要在肉体死亡后灵魂能进入天堂享受永生的快乐,要在尘世间多行善少作恶,但是正如《圣经》故事中人类始祖亚当、夏娃禁不住蛇的引诱犯下原罪一样,人在尘世的生命极其脆弱,极易受到魔鬼的引诱,从而犯下各种罪孽。道德剧真实地展现了人类生前在魔鬼的引诱下所行的种种堕落之事。《坚韧的堡垒》中的"人类"一出生就受到"坏天使"的引诱,来到了"俗世"的舞台,接着他不仅认识了"色欲""愚蠢""背后诽谤者""贪婪"等人,还和"骄傲""愤怒""嫉妒""暴食""淫荡""懒惰"等人成为朋友,后七者即是基督教所谓的"七宗罪",戏剧用拟人的手法将基督教抽象的概念可视化、形象化,表明"人类"已经犯下了七宗罪。《智慧》中,"智慧"一开始就劝告"灵魂"要远离魔鬼的引诱,但是"灵魂"的三个组成部分"理智""理解""意志"很快就在魔鬼的引诱下堕落了,他们分别结交了一帮朋友,"理智"与"愤怒""倔强""怨恨""轻率""报复""不和""不公正的法律支持者"为伍,"理解"与"不公正""诡计""双重""虚伪""抢劫""欺骗"为伍,"意志"与"轻率""懒惰""饮食过度""贪吃""通奸""情妇""乱伦"为伍。这些拟人化的人物都是邪恶的化身,他们的出场表明"理智""理解"

---

[1] 炼狱(Purgatory)是指有罪的人在肉体死亡后,灵魂接受审判前,灵魂接受惩罚的地方,它介于天堂和地狱之间。这一观念正式形成于13世纪。参见:Daniell, Christopher. *Death and Burial in Medieval England (1066—1550)*. London and New York: Routledge, 1997: 175.

"意志"的三位一体——"灵魂"①,已经彻底堕落,成为"生病、疼痛的灵魂"(*Wisdom*:194—206),而"灵魂的过失"和"肉体的过错"一样,都是邪恶的,因为"罪的原因从灵魂开始,而不是从肉体开始"②。该剧从道德层面揭示了人类在肉体堕落后的深层心理状态。

道德剧中出现了大量形形色色的代表着邪恶和罪孽的角色,这说明人类罪孽深重。根据基督教的教义,罪孽深重的人在肉体死亡后,其灵魂是直接下地狱的,即灵魂被上帝离弃,此乃永死。显然,永死是所有基督徒最恐惧也最不愿意看到的结果。如何才能避免永死呢?基督教认为,犯了罪孽的人要在生前忏悔自己的罪过,死后才可以避免被上帝抛弃,灵魂才能到炼狱中涤罪,等待上帝的最后审判。因此,"忏悔"意识成为基督教思想的重要特征之一。道德剧也向观众强调了"忏悔"的重要性。《生之骄傲》中,"生之王"在肉体死亡后,其"灵魂"从肉体升起,抱怨"肉体"在尘世犯下的种种罪孽③,这表明"生之王"忏悔了,而通过该剧的序言,我们知道,"生之王"的灵魂最后被圣母玛利亚拯救。《坚韧的堡垒》中,"人类"面对"死亡",认识到了自己在尘世中的罪孽,临死之际,他向上帝忏悔,祈求上帝的怜悯。正是由于他的忏悔,"人类"的灵魂才在"慈悲"与"和平"的建议下被上帝接到了天堂里。《每个人》中,"每个人"在前往墓地之前,首先找到了"告解",对着"告解"给他的叫作"忏悔"的盒子坦白了自己以往的种种罪孽。《智慧》中的"灵魂"、《人类》中的"人类"也都进行了相似的忏悔,之后才接受上帝的审判。

至此,我们可以确定的是,道德剧向观众传达了基督教的罪孽与忏悔伦理。但需要我们注意的是,基督教教义和思想有一个逐步发展的过程,尤其从教会早期到中世纪后期这段时期,基督教教义发展变化较大。就忏悔教义而言,早期教会实行公开忏悔制度,而中世纪悔罪者则不再当着众信徒的面公开忏悔,而是在密室里对着神父一人单独悔罪,这种私密性忏悔行为极易滋生悔罪者与神父之

---

① Hill, Eugene D. The Trinitarian Allegory of the Moral Play of *Wisdom*. *Modern Philology*, 1975, 73(2): 121-135.
② 奥古斯丁. 上帝之城. 王晓朝,译. 北京:人民出版社,2006:581.
③ King, Pamela M. Morality Plays. In Beadle, Richard (ed.). *The Cambridge Companion to Medieval English Theatre*. Cambridge: Cambridge University Press, 1994: 261.

间的灵魂拯救交易,这时,"中世纪基督教徒的道德实践就开始走向了一条普遍虚伪的道路"①。从舞台内容看,道德剧所展现的忏悔形式是私密性的,如《每个人》中,"每个人"共忏悔了两次:第一次是对着"告解"(他的身份显然是神父)送给他的盒子"忏悔"进行的,这次忏悔仪式中在场人物除了"每个人"外,只有"告解"和引领"每个人"来忏悔的"知识"这两个人物,因此,这次的"忏悔"是较为私密的,算不上公开忏悔;第二次是"每个人"在"五智"的建议下,独自去找神父做生前最后一次圣礼,戏剧省略了这个场景,只在舞台提示中说"'每个人'去找神父接受最后一次圣礼"(第749行舞台说明),因此,这个省略的场景表明"每个人"最后的忏悔也是私密性的。尽管从舞台内容上看,道德剧立足于当时的道德伦理习俗,反映了当时人们私密忏悔的伦理习惯,但是,戏剧本身的仪式性和公开性却在提醒舞台上的演员,戏剧中的忏悔行为至少是面向观众的,因此,舞台上的忏悔就不仅仅是当时私密的忏悔,而是公开悔罪。由于"中世纪的人们并没有去思考抽象概念并将它们如此拟人化",而是"有意识地参与到他所思考的事情中"②,因此,不仅台上的演员,就连台下的观众也通过集体观看某一个人物的忏悔,仿佛自己也进行了一场深刻的、公开的忏悔,从而获得了一种灵魂净化的仪式感,在无形中提升了自己的道德修养。从这个意义而言,道德剧通过公开的、仪式的观演行动,在某种程度上矫正了中世纪基督教徒虚伪的道德实践,具有一定的教诲意义和社会功能。

三、救赎观

人类在尘世为什么总是犯罪呢？道德剧明确地告诉观众,人类犯罪来自两个方面:一是魔鬼的引诱,二是人类自我选择的结果。魔鬼是道德剧中一个可笑的小丑角色,他衣着奇形怪状,语言粗俗,举止夸张,到处引诱人类。如《智慧》中,魔鬼的代表路西法把自己打扮成花花公子去引诱"灵魂"堕落;《坚韧的堡垒》中,"人类"从一出生就受到"坏天使"的引诱,后来多次受到"俗世""色欲""愚蠢""贪恋"的引诱而犯下七宗罪。关于魔鬼对人类坚持不懈的引诱,展现最具体的

---

① 赵林. 中世纪基督教道德的蜕化. 宗教学研究,2000(4):71.
② Schmitt, Natalie C. The Idea of a Person in Medieval Morality Plays. *Comparative Drama*, 1978, 12(1):25.

当属《人类》。在该剧中,"新的伪装""现在""零"这三个恶魔一上场就开始调戏正在布道的"慈悲",接着又骚扰正在田间干活的"人类",企图引诱"人类"堕落。最后,他们请来魔鬼梯梯费留斯,后者偷走"人类"的劳动工具,偷窃"人类"的玫瑰园。在众多魔鬼们的一再捉弄和引诱下,"人类"最终堕落,和他们一起去酒馆喝酒了。

除了魔鬼的引诱外,人类的罪孽主要是自我选择的结果。如《坚韧的堡垒》中,"人类"一出生就面临着善与恶的选择,"好天使"和"坏天使"先后向他展示了跟随他们的种种好处,"人类"产生了动摇,不知道应该跟随谁。经过思考,"人类"远离了"好天使",跟随了"坏天使"。来到"俗世"之后的"人类"同样在善与恶两大势力之间徘徊,他的选择成为戏剧发展的动力,也成为他自我命运的一次次转折点。正如该剧的开场戏所言,上帝给了人决断的自由,他可以选择拯救自己,也可以选择摧毁自己的灵魂(*Castle*:25—26)。道德剧中人类犯下的各种罪孽,都是人类运用上帝赋予的自由意志选择的结果,这种观点是中世纪基督教思想的典型体现。奥古斯丁在《论自由意志:奥古斯丁对话录二篇》一书中认为,上帝不仅按照自己的形象造人,而且赋予人类自由选择的意志,但人类却违背上帝的命令,滥用上帝赋予人类的自由意志,从而犯罪,因此,他认为"意志是一切罪的根本原因"[1],自由意志本身不是邪恶的,但人们却滥用自由意志。他说:

> 本是同样的东西,为不同的人以不同的方式使用,有的用得坏而有的用得好。用得坏的人,紧抓住它们并为它们所羁绊,因为他自身不善,他紧盯着善却不能恰当地使用,于是,虽然那些东西本该做他的奴仆,他却做了那东西的奴仆了。而正确使用它们的人却使它们表现出善,尽管它们本身不是善。[2]

---

[1] 奥古斯丁. 论自由意志:奥古斯丁对话录二篇. 成官泯,译. 上海:上海人民出版社,2010:170.
[2] 奥古斯丁. 论自由意志:奥古斯丁对话录二篇. 成官泯,译. 上海:上海人民出版社,2010:96.

第二章　英国中世纪道德剧的思想观念与艺术价值

因此,既然罪孽是人类自由意志的选择,"上帝不为人的罪负责"[①],人应该自负其责。奥古斯丁的"自由意志论"对托马斯·阿奎那(Thomas Aquinas)等中世纪神学家乃至笛卡尔、莱布尼茨、康德等现代哲学家产生了深远影响,对西方人性论的塑造和自由主义伦理的形成起到了积极作用。通过对这一思想的形象化展现,道德剧使"自由意志论"深入人心。

根据基督教的思想,人类滥用或误用自由意志犯了罪,并败坏了上帝本来所赐予的本性,而人类要恢复本性,非人力范围之内的事情,必须依靠上帝的恩典。道德剧重申了基督教所谓的"人犯罪是由于自己,罪得医治却是由于恩典"[②]的伦理观念。《生之骄傲》中,"生之王"没有经过忏悔的过程,他的灵魂直接"通过我们的圣母玛利亚得到拯救"(*Pride*:97)。《坚韧的堡垒》中,由于"人类"在俗世罪孽深重,上帝的四个女儿关于他的灵魂能否得救形成了两种不同的观点,"真理"和"正义"坚持要把"灵魂"送到地狱去,"慈悲"和"和平"则认为"人类"临死之际有了忏悔之意,应该进入天堂。上帝在听取了四个女儿的陈述之后,同意将"人类"接到天堂,享受永生的快乐。《人类》中的"人类"、《每个人》中的"每个人"的救赎也都是在上帝的恩典下实现的。正如学者刘小枫指出的,"基督教的上帝不是道德的神,而是看顾无法做到纯粹道德、总是有欠负的人的天父"[③]。道德剧中的上帝总是主动地拯救罪孽深重的人类,被刻画成一个公义的、可信的神。

除了上帝以外,在基督教早期教父并没有赋予教会和神职人员以特殊的能力,但自5世纪开始,教会和神职人员开始被赋予解救灵魂的权力,尤其神父被认为是上帝的代表,他作为上帝和人类的中介,也可以拯救人类。值得注意的是,道德剧却对这种观念进行了批判,如《每个人》中,当"五智"建议"每个人"去找神父做最后的圣礼时,"知识"提出了反对意见,他认为神父并不是一个好人,"罪恶的神父给罪者带来了坏榜样;/我听说,他们还有私生子;/一些人常出入妓院/过着不洁净的生活,淫荡好色"(*Everyman*:759—762)。"知识"对"五智"提

---

① 奥古斯丁.论自由意志:奥古斯丁对话录二篇.成官泯,译.上海:上海人民出版社,2010:168.
② 奥古斯丁.恩典与自由:奥古斯丁人论经典二篇.奥古斯丁著作翻译小组,译.南昌:江西人民出版社,2008:185.
③ 刘小枫.沉重的肉身——现代性伦理的叙事纬语.上海:上海人民出版社,1999:163.

出的"上帝之外,神父也可以救赎"这一观点的反驳,其言外之意是"上帝之外无救赎"。而"上帝之外无救赎"是中世纪后期宗教改革时期提出的重要思想。由此可见,道德剧所宣扬的道德伦理不局限于中世纪天主教,它也体现了新的宗教伦理思想。正是具备这种与时俱进的特质,道德剧才能够不至于在英国宗教改革中彻底消亡,而是一直持续到 16 世纪中后期,并深深影响了伊丽莎白时代的戏剧。

总之,道德剧将基督教教义和伦理观念搬上舞台,从英国中世纪人们的生活处境出发,主要对生命与死亡、罪孽与忏悔、自由意志与恩典、人的属性和价值等道德议题进行了形象而深入的探讨,为处在困境中的人们指出了一种伦理寻求的方向:人的生命是极其脆弱的,在俗世又极易在自由意志的选择下犯下各种罪孽,而人的死亡是必然的,只有相信、依靠上帝,多行善事,并忏悔自己曾犯下的罪孽,才能得到上帝的恩典,享受永生的快乐。这种伦理方向既包含基督教传统的伦理,也吸纳了新的宗教伦理思想,它奠定了现代英国人民的基本道德规范。

第二节 道德剧中的人性观

正如学者肖明翰所说,"用《圣经》故事改编的神秘剧以上帝为中心,主要表现了上帝对人类的救赎,而道德剧则是以人为中心,表现人如何才能获得拯救"[1]。道德剧的主角都是寓言化的人类,分别为《生之骄傲》中的"生之王"、《坚韧的堡垒》中的"人类"、《智慧》中的"灵魂"、《人类》中的"人类"、《每个人》中的"每个人"。上述五位戏剧主角在具体的名称上虽然存在着细微差异,但他们共同代表着人,"既代表着普遍的人类,也象征着单独的个人"[2],"人类"的经历笼统地概括了全体人类的人生旅程,而"每个人""生之王"又叙述着个人层面的朝圣故事。这些形象在剧中演绎了人生善恶选择的困境,不仅是人类普遍境遇的集中表达,也反映出特殊个人在境遇中的不同选择。因此,对道德剧主角的探究实质上是对个人本身及人类群体处境的认知与思考。

---

[1] 肖明翰. 中世纪英语道德剧的成就. 解放军外国语学院学报,2011(1):84.
[2] Schmitt, Natalie C. The Idea of a Person in Medieval Morality Plays. *Comparative Drama*, 1978, 12(1): 23-34.

一、"人"之形象

从《生之骄傲》到《每个人》,剧中的五位主角不仅表现出基督教理念中对"人"的统一认知,同时还展现着独特的自我个性,体现出人文主义思想因素。道德剧的主角不仅只是宗教道德的完美诠释者,人性的固有魅力也在他们身上展露。道德剧所表现的主体已不再是连环剧中的"《圣经》人物",也并非圣徒形象,而是具有现实意义的、象征着普罗大众与个人的寓言化形象——"人"。这些"人"是以基督教教义为基础,受传统布道文学的影响,经由中世纪末期世俗文化与人文主义文化的共同浸润,加之匿名剧作家的主观创作,最终形成的一系列平凡且具有独特时代性的普通"人"形象。

五部英国道德剧主角的经历大同小异,"堕落—拯救"是各部戏剧情节发展的基本模式,在此过程中,"选择"是每位主角"人"绕不开的主题。我们在仔细研读五部道德剧文本的基础上,结合基督教中的自由意志与人文主义思想中人的主体意识的观点,对道德剧中"人"的形象给出如下概括:中世纪末期英国道德剧中的"人"是指剧作家以宣传基督教教义为主要目的,从人与上帝的关系出发,在展示人的肉体和灵魂经历"善恶之战"的基础上,塑造出的一系列典型的中世纪普通人的形象。这些人在进行善与恶的抉择时,有的是被动的命运等待者,有的则是主动的救赎参与者。

(一)被动的命运等待者

被动的命运等待者在人神关系中,缺乏主动救赎自我命运的意识。在善与恶面前,他们无知无觉,没有主观的判断能力,正因此,"人"无法凭借自己的能力参与自我救赎,只能完全依靠上帝的恩典。在一定程度上,这类"人"可以视为待救羔羊的形象,例如《坚韧的堡垒》中的"人类"和《智慧》中的"灵魂"等。

在《坚韧的堡垒》中,主人公"人类"在出场时是无比困惑的婴孩形象,他"困惑地站立着"。当"好天使"与"坏天使"被指派到他的身旁时,他不知所措,焦虑地请求上帝的指引:

尽管这些天使降临在我身边,

荣耀的耶稣,我祈求你的恩典:
这样我就知道什么将会降临,
这些天使来自天堂的宝座,
现在荣耀的耶稣正在天堂的大厅里,
听到我的叹息。
仁慈的上帝,我正在向你祈祷——
作为一个虚弱的灵魂,我四处观望并且呻吟,
我觉得我充满了各种想法,
啊,上帝,我可以去向哪里?(*Castle*:158—167)

"好天使"和"坏天使"的存在形成"人类"面临的选择困境,而他非但无能力做出选择,甚至听任这两派阵营对自我的争夺。

剧中"人类"的活动场所被设定在城堡的内外①,当"人类"居住在城堡里,他被"善"的力量密切关注并且被保护着远离尘世及魔鬼的诱惑。而当"人类"被引诱到城堡之外,他就盲从"邪恶"的力量,变成了流浪者与迷途者。② 刚降生的"人类"是赤裸、软弱与无辜的,"人类"知道自己毫无力量,于是向上帝哭诉:

我无处可去,只能游荡,
我虚弱并且孱弱,
我全身赤裸。
当我被塑造成人类的外形,
我不知可以去何处。
日日夜夜,

---

① 城堡的意象在中世纪的布道中经常出现,圣母化身为城堡以保护人们不受魔鬼的伤害,因此城堡意味着神对人类的保护。而在戏剧中,城堡的内外也可以寓意"人类"的内在自我与外在世界,"人类"在城堡内外的反复徘徊则意味着"人类"想听从内心世界(灵魂)善本质的指引,但外在世界(肉体)的欲望以及魔鬼都是潜在的诱惑力量,诱惑着人类犯错,走向罪恶。

② Schmitt, Natalie C. The Idea of a Person in Medieval Morality Plays. *Comparative Drama*, 1978, 12(1): 23-34.

第二章 英国中世纪道德剧的思想观念与艺术价值

> 我羞愧于我的困惑。
> 我诞生于晚间,
> 正如你所见我是赤裸的,
> 三位一体的上帝,
> 人类是多么赢弱啊。(*Castle*:121—131)

在这段话中,向上帝求救的"人类"是对世人软弱境况的隐喻,象征着全体人类的统一状态——人类在上帝面前无比弱小,需要神的救赎,唯有神的恩典才能将人从罪境中解救出来。戏剧中,"人类"一出生就与"好天使"和"坏天使"两个形象紧密相连,此后他的一生也始终处于"好天使"和"坏天使"主导的永恒斗争中,这乃是全体人类普遍的困境。

面对这场善与恶的心灵战役,"人类"软弱而困惑,二出二人好坏天使阵营,剧作借此表明,人性是脆弱且反复无常的,人类唯有静静地等待上帝的拯救。与《坚韧的堡垒》中的主角"人类"一样,《智慧》中的主角"灵魂"也是善恶选择的被动盲从者。"灵魂"是所有人类灵魂的集中代表,与亚当、夏娃一样,最初都生活在上帝的眷顾之中,在神创造的美好世界里感受自我的生活与命运。她是"智慧"纯洁的爱人,并在不久之后将要成为"智慧"的新娘。剧中"智慧"的形象是对上帝的隐喻,他是世间一切光明与善的来源。戏剧以"智慧"与"灵魂"互诉衷肠开场,两人诗意地表达着对彼此的爱意。剧中的"灵魂"作为上帝的爱人,享受着神的眷顾,这样的设定暗示着"人"本身存在着被救赎的可能性。此外,剧中有三个角色与上帝的三位一体相对应,分别是"意志""理解"与"理智",这三者共同组成"灵魂",形成了"灵魂"的三位一体。与被引诱而被逐出伊甸园的亚当一样,"灵魂"被魔鬼路西法引诱,致使三个属性全都堕落,抛却永恒的荣光,并乐此不疲地开始追求俗世的享乐。权力、财富甚至仅仅只是一件漂亮的衣服都能让他们感到欣喜与满足。路西法还用诡计说服他们脱下长道袍换上短款的外套①,

---

① 魔鬼诱惑主角将长款的修道服换成时髦的短款外套的手段在另一部道德剧《人类》中也有出现,体现了15世纪的一种反时尚的观点:在寒冷的天气,短外套不能御寒,只展示穿着者的外在优点。因此,剧中将实用的长袍换成短外套寓意着魔鬼引诱人类关注美貌与外在从而堕入罪恶。

并进一步诱惑他们积极地参与到现世的生活中去,以代替原先烦闷无聊的沉思生活。"灵魂"的三个属性"意志""理解"和"理智"被花言巧语迷惑,信服了魔鬼的"真理"。在堕落的过程中,三者未曾有过一丝困惑或顾虑,欣然享受着路西法带来的快乐人生,听任肉体欲望对自我的驱使。"灵魂"被魔鬼引诱,也顺势沉浸在堕落之中,关于自我的救赎,她不曾思索,也从未做出主观努力。

堕落是人类的本质之一。在《智慧》中,"灵魂"穿着白色的长裙,披着黑色的斗篷,黑白两种颜色暗示着灵魂的两种属性:理性与肉欲。而对于"灵魂"而言,在这两者之间的抉择将是永恒的困境,她的本质决定她无法做出正确的选择。在剧中,她的三个属性被路西法引诱后变得无序,他们时而吹嘘,时而争吵,陷入一片混乱之中。最后"智慧"重新登场,在一段冗长的布道之后,重新拯救了"灵魂"。这也意味着承载着亚当原罪的"灵魂",堕落不自知亦无法主动掌握自我的救赎,而只有在神的恩典下,"人"的自省才有了意义,通过上帝的救赎,"人"才能拥有真正意义上的幸福。

(二)主动的救赎参与者

该类形象在人神关系中具有主体性和主动性特征,体现出了人文主义思想的特征,如《人类》中的"人类"、《每个人》中的"每个人"以及《本性》中的"人"等。

生活在中世纪英国的人们都不可避免地浸润在基督教思想中,没有人能脱离上帝的语境进行思考,等待上帝的救赎成为信徒们的常态。但纵观中世纪历史,在这段无比漫长的时光里,人本身所固有的自然天性,基督教教义的发展变化以及人文主义思想的萌芽等也对该时期的人们产生影响。正如阿伦·布洛克(Alan Bullock)所说,"中世纪的其他思想习惯在欧洲的许多地方流传到了十六世纪,反过来,在中世纪也有用文艺复兴时期那样的方式看待人类和人类世界的先例"[1]。因此,中世纪的基督徒不免也受到基督教思想本身所蕴含的人文主义因素的影响。在中世纪道德剧呈现的一系列"人"形象中,除了如上文所述的传统基督教意义上等待上帝救赎的"羔羊"外,也有因具有人文主义思想因素而具有自觉意识的"人",他们拥有有知有觉的灵魂,积极地参与到拯救自我命运的过程中。

---

[1] 布洛克.西方人文主义传统.董乐山,译.北京:生活·读书·新知三联书店,1997:9.

第二章　英国中世纪道德剧的思想观念与艺术价值

《人类》中的主人公"人类"是典型的面对善恶抉择时具有主动思考意识的"人"形象。尽管在他的一生中,他虽将"慈悲"奉为自己的精神导师,却依旧因受不住魔鬼诱惑而堕落;但当"慈悲"重新回到他的身边时,"人类"不断地忏悔,终使灵魂重新获救。学者格林·威克姆(Glynne Wickham)认为这部剧中的"人类"以《圣经》故事中的亚当或者该隐为原型,表现出了"人"的一种被上帝测试的境况,戏剧剧情的发展模式类似于《约伯记》,"人"在不断地经受考验后,"上帝将会证明,在你经过比较之后,他将会对你欣喜,并让你永久伴他左右"[①]。相较于前文论及的被动等待拯救的"人"而言,此处的"人类"虽然也处于"堕落—拯救"的道德剧通式中,堕落的本质未被消解,但在他的人生旅途中,他尝试通过自我认知、自我克制、自我选择最终使灵魂得以拯救。

"人类"是一个标准的基督徒形象,他在圣光的笼罩下认知自我,知晓自己由灵魂与肉体两个部分组成,自我的本质是灵与肉的合一。他主动向"慈悲"倾诉自我灵魂和肉体的矛盾,他说:

> 我需要你一些智慧的帮助。
> 我的肉体总是和灵魂格格不入;
> 我向你祈祷,以圣徒仁慈的名义,请支持我。
> 我真心地请求你给我一些精神上的安慰。
> 我处在不稳定之中;我的名字是人类,
> 我幽灵般的敌人——魔鬼将会非常高兴,
> 他把我引向罪恶,见我走向人生的终点。(Mankind:209—215)

在现实生活中,"人类"认为唯有通过辛勤的劳动才能赋予自我生存的意义,所以他是一名"完全的劳动者"。他一开始就下定决心让自己过有道德的生活并且严格遵循上帝对人类生活的要求。当"新的伪装""现在""零"等邪恶角色第一次打搅他时,他说:

[①] Wickham, Glynne (ed.). *English Moral Interludes*. London: J. M. Dent & Sons, 1976: 3.

> 快离开这里,跟屁虫们,带着羞耻心;
> 远离你的嘲笑和你的蔑视!
> 我必须劳动,这是我的生活。(Mankind:347—349)

他指责了这些角色的无所事事并为他们感到羞耻,更不屑与他们为伍。戏剧中的"人类"是当时中世纪普通大众的缩影,人们生活在神的坐标系中,认为对自我生活的选择判断唯有与上帝的意志相符合才具有意义。所以"人类"在自己人生的旅途中,将"慈悲"的劝告铭记于心,以此作为生活的不二准则。但生活中魔鬼的引诱无处不在,恶魔梯梯费留斯诡计多端,他不仅毁坏"人类"的劳动成果,偷走他劳作的铲子,还将"人类"耕作的泥土变得坚硬无比,使得"人类"无法继续劳作。"人类"为此感到十分沮丧,丧失了对上帝的信念。不仅如此,梯梯费留斯还进入"人类"的梦中戏弄他,他欺骗"人类"说"慈悲"因偷盗被送上了绞刑架并且已经死亡。"人类"在信仰失落后,加入了"新的伪装""现在"以及"零"的邪恶阵营,过上他原先所不齿的生活。戏剧最后,当"人类"得知即将与"慈悲"重新相遇时,他对自己的所作所为羞愧不已,甚至想要自杀。"人类"在面对人生中善恶的选择时,先是对自我的本质状态有所认知,并在日常生活中也积极审视自我,思考日常的生活方式是否与上帝的要求相符。另外,也正因为"人类"曾堕入罪恶之中,所以当"慈悲"劝诫他对上帝坦白时,他忏悔自己的罪,获得了真正的救赎。

同样的,《每个人》也对"人"主动选择上帝、重新认知自我以及积极参与自我救赎的主题进行了演绎。《每个人》这部戏剧和《生之骄傲》一样都展示了人生一种被挑战、被测试以及被审判的状态[1]。剧中的"每个人"仍旧是一个背负着原罪的普通人形象,他追逐世间的财富与享乐。戏剧以神对人的抱怨开篇,他指责世间的人们过着罪恶的生活,世人已全然忘却为人类受难而死于十字架的耶稣。于是,神派遣使者"死亡"带"每个人"去接受最后的审判。当"死亡"造访"每个人"时,"每个人"先是感到震惊,而后苦苦哀求,祈求"死亡"能够宽恕自己几天,甚至企图用金钱贿赂"死亡"。此时的"每个人"并没有意识到是自己罪恶生活招

---

[1] Davenport, W. A. *Fifteenth-Century English Drama: The Early Moral Plays and Their Literary Relations*. Cambridge: D. S. Brewer, 1982: 32-34.

致"死亡"的到来,与"死亡"的不期而遇让他无法接受,他用"财富"讨好死亡,这是他认为最有用的伎俩。然而当"每个人"逐渐意识到"死亡"无法避免时,他开始感到畏惧与后悔,并向最好的伙伴"友谊""堂兄弟"以及"财富"求助,希望他们能陪伴自己一同踏上死亡的征程,因为"每个人"将这些视作生命中最宝贵的存在。然而可悲的是,"每个人"被他们全然拒绝。"每个人"由此重新厘清自我人生的账本,最终使自己的灵魂去到上帝身边。在《每个人》这部剧中,"每个人"被剧作家塑造成一个有血有肉、有情感的平凡人类的形象,在认识到何为自我真正的价值后,他积极主动地选择"善行"并且参与到对自我灵魂的拯救中。

五部道德剧中的中心人物"人"在面对善恶选择时有着不同的态度,这些"人"在神恩沐浴下面临着自我选择的困境。除了严格遵守着神的规范外,"人"本身的意愿也有所体现。尽管道德剧本身以宣传传统的基督教思想为主要目的,但这些宣道者在面对自我人生的抉择时,基督教人文主义与逐渐萌芽的文艺复兴人文主义思想中对"人"主体性的重视也有所表达。在"人"一生的朝圣之旅中,上帝的精神的确是主要的依靠力量,但"人"的自我意愿也是不可忽视的驱动力。

二、"人"之属性

道德剧中,剧作家通过"人"的"心灵之战"呈现出"人"在面对善恶选择时不同的状态,尽管道德剧中"人"的形象看似千篇一律,但他们并不是一成不变的。实质上,在面对善恶争夺以及思考灵魂何以获救的过程中,"人"已从被动的待救羔羊发展成主动参与救赎自我灵魂的形象。不同的"人"的形象表明生活在基督教思想的统一规范下的"人",也可以进行多样的选择,拥有多重属性特征,这主要体现为两个方面。

(一)道德剧中的"人"具有神性

在基督教语境中,人是特别的生物,因为与其他的被造物相比,人被上帝额外吹入了一口气,汪入了圣灵,这意味着人在被造之初,身上就蕴含了神的属性。卡帕多西亚教父们认为"人从上帝所获得的神性形象是上帝所本有的,是上帝本性的超越性,它不会为罪所败坏,只是为人的罪所遮蔽"①。奥古斯丁将人类看成有希望的罪人,因为尽管现实中的人们不可避免地生活在罪孽中,但是他们仍然有选择善的可能以及可以通过忏悔获得被上帝拯救的机会。道德剧中的"人"的确也都堕入罪孽中,但他们最终的结局都得到了"拯救",得到与上帝合一的善终。这意味着在这些"人"的生命中,恶与罪的诱惑因素尽管无法避免而且不断地产生着干扰因素,但上帝的指引以及恩典将一直长伴人类,不离不弃。"人"是上帝的宠儿,这是道德剧中"人"神性属性的重要体现。

在《坚韧的堡垒》中,"人类"从生到死都在善恶之间徘徊,在象征着神佑的城堡中几进几出。但在他摇摆不定、犹豫不前的人生中,神圣的光亮始终指引着他,正如剧中所述,"在经历每一次伤害时上帝都会保护你"(*Castle*:12)。

剧中的"人类"因抵挡不住魔鬼的诱惑迷失在形形色色的欲望中时,上帝的"好天使"也未曾有一刻将人类放弃。戏剧结尾,"死亡"造访"人类",上帝的四个女儿就灵魂归宿的问题展开了激烈的争论。"正义"和"真理"坚持认为"人类"灵魂应该被放逐到地狱中受到惩罚;"慈悲"与"和平"则希望上帝能够将恩典赐予"人类",使其与上帝相伴。最终,在最后的审判中上帝选择救赎"人类"的灵魂:

>根据你们的意愿我的判决将是——
>既不是因为这是他应得的,也不是因为他的恐惧,
>不是诅咒人类去受折磨。看——
>把他带到我纯净的极乐世界,
>他将永久地居住在天堂之中。(*Castle*:3410—3414)

在《每个人》中,死亡则被描写成"人"进行善恶选择以及自我忏悔的场所。死亡原本只是短暂一瞬,但经由剧作家放大、延伸,变成了一条漫长的旅途,"每个人"在其中逐渐认知到自我生命的真谛,"我曾经无比挚爱的事物将我抛弃,/只有善行才是唯一真实的存在"(*Everyman*:841—842)。"每个人"最终带着"善行"进入棺材。剧中,上帝派"死亡"使者造访人类的目的绝不仅仅是对现实

---

① 石敏敏.古代晚期西方哲学的人论.北京:中国社会科学出版社,2007:130.

生活中"人"的惩戒,更多的是一种警示。死亡的到来告诫人类应及时清算好人生的"账本",为彼岸灵魂的归宿做好准备。在基督教理念中,死亡常常被视作一条通道,它并不意味着终结,反而更多指向延续的含义。灵魂概念的出现使死亡的威胁性被消解,死亡只能表明肉体的终结,但灵魂却由此展开了新的旅程。"对于中世纪的人而言,死亡并非结束,只是转移到其他世界而已。"[①]

总之,在中世纪道德剧中,"人"始终被上帝这位仁慈的父关怀着。"尽管上帝把人贬入凡尘,但是,他并没有就此放弃人类,他想用苦难警醒人类。不仅如此,他还给人类提供迷途知返的充足条件。"[②]在上帝的恩典下,中世纪道德剧中的"人"有了神性。

(二)道德剧中的"人"具有人性

在中世纪基督教语境中,人们往往聚焦于"神性",对人的"人性"常常避而不谈。但实质上信仰在某种意义上只是塑造人们的灵魂,对人们进行道德教化的一种手段。[③] 弗雷德里克·斯特伦(Frederick Streng)在《人与神——宗教生活的理解》中说:"人在仰视神灵,将自己奉献给神灵时,不仅看到那些超越自己、主宰自己命运的神灵,而且也观照到自己的地位……人类在宗教中通过自己对神灵的信仰,明确了个人在宇宙和世界中的位置,并由此形成个人(社会)生活的意义与价值。"[④]换言之,神学的本质是人学的变异,基督教中的"上帝"概念可以看作人终极意念的代名词。《圣经》告诉人们,上帝通过道成肉身的耶稣形象,把神性展示给世人,并通过这个肉身给世人启示。所以从宗教学的角度看,世人追求上帝的神性目标实际上是一种探究人性的方式,这场虔诚的朝圣是人类实现自我转变的动态过程,人终其一生对上帝的追寻其实是在对自我人生的奥义做出解答。

道德剧中的主人公"人"共同表达了一种选择的境遇,选择的背后是"人"在虔诚向往神的过程中对自身幽暗之境的体会和认识。在基督教传统中,人一生

---

① 阿部谨也. 中世纪星空下. 李玉满,陈娴若,译. 北京:生活·读书·新知三联书店,2011:75.
② 杜丽燕. 爱的福音:中世纪基督教人道主义. 北京:华夏出版社,2005:174.
③ 杜丽燕. 爱的福音:中世纪基督教人道主义. 北京:华夏出版社,2005:7.
④ 斯特伦. 人与神——宗教生活的理解. 金泽,何其敏,译. 上海:上海人民出版社,1991:译者序 1.

下来就背负原罪,因此只能过赎罪的一生。但道德剧对"人"的叙述语境并非从原罪开始,很多"人"形象是凭借自由意志进行主观选择后,才陷入恶与罪的处境中。"人"拥有自由意志等同于有了自我选择的能力,这种能力是使人与动物得以区分的根本特征,拥有了自由意志的人类变成了真正意义上的人,这也是道德剧中这一系列"人"形象对人性价值的传达。

  道德剧中的"人"常被安排在善恶面前进行选择,这是人类永恒的困境。然而什么是"善",什么是"恶"呢?奥古斯丁认为"所谓恶,是意志背弃不变之善而转向可变之善"[①]。"不变之善"是指上帝的至善,"可变之善"则是指在尘世生活中遇到的可变的、短暂的存在,例如金钱、美貌、欢乐等。因此,恶不像摩尼教认为的是一种与善对立的实体存在[②]。恶实质上是由于人们抛弃上帝至善转而追求自我贪欲,错误地使用上帝赐予的自由意志而产生的后果。在基督教理念中,上帝赐予人自由意志的初衷是为了保证人有行善的可能,这是上帝给人类的"礼物"。自由意志引导着人走向自由,但人因选错了方向而戴上了原罪的枷锁。在中世纪道德剧中,"人"使用自由意志决定自己的人生,善与恶的结果取决于人的意愿是否与上帝的意志相符合;"人"作为自由意志的主体,在使用自由意志进行选择时,主观性得到确认,人的人性价值在神学语境中彰显出来。

  《坚韧的堡垒》中的"人类"以一个刚出生的婴儿形象出场,他处于懵懂的状态,拥有"无邪的本性",也感到"困惑并且悲伤"。"人类"的身边被指派了两位天使,一位是"死于十字架上的耶稣",另一位则是"人生低潮期的敌人"。"人类"对即将展开的人生旅程感到无所适从,既渴望拥有财富,又希望灵魂得到拯救,这种摇摆不定的状态贯穿了"人类"的一生。当他年老之时,处在"恶"境之中,"好天使"依旧尊重"人"的自由意志:

  "人类"将要做他自己想要做的事情,

---

① 奥古斯丁. 论自由意志:奥古斯丁对话录二篇. 成官泯,译. 上海:上海人民出版社,2010:136.
② 摩尼教主张善恶二元对立论,认为宇宙的存在本身是两种力量对立与永不休止斗争的结果。人想要实现自己的善就必须远离恶的存在,但恶的实体性却给人以理由进行狡辩:我本质是善的,是恶的力量使我作恶。

第二章　英国中世纪道德剧的思想观念与艺术价值

上帝赐予他自由意志。

尽管他快被淹死了,灵魂将要被杀死,

但我们必须让他做自己想做的事。(Castle:2403—2406)

这正呼应了戏剧开头"传令官"揭示的"人类"生存本质:"上帝曾经给予人类自由意志/让他决定自己的灵魂是被拯救还是被毁灭。"(Castle:25—26)

同样的,《智慧》中的主角"灵魂"也不是一开始就有罪,她以"上帝新娘"的身份出现,与"智慧"互相爱慕,虔诚地接受着圣爱:

我爱着智慧并将他作为我生命的光,

所有的善因他而来。

我在智慧那里获得所有光明!(Wisdom:22—24)

"灵魂"在戏剧的开始是至纯至善的角色,后来因为其三个组成部分禁不住诱惑而做出了恶的选择。对道德剧中的"人"而言,他们凭借自由意志做出的每一次选择都是在经历一场场考验,这些会犯错的"人"向观众昭示着:恶的困境会一直存在,但人类凭借自由意志可以接近或远离恶。

道德剧把"人"对善恶的选择,即"人"如何使用自由意志以寓言化的方式直白地呈现于舞台上,每一个"人"都解释着人生的本质。但无论做出怎样的选择,会有怎样的后果,进行选择的主体都是"人"本身。有些"人"一开始是善的存在,因错误的选择才堕落,所以善恶取决于"人"如何使用自我意志以及"人"的意志是否与上帝的意志符合。总而言之,"人"的主观意愿决定"人"的处境,自由意志来源于上帝,但还是由"人"进行使用与决定,人还是自我行为的主体,这是道德剧对"人"的人性的一种诠释。

另外,道德剧中的"人"不仅是自由意志的主体,他们身上所具有的现世精神和世俗性特征也佐证着人性的特征。道德剧充分描写"人"在现实生活中的琐事,把"人"微不足道的生活常态填充进"引诱—堕落—救赎"的U形结构中,诸如"人"的出生、死亡、交友、劳作等情节的出现使"人"的朝圣旅途具有现实性,让剧中的人物有了人味儿。综观五部道德剧中的"人"形象,除了向观众布道说教外,"人"本身固有的自然本性及活力也不可避免地展露出来。例如在《生之骄傲》中的"生之王"身上就体现出了明显的反抗精神。"生之王"一开始以伟大自居,认为自己是"主宰自我生命的王",企图建立自我生命的秩序取代神的秩序。"生之王"自信满满地宣扬着自我主张,希望按照自己的意愿生活,要凭借自己的力量战胜命运。他拒绝"死亡"在他身上降临,企图挑战死亡。"生之王"的名字或许意味着他是生命的主宰的王或者永远生存着的王。在基督教语境中,"生之王"的失败是无法避免的,"在赫赫有名与无比荣耀的英雄身上,生与死的较量与尖锐的对立无法避免,这是中世纪悲剧的典型特性"[1]。"生之王"注定陨落,但他对抗命运的勇气以及对自我意愿的强调凸显着他的特性,"生之王"在舞台上反抗命运的呐喊也回荡在中世纪晚期每一位观众的耳边。

在《人类》中,剧作家让"人类"救赎的故事发生在他的日常生活中。"人类"坚信辛勤劳动能使自己有所收获,将劳动当作自我幸福的来源。《圣经》描述亚当、夏娃犯了错,所以上帝惩罚他们"过困苦的生活"并且"必终身劳动,从地里得吃的"。艰苦的日常劳作对人而言,原本是一种惩罚,但"人类"却将劳动视为自我生存的主要依靠,并从中获取力量来对抗"邪恶"的诱惑。"人类"的自我转化以及乐观精神指引着世人前往光明的方向,"人类"也由此成为有生命力的世人的代表。

李赋宁、何其莘将道德剧中的"人"定义为"有血有肉、有感情的普通人形象"[2]。道德剧中的"人"虽然是对普遍意义上具有共同命运的人类的抽象表达,但是在面对生命的具体困境时,他们也都表现出了生活在现实中的普通个人的感受与情绪。正如不可一世的"生之王"听到王后与大主教劝诫时表现出的狂妄与鄙夷,《坚韧的堡垒》中初生"人类"在四处张望时感到的孤独与困惑,《人类》中"人类"在信仰失落之后的灰心与沮丧,《智慧》中"灵魂"在沐浴神恩时的欣喜与神采奕奕。其中,《每个人》中"每个人"的真情流露被刻画得最为细致。"每个人"的死亡之旅是他不断与自我对话的过程,在这个过程中"每个人"表达着最真实的情感态度。当他第一次被"友谊"抛弃时,他感到不解,接着绝望,最终感到

---

[1] Davenport, W. A. *Fifteenth-Century English Drama: The Early Moral Plays and Their Literary Relations*. Cambridge: D. S. Brewer, 1982: 17.

[2] 李赋宁,何其莘. 英国中古时期文学史. 北京:外语教学与研究出版社,2005:228-233.

无可奈何:

> 去哪儿,友谊? 你将把我抛弃吗?
> ……
> 别了,友谊,我的心已经被你伤透,
> 永别了,我此生也不会和你再相见。(Everyman:297—300)

"每个人"在经历一次又一次的失望、悲伤、困惑后,最终明白只有"善行"才能陪他走到最后,于是他又感到欣喜与感激:

> 我的善行,万分感激,
> 我感到无比的心安,
> 你的话语让我感到如此的甜蜜。(Everyman:532—534)

戏剧中"人"的这些反应都是普通人真实情感的写照,不同的主观情绪体现出他们面对不同处境时的心境变化。这些笑与泪的描写让舞台上的说教具有了亲切感,一个个鲜活的"人"的形象让观众产生了共情。总之,道德剧中的"人"不仅有至纯的"神性",同时也保留着宝贵的"人性"特征。

第三节 道德剧的艺术价值

科林斯·布鲁克斯(Cleanth Brooks)和罗伯特·B. 海尔曼(Robert B. Heilman)在合著的《理解戏剧:12 个戏》一书中认为,戏剧最重要的三个要素是思想、情节和人物,剧作家的主要目的是通过艺术手段,即情节和人物传达戏剧主旨,即思想,而以《每个人》为代表的道德剧尽管是较为简单的戏剧,但却很好地实现了这个目的[①]。布鲁克斯和海尔曼从众多优秀的剧作中选取了 12 部戏

---

① Brooks, Cleanth & Heilman, Robert B. *Understanding Drama: Twelve Plays*. New York: Holt, Rinehart and Winston, 1948:85.

剧进行分析,论述戏剧的特征,其中分析的第一个剧本就是道德剧《每个人》。由此可以看出,道德剧的艺术特征引起了当代著名文学批评家的肯定和重视,这自然源自道德剧自身取得的艺术成就。具体而言,道德剧虽然形式简单、主旨明确,但却发展出了一种独特的艺术手法,即寓意手法,并以独特的戏剧语言表达并记录了当时社会和思想的变化,体现了一种独特的戏剧风格。

一、寓意手法

作为宗教剧的一种,道德剧和连环剧一样,都用于传达和讲述基督教的教义,而且道德剧的一些人物如魔鬼、上帝等形象也拟人化地出现在连环剧中,但是二者在表现手法上却存在着本质不同。19世纪末,英国学者阿道弗斯·威廉·沃德(Adolphus William Ward)曾经对英国中世纪的神秘剧、奇迹剧和道德剧进行了比较和区分,他指出,相对于神秘剧和奇迹剧而言,"道德剧阐明和传达了同样的宗教道理,但其方式不是通过对《圣经》或传说中的人物和事件的直接展示,而是通过寓意手法,将抽象的概念和意象拟人化"[1]。这里,"寓意手法"成为区分道德剧与其他几种宗教剧的主要标志,也是道德剧的主要艺术特征。后世学者基本上以此来定义道德剧,如1914年,麦肯齐给道德剧下了这样的定义:"道德剧是一种具有寓意结构的戏,它的主要目的是为生活提供教训和导向,主要人物是拟人化的抽象概念或高度普遍化的类型。"[2]这个定义将"寓意"作为道德剧的本质,并指出了寓意结构得以建构的两种方式——主要人物是拟人化的抽象概念或高度普遍化的类型。寓意结构已经成为学术界对道德剧艺术特征的一般共识,"没有寓意,就没有道德剧"[3]。

寓意手法是中世纪文学普遍采用的手法,它首先出现在中世纪基督教的释经传统中。犹太教和早期基督教对《圣经》的解读主要遵循以经释经的传统,我们知道,《旧约》经典的形成长达一千五百年,因此出现了后来的作品引用和注解

---

[1] Ward, Adolphus W. *A History of English Dramatic Literature to the Death of Queen Anne* (Volume I). London: Macmillam Company, 1899: 42.

[2] Mackenzie, William R. *The English Moralities from the Point of View of Allegory*. Boston: Ginn and Company, 1914: 9.

[3] 肖明翰. 英语文学中的寓意传统. 外国文学, 2014(3): 57.

早期作品的现象,由此形成了犹太人以经解经的方法。同样,早期基督徒也利用《新约》去诠释《旧约》,或赋予《旧约》以《新约》的意义,将《新约》与《旧约》联系起来。这种解释《旧约》的方法被称为"预表解经法"(typological interpretation)。但是,与耶稣同时代的、住在亚历山大城的犹太学者斐洛(Philo)受希腊二元论思想的影响,大力倡导"寓意解经法"(allegorical interpretation)。他认为《旧约》的字面故事之下蕴含着另一层深刻的意义,成熟的人应该解读出字面底下的寓意。斐洛的寓意解经法对当时的《新约》作者影响不大,但却对中世纪的《圣经》诠释学产生了巨大影响,奠定了中世纪"寓意释经学"的基础。在斐洛思想的基础上,后经亚历山大的革利免(Clement of Alexandria)、奥古斯丁、阿奎那等人的发展和论述,寓意释经法成为中世纪基督教释经学的主要方法,即从文字(literal)层面、类型(typological)层面、道德(moral)层面和神秘(anagogical)层面这四个层面解读《圣经》。

寓意释经法作为中世纪人们认识《圣经》的主要方法,被运用到了当时的诗歌、绘画、戏剧等艺术创作中,如但丁的《神曲》、英国早期宗教诗歌《心灵之战》、教堂的壁画等。就戏剧而言,连环剧中的个别戏剧也使用了寓意手法。如威克菲尔德连环剧(Wakefield Cycle)第32部戏剧《末日审判》(*Judgment*)就使用了寓意手法,但仅表现在基督和天使的对话中。而道德剧整部剧采用寓意手法,其结构模式、人物形象、舞台设计等都运用了寓意的手法。

首先,就道德剧的结构模式而言,综观现存道德剧,我们可以发现它们在结构上具有一个共同的特征,即其结构已经被模式化、系统化,这个模式化、系统化的结构具有更深的寓意,是对人类经历的象征和暗示。根据道德剧的寓意结构,人类大致要经历以下几个要素和过程:

死亡的来临;

生命的朝圣;

俗世、肉体和魔鬼;

好、坏天使的争论;

被围困的城堡;

七宗罪与七美德的斗争;

> 上帝四女儿的争论,被看作主罪的贪婪的获胜;
> 罪人的堕落与拯救。[1]

　　道德剧所展现的人类生命的历程对应着基督教的拯救历史——创世与人的堕落,基督的受难与人的忏悔,人类的救赎与末日审判,由此形成了道德剧的基本寓意结构模式,即"无罪—受引诱—堕落—忏悔—获救"。在这个寓意结构中,"人的堕落"是戏剧的冲突,"人的忏悔"是戏剧的高潮。当然,尽管不是所有的道德剧都具有这样完整的寓意结构,但结构类似。如《每个人》在内容上主要讲述"死亡"来临时,"每个人"在前往坟墓的旅程中,"友谊""亲属""财富"等不愿同往,"知识""力量""五智"等中途退出,唯有"善行"同他一起进入坟墓,"每个人"因"善行"获得了拯救。这部戏没有展现"每个人"被引诱和堕落的阶段,但是其前往坟墓的人生旅程同样是一个寓意结构,即"行善—获救",表达了人类在尘世的生活要依靠善行才能够得到拯救的基督教思想。同样,《生之骄傲》中,虽然主人公"生之王"也没有经过受引诱与堕落的阶段,但是"生之王"与"死亡"的斗争、"生之王"的战败以及"生之王"的"灵魂"被圣母玛利亚拯救的情节结构同样是一个寓意性结构,它寓意人的肉体生命的脆弱与属灵生活的必要,体现的是"生之脆弱—灵之必要—神之救赎"的寓意结构。

　　《人类》《坚韧的堡垒》《智慧》典型地体现了道德剧的基本寓意结构。《人类》中,主人公"人类"虽然凭借勤奋的劳动锻炼了坚强的意志,但还是在魔鬼"新的伪装""现在""零"和梯梯费留斯的多次捉弄与引诱下堕落并陷入绝境,几乎要自杀,这时"慈悲"让"人类"忏悔罪过并拯救了他。剧中"慈悲"的两场布道具有重要的意义,他在开场布道中告诫人类要抵制各种诱惑,在收场布道中强调拯救和末日审判的意义,他的布道与"人类"的经历相对应,强调了戏剧寓意的主题。

　　《坚韧的堡垒》作为最典型的道德剧,比较完整地体现了道德剧的寓意结构。主人公"人类"刚一出生就受到"好天使"和"坏天使"的争夺,来到"俗世"后,又受到七宗罪的引诱而堕落。虽然他曾一度认识到错误,在七美德的劝告下改过自新,来到了"坚韧的堡垒",但到晚年还是经不住"贪婪"的引诱再次堕落,最后悲

---

[1] Happé, Peter. *English Drama Before Shakespeare*. New York: Addison Wesley Longman, 1999: 81.

惨地死去。临死之际,他祈求上帝,开始忏悔。上帝在听取了四个女儿的争论后,拯救了"人类"的灵魂。"人类"的经历正好体现了基督教的拯救历史,整部戏剧以"人类"的经历为情节结构,寓意性地体现了基督教的拯救观念。

《智慧》中,虽然"灵魂"只是一个概念性的人物,几乎不参与到戏剧行动中,但是,构成"灵魂"的三种力量"理智""理解""意志"与《每个人》中的"每个人"以及《坚韧的堡垒》《人类》中的"人类"一样,在魔鬼的引诱下堕落了,后来在"智慧"的引导下忏悔罪孽,最终获得了拯救。由于人的堕落首先是灵魂的堕落,然后才是肉体的堕落,所以,该剧直接将人的"灵魂"置于各种引诱中,"灵魂"的堕落与获救也就更加直接地代表了人类的堕落与获救。另外,该剧还通过"灵魂"的三种力量以及"智慧"这一形象表达了基督教的"三位一体"概念。[①]

其次,道德剧的人物形象充满了深刻的寓意。和一般戏剧的主人公不同,道德剧的主人公既是一个独立的个人,也是一个普遍化的类型。如《每个人》中,"每个人"的指称既是单数,也是复数。如戏剧开始,上帝讲述了派"死亡"召唤"每个人"的原因,他这样说:

> 每个人只顾寻求他的欢乐,
> 他们根本不知道何为生活!
> 我对他们越是容忍,
> 他们就变得一年比一年坏。
> 所有的生命都受到了伤害,
> 所以我才匆匆赶来,
> 和每个人清算这笔账。
> 因为我如果把他们抛在一边,
> 他们就会受到引诱,
> 变得禽兽不如。(Everyman:40—49)

这里,"每个人"的指称是模糊不清的,有时候是单数,指具体的一个人,有时

[①] Hill, Eugene D. The Trinitarian Allegory of the Moral Play of *Wisdom*. *Modern Philology*, 1975, 73(2): 121-135.

候是复数,泛指人类,而"这种模棱两可是有意为之"①,通过模糊的指称,"每个人"的经历就不仅仅是个体经历,而是人类的普遍经历。同样,《坚韧的堡垒》《人类》中的"人类"(剧中他的身份是一个农夫)、《生之骄傲》中的"生之王"(剧中是一个国王的身份)也具有普遍的意义,是人类的普遍代表,他们的经历和遭遇也都具有普遍性和寓意性。

除了中心人物是具有类型化的人物以外,道德剧中的绝大部分人物都不是真实的人物,而是抽象化的概念,如"死亡""慈悲""智慧""友谊""财富""善行"等。这些抽象的概念直接在舞台上展现,以今天的理解看是被拟人化了,但在中世纪的人们看来,这些概念和意象则是他们生活的一部分。对中世纪的人们而言,他们所生活的世界是与幽灵、魔鬼和天使共存的世界,后者比人类更多、更丰富,尽管它们很少以肉体的形式存在,但却是真实存在的②,而且,"人们把这些看作是他们世界的一部分,它们参与到他们所思考的世界中去"③。因此,宗教剧舞台上出现的这些抽象概念在中世纪的人们看来,不是拟人化的,而是和他们一样,而且这些抽象概念"通过人类的演员而被人格化,这一显而易见的事实将人性的维度添加到道德剧的神学维度中"④。道德剧中的某些概念还有一个真实的社会身份,如《每个人》中的"告解"、《智慧》中的"慈悲"就被赋予一个神父的身份。通过这些类型化的人物和抽象但却真实可感的超自然形象,"发生在舞台上的事件不是对生活的模拟再现,而是真实的生活本身"⑤。

最后,道德剧的舞台设计作为道德剧的重要组成部分,也具有强烈的寓意性。为了突出人物的身份和所蕴含的意义,人物的服装和造型是类型化的,如

---

① Kolve, V. A. *Everyman* and the Parable of the Talents. In Taylor, Jerome & Nelson, Alan H. (eds.). *Medieval English Drama*. Chicago and London: University of Chicago Press, 1972: 328-329.

② Erickson, Carolly. *The Medieval Vision: Essays in History and Perception*. Oxford: Oxford Univesity Press, 1976: 12-18.

③ Schmitt, Natalie C. The Idea of a Person in Medieval Morality Plays. *Comparative Drama*, 1978, 12(1): 25.

④ Potter, Robert. *The English Morality Play: Origins, History and Influence of a Dramatic Tradition*. London and Boston: Routledge & Kegan Paul, 1975: 34.

⑤ Potter, Robert. *The English Morality Play: Origins, History and Influence of a Dramatic Tradition*. London and Boston: Routledge & Kegan Paul, 1975: 33.

《智慧》中的"灵魂"穿着黑白相间的衣服,喻指她易在善恶之间变化,而《坚韧的堡垒》和《人类》中的"人类"在没有堕落时穿的都是朴素的衣服,堕落后穿的都是金银装饰的华丽衣服,喻指他在堕落与忏悔之间的转变。《坚韧的堡垒》中上帝的四个女儿的服装都是各自品质的象征:"怜悯"的衣服是白色的,喻指她的宽容和仁爱;"正义"的衣服是红色的,喻指她的公平和热情;"真理"的衣服是绿色的,喻指她的永恒与忠诚;"和平"的衣服是黑色的,喻指她对受难之人的哀悼。舞台具有一定的寓意,如《坚韧的堡垒》搭设了五个不同的高台,上帝、"尘世"、"肉体"、魔鬼等分别站在不同的高台上,"贪婪"被单独安排在一个台子上,表明贪婪是人类堕落的主要原因。剧中的"城堡""壕沟"象征着人类的心灵阵地。

二、喜剧性特征

道德剧的寓意手法使道德剧的表面故事具有了深刻的意义,同时也让基督教的教义形象地、可视化地展现在舞台上。因此,寓意手法成为道德剧的基本特征。除了寓意手法以外,道德剧还具有另外一个鲜明的特征,即喜剧性特征。这个特征却很少引起学术界的注意,而且常被认为是道德剧的缺陷[1],因为表面上看起来,喜剧性与道德剧的严肃性与教诲性似乎是冲突的,不一致的。笔者认为,尽管道德剧的喜剧性技巧可能还没有达到一个很高的艺术水平,但却是道德剧艺术表达的需要,是道德剧艺术成就的一个方面。道德剧的喜剧性特征主要体现在以下几个方面:

第一,道德剧中出现了一系列喜剧人物。我们知道,道德剧的人物都是类型化、定型化的人物,如"人类"容易在"善"与"恶"之间变化,"慈悲""善行"、七美德等都是极其善良的,魔鬼"贪婪""嫉妒"等都是邪恶的化身。其中魔鬼"贪婪"等具有邪恶品质的角色显然是喜剧人物,因为他们没有个性,在舞台上以各种机械的行动体现他的滑稽与邪恶,完全符合喜剧人物的本质——"喜剧人物被剥夺了

---

[1] 如英国学者 F. P. 威尔逊(F. P. Wilson)认为,道德剧的喜剧场面是"粗俗无趣的",参见:Wilson, F. P. *The English Drama: 1485—1585*. Oxford: Oxford University Press, 1969: 5. 学者克雷格认为,道德剧的喜剧场面是"粗俗甚至猥亵的",参见:Craig, Hardin. *English Religious Drama of the Middle Ages*. Oxford: Clarendon Press, 1955: 351.

人的特征,因为他只装腔作势,做些机械动作,当这些动作被'打断'时就显得滑稽可笑了"[1]。和连环剧中的魔鬼一样,几乎所有道德剧中的"邪恶"角色都身着奇装异服,动作夸张,语言粗俗。如《智慧》中的魔鬼路西法穿着花花公子的服装(第324行的舞台说明),"灵魂"的三个组成部分"理智""理解""意志"堕落后分别带着自己的舞蹈团队手舞足蹈地上场,三个舞蹈团队都是邪恶的化身,他们都衣着奇形怪状,"理智"的舞蹈团队都穿着带有红色狮子图案的制服(第692行的舞台说明),"理解"的舞蹈团队都穿着审判员的长袍,系着头巾,同时还戴着仆人的帽子,帽子上带有帽舌(第724行的舞台说明),"意志"的舞蹈团队一半人物打扮成花花公子,另一半人物是戴着有帽舌帽子的主妇(第752行的舞台说明)。三个舞蹈团队在剧中都没有发言,但都像哑剧中的小丑一样向观众展示了自己夸张的舞蹈。《人类》中的三个恶魔先是自己互相打闹,接着拙劣地模仿"慈悲"的布道,然后骚扰"人类"的工作。该剧中最具有喜剧色彩的人物是恶魔梯梯费留斯,他极其丑陋,丑陋到需要观众为看到他的丑而付费,他的出场在观众中引起了一阵骚动。和连环剧的恶魔式小丑以夸张的语言取胜相比,道德剧的恶魔角色的主要特点在于奇特的外表和夸张的动作。我们知道,定型化人物的主要戏剧功能是陪衬[2],道德剧中的这些定型化的喜剧人物与剧中诸如"慈悲""七大美德"等正面角色形成对照,而道德剧的教诲主题正是在二者的对照中才得以彰显。

第二,中世纪道德剧还通过喜剧性场面和喜剧性场景的设置活跃气氛,吸引观众,强化戏剧主题。如在《坚韧的堡垒》第三场中七宗罪围攻"坚韧的堡垒"的场景就极具喜剧性。该场景中第一个场面是"坏天使"和"背后诽谤者"鼓动七宗罪去攻打城堡,"骄傲""愤怒""嫉妒""暴食""淫荡""懒惰"像小丑一样纷纷跳到"邪恶"的高台上,他们一致决定一起去攻打堡垒,然后打着"邪恶"的旗帜,"呼啸着、吵闹着"向堡垒进发(第1789行的舞台说明)。这个场面中,每个角色都自我吹嘘,为即将到来的战争吵闹不休,充满了喜剧色彩。在接下来的场面中最具有喜剧性的是七宗罪与七美德之间的战争场面,一边是七宗罪与七美德之间的单打独斗,一边是"坏天使"和魔鬼"毕列"的助战,但结果却是七宗罪被七美德打得

---

[1] 弗莱,等. 喜剧:春天的神话. 傅正明,程朝翔,等译. 北京:中国戏剧出版社,2006:85.
[2] 弗莱,等. 喜剧:春天的神话. 傅正明,程朝翔,等译. 北京:中国戏剧出版社,2006:63.

落花流水、落荒而逃。在这个场面中,七宗罪笨拙、无能、滑稽的行动再一次受到嘲弄。《智慧》中"理智""理解""意志"展现自己堕落的场面也是喜剧性的,三个身着奇装异服的舞蹈团队伴随着音乐分别进行了一段舞蹈,舞蹈结束以后,三个舞蹈团队的领队即"理智""理解""意志"开始争吵和打闹,最后他们和好并一起唱着歌去酒馆喝酒。《人类》中更是充满了喜剧性场面,如戏剧一开始就是一个喜剧性场面,开场中"慈悲"正在进行一场关于上帝拯救世人的布道,但却一再被"恶作剧"戏仿、打断。第二个场面也是一个喜剧性场面,三个恶魔"新的伪装""现在""零"上场后,先是自己打闹了一阵,然后又开始恶搞"慈悲",最后被"慈悲"赶下了场。第三个戏剧场面体现为三个恶魔带着梯梯费留斯捉弄"人类"的场面。梯梯费留斯一次次捉弄"人类",偷走他的劳动工具,让他做噩梦,三个恶魔还设立模拟法庭,戏仿严肃的法律语言,捉弄"人类",对人类进行问答式教学等,主要通过恶搞、嘲弄从而让"人类"堕落,因此他们的行动和语言充满了喜剧甚至闹剧色彩,从而使得该剧从一个严肃的道德剧变成了轻喜剧。

　　这些喜剧性的人物和喜剧性场景淡化了宗教剧的说教色彩,使观众在轻松愉快的环境中潜移默化地接受了基督教的教义和伦理道德,从而最大化地实现了道德剧的教诲目的。总之,寓意手法与喜剧性技巧相得益彰,共同成就了中世纪的道德剧。正是道德剧的灵活多样性,才使得它在宗教改革后加入了新的戏剧元素,与社会生活更加接近,并且以"间插剧"(interludes)的形式继续活跃在都铎王朝的舞台上,并对伊丽莎白时代的戏剧产生了深远影响。

第三章　英国中世纪道德剧在16世纪的演变

　　作为宗教剧的一种,道德剧在16世纪宗教改革浪潮中接受了新教思想的检阅。从戏剧模仿的内容上看,圣徒剧侧重表现圣徒的崇拜与影响,连环剧侧重体现上帝在具体事件中的功绩,而道德剧重在传达人类面对引诱时的脆弱以及上帝的仁慈,因此,相对于连环剧和圣徒剧,道德剧的教诲内容更容易被宗教改革者接受。从戏剧主题看,圣徒剧和连环剧将人类的历史戏剧化,把人类的发展看成堕落与被拯救的过程,在这个过程中,上帝(或圣徒)是戏剧的主角,整部戏剧表现的是上帝(或圣徒)对人类的救赎;而道德剧则将个人的生命戏剧化,把人的尘世生命看作一个阶段,要经历"无罪—堕落—获救"的过程[1],在这个过程中,个体生命的发展成为戏剧的中心,个体如何得到上帝的拯救成为戏剧的主题,而个体生命的价值和发展是人文主义者较为关注的问题。从演出时间看,连环剧主要在圣体节上演,圣徒剧主要在所写圣徒的纪念日上演,道德剧的演出时间不受基督教节日的限制,同时也就与上述基督教节日关联不大,因此,随着上述节日在宗教改革期间被禁止,与节日庆典和节日崇拜密切相关的连环剧和圣徒剧也就很快被禁止了,道德剧则可以继续演出。

---

[1] Potter, Robert. *The English Morality Play: Origins, History and Influence of a Dramatic Tradition*. London and Boston: Routledge & Kegan Paul, 1975: 8.

第三章　英国中世纪道德剧在16世纪的演变

第一节　道德剧的自我变革

如前所述,盛行于中世纪末期的道德剧尽管以传达基督教教义为根本宗旨,但是作为时代的缩影,道德剧本身在思想内容上已经反映了时代交替时期的新思想。进入16世纪之后,短小精悍、形式灵活的道德剧为适应新时代的变化,自身又进行了变革。

一、从天主教教义到新教思想

中世纪道德剧所传达的基督教教义内容较为广泛,没有《圣经》或圣徒传说的限制,与此同时,道德剧的主旨不局限于传达基督教教义。如前所述,在动荡的中世纪后期,英国频繁遭受自然灾害、瘟疫、战争等,道德剧反映了英国人民对生命与死亡、罪孽与忏悔、自由意志和神的恩典等多方面的思考和伦理寻求[①],同时也展现了传统基督教思想与萌芽的新宗教思想的碰撞。如《每个人》中,"五智"建议"每个人"去找神父做最后的圣礼,"五智"认为:

> 他们教给我们《圣经》,
> 使人从罪恶中转变,到达天国;
> 上帝给他们的权能
> 远大于天国的任何一个天使。
> ……
> 神父绑上也,解开所有的绑带,
> 既有尘世的,也有天国的。
> 他们管理七宗圣事;
> 即使我们亲吻他们的脚,他们也完全配得上;
> 他们治愈我们的罪:

---

① 郭晓霞. 道德剧与英国中世纪后期的伦理寻求. 解放军外国语学院学报,2017(4):139-146.

> 我们发现，上帝之外没有救赎，
> 但神父除外。
> 上帝给了神父那样的尊严，
> 让他代表上帝和我们在一起；
> 因而他们完全在天使之上。
> ……
> 我们是他们的羊，他们是我们的牧者，
> 通过他们，我们得到了担保。（Everyman：733—749，767—768）

"五智"的观点代表了当时基督教神学的普遍观点，即肯定神父在人与上帝之间的中介作用。但是，中世纪后期，随着人文主义思想的兴起，基督教神学出现了另一种思想——基督教人文主义，即上帝之外无救赎。"知识"便是后一种思想的体现，他反对"五智"的看法，认为：

> 如果神父是个好人，那神父确实在天使之上。
> 但是当耶稣被不恭地钉死在十字架上，
> 他（的灵）从他受祝福的心中出来时[1]，
> 这样的圣礼是极其痛苦的：
> 全能的主没有把他们"卖给"我们。
> 使徒彼得说[2]：
> "耶稣诅咒他们，
> 因为上帝作为拯救者被买卖，
> 他们为了一点钱这么做或者这么说。"
> 罪恶的神父给罪者带来了坏榜样；
> 我听说，他们还有私生子；

---

[1] 暗指耶稣受到犹太祭司该亚法、亚那的迫害而死。
[2] 根据《使徒行传》第8章第18—22节，一个叫作西门的恶人为了得到神的拯救，便拿钱贿赂使徒们，这时，使徒彼得说："你的银子和你一同灭亡吧！因为你想神的恩赐是可以用钱买的。"

一些人常出入妓院，

过着不洁净的生活，淫荡好色；

这些罪孽都被遮蔽了。（*Everyman*：750—763）

由此可见，道德剧所宣扬的宗教教义不局限于中世纪天主教，它也体现了新的宗教思想。

至 16 世纪早期，亨利八世发起了一场影响深远的宗教改革运动，实际上，这场宗教改革运动"不仅是一项改宗运动，也是一起政治事件"①，其根本目的在于通过宗教改革，将"教权"纳入"王权"的管辖之中，进而确立"王权至尊"的"君权国家"。因此，为了说明亨利八世"王权至尊"的合法性以及让人们适应新的宗教伦理，以亨利八世宗教改革的总设计师托马斯·克伦威尔（Thomas Cromwell）为首的策士团组织了一场宗教改革官方宣传运动（official propaganda）②。在这场宗教改革宣传运动中，官方尤其重视戏剧宣传的作用，如克伦威尔麾下干将、宗教改革的宣传者理查德·莫里森（Richard Morison）认为，在宗教改革的宣传运动中，戏剧比布道更有效，因为戏剧"通过观看能让普通民众迅速了解内容要旨"③。作为新教徒的戏剧家约翰·贝尔对戏剧的认识与莫里森不谋而合，他发现中世纪宗教剧在宣传教义、加深信徒信仰方面起了重要作用，认为同样可以借用戏剧的形式宣传新的宗教教义，由此投入戏剧创作中，先后创作了 24 部戏剧④。其中既有传统的连环剧、道德剧，也有英国戏剧史上的第一部具有道德剧特征的历史剧，即《约翰王》（*King Johan*）。道德剧因其短小精悍的形式和

---

① 李若庸. 编造王权——亨利八世政府对君王典故的新历史解释. 台大文史哲学报，2008（68）：170.

② 关于亨利八世政府宗教改革宣传机制的形成，可参见：李若庸. 亨利八世之离婚宣传战：《真相的镜子》的出版与官方宣传机制的成形. 成大西洋史集刊，2004(12)：55-89.

③ Levin, Carole. A Good Price: King John and Early Tudor Propaganda. *The Sixteen Century Journal*, 1980, 11(4): 29.

④ 贝尔在自己的著作《概要》（*Summarium*）中列出了 24 部戏剧剧目，其中保存下来的五部戏剧分别为《约翰王》《上帝的允诺》（*God's Promise*, 1547）、《施洗者约翰的布道》（*Johan Baptystes Preachyng*, 1547）、《引诱我们的主》（*The Temptation of Our Lord*, 1547)、《三个律法》（*Three Law*, 1548)。参见：Happé, Peter. Introduction. In Happé, Peter (ed.). *The Complete Plays of John Bale (Volume Ⅰ)*. Cambridge: D. S. Brewer, 1985: 9.

教诲目的,再次成为新时代剧作家采用的艺术形式,并成为新教思想宣传的重要艺术手段。

二、从宗教教诲到世俗生活指导

当教诲内容从天主教教义悄然转变成新教思想时,道德剧本身就已经在发生变化。接下来,"最重要的一步就是摆脱它被创造时的实际的宗教功能"[①],即内容世俗化,而要完成这一步转变,只需将宗教教诲变成政治思想教育和人们的行为规范指导即可,这一转变与中世纪后期道德剧的发展几乎是同步的。早在1495 年,《每个人》和《智慧》等传统道德剧盛行的时代,剧作家亨利·默德沃创作的《本性》便一改传统道德剧的主题——人类灵魂中善与恶的斗争,主要展现主人公"人"在自我认识过程中理智与感觉的冲突。

接着,1515—1516 年,约翰·斯盖尔顿创作的《辉煌》将主人公的身份从人类普遍的代表"人"(Man, or Everyman, or Mankind)转变成有明确身份的(王子)、具体的人"辉煌"(Magnyfycence),戏剧冲突则从精神生活转变成具体的行为选择,即"辉煌"在管理王国事务中面临着阴谋顾问与英明顾问的冲突。1518 年,约翰·拉斯特尔创作的《四种元素》主要展现了主人公"人性"(Humanity)面对当时盛行的各种科学知识产生了学习与不学习的冲突。这些剧作表明,道德剧在保留寓意手法的同时,内容完成了世俗化转变。

同时,这些戏剧的舞台表演也发生了变化。传统道德剧都是在室外露天演出的,最典型的当推《坚韧的堡垒》,如前所述,其手稿中提供的剧场图体现了中世纪道德剧室外演出的状况。与传统道德剧室外演出不同的是,《本性》《辉煌》《四种元素》的演出地点则是相对封闭的大厅,更准确地说,是贵族的宴会厅。从表演情况看,传统道德剧主要由人数不固定的业余演员巡回演出,而上述戏剧则由相对固定的小规模的职业剧团演出[②]。因此,这些戏剧虽然在形式、结构和手法上仍然沿袭了传统道德剧,但由于其关涉的内容主要是历史或现实生活,呈现

---

① Potter, Robert. *The English Morality Play: Origins, History and Influence of a Dramatic Tradition*. London and Boston: Routledge & Kegan Paul, 1975: 58.
② Ramsay, Robert L. Intorduction. In Ramsay, Robert L. (ed.). *Magnyfycence: A Moral Play*. London: Kegan Paul, Trench, Trübener & Co., 1906: XV.

了主要角色的特定个性而不再是类型或抽象的特征,因此它们本质上已经不再是正统的道德剧,而是一种"混合道德剧"(hybrid moralities)或者"混合剧"(hybrid plays)[①]。

这种"混合道德剧"或者"混合剧"成为16世纪主要的戏剧类型。对于这些戏剧,16世纪的人们很少用"道德剧"这个词,而较为常用的是"寓意剧"(moral plays,直译为"道德的戏")或者"道德间插剧"(moral interludes),这些术语表明了它们与道德剧的渊源,同时也说明了道德剧在新时代的发展变化。

其中的"间插剧"是15世纪末期在宫廷、贵族的宴会厅、市政大厅甚至村庄广场逐渐兴起的一种新的戏剧活动,其内容幽默风趣,以对话为主,具有一定的辩论色彩。现存最早的间插剧是存于大英博物馆的戏剧手稿残篇《学生和女孩的间插剧》(*The Interlude of the Student and the Girl*),被学者们认为大约创作于13世纪末期或者14世纪初期[②]。创作于14世纪的著名诗歌《高文爵士与绿衣骑士》(*Sir Gawain and the Green Knight*)中,当绿衣骑士提着砍下的头离开后,亚瑟王为了安慰在场受到惊吓的女士们,故作轻松地将刚才惊心动魄的一幕称作圣诞节的一出"间插剧"(第470—472行)[③],这表明"间插剧"在中世纪就已经存在。"间插剧"这个术语字面意义表示"在中间的一个戏",拉丁语 *lude* 的意思是游戏,指一切娱乐活动,进入英语后,则指 game 和 play。这个术语在中世纪也没有明确的含义:在14世纪以前指轶事传说,在14世纪指圣徒剧,后来指绝大部分正统道德剧,甚至也用于指代普劳图斯式的普通戏剧[④]。其中的词根 inter,指"在……之间",但是究竟在什么中间并不确定,通常认为在一场大型的舞台演出中间或宴会中间。但是,间插剧不仅在宴会中间演出,更多的时候是在各种不同环境下表演。因此,学者钱伯斯推测,"一出'间插剧(interlude)'不

---

① Bevington, David. *From Mankind to Marlowe: Growth of Structure in the Popular Drama of Tudor England*. Cambridge, MA: Harvard University Press, 1962: 10.
② Wickham, Glynne (ed.). *English Moral Interludes*. London: J. M. Dent & Sons, 1976: 195.
③ Tolkien, J. R. R., Gordon, E. V. & Davis, Norman (eds.). *Sir Gawain and the Green Knight*. Oxford: Oxford University Press, 1967: 10.
④ Chambers, E. K. *The Medieval Stage (Volume Ⅱ)*. Oxford: Oxford University Press, 1903: 181-184.

是某个东西之间的表演(ludus),而是一个表演在两个或者更多的表演者之间进行"①。钱伯斯的这个推测并没有得到学界的普遍认可,但是他对于该术语被广泛使用的观点被学界接受下来了②。

"间插剧"这个术语之所以难以界定,原因在于其所指范围广泛。就16世纪自称和被称作"间插剧"的戏剧而言③,它所涉及的内容极其繁杂,风格迥异,长短不一,有的篇幅较短,人物也只有两三个,有的则长达千余行,比一些《圣经》连环剧、圣徒剧、道德剧还长。从戏剧的表演艺术看,这类戏剧要么在宴会进行期间,要么在其他节日的场合中演出,演出的地点最初主要在宫廷、贵族和绅士家的大厅,后来也在市政大厅、乡间广场甚至学校演出④;演员有时候是巡回公司的歌手或者乡下人,有时候是大贵族的随从,这些随从在其主人不需要他们娱乐的时候,便在乡村的巡回演出中实践他们的戏剧才能。从表现内容看,尽管有的间插剧也具有一定的宗教教诲内容,但是现实主义因素更为显著,反映了中世纪末期和都铎王朝政治、宗教、社会生活的变革。从表现手法看,中世纪宗教剧尤其道德剧的寓意手法被间插剧继承下来,但间插剧比以往宗教剧更多地使用了喜剧的表现手法,以至于典型的间插剧是地道的世俗戏剧,有的甚至更像是一个粗鄙的闹剧。从剧本的创作和传播看,和连环剧的集体创作、圣徒剧和道德剧的民间匿名创作不同,这些戏剧大都是文人的有意识创作,其作者大都受过一定的教育,部分剧作还成为早期的印刷品在戏剧界和文学界流传。如都铎时期英国出现了默德沃、斯盖尔顿、拉斯特尔、贝尔、约翰·海伍德(John Heywood)等一大批优秀的间插剧作家,他们所创作的间插剧在都铎早期的宫廷和贵族的宴会中极受欢迎,并都得到印刷出版,在当时引起一定反响。从戏剧形式看,这些戏

---

① Chambers, E. K. *The Medieval Stage (Volume Ⅱ)*. Oxford: Oxford University Press, 1903: 183.
② Bevington, David. *From Mankind to Marlowe: Growth of Structure in the Popular Drama of Tudor England*. Cambridge, MA: Harvard University Press, 1962: 10.
③ 此时出版的很多戏剧都在扉页上标上"间插剧"的标签,如前面所述,贝尔在自己部分新教连环剧出版时也自称"间插剧"。可见,16世纪,至少在贝尔出版其新教连环剧的40年代,"间插剧"是一种极其流行的称谓或戏剧类型。
④ Chambers, E. K. *The Medieval Stage (Volume Ⅱ)*. Oxford: Oxford University Press, 1903: 189-194.

剧尤其关注当时的一些社会热门话题,多采用辩论的形式组织戏剧情节,推动戏剧行动的发展,有的整出间插剧就是一场辩论。

尽管有学者将道德剧和间插剧看作一个戏剧类型,将其称为"道德剧"或"道德间插剧"[1],但是,"间插剧"的内涵远远大于"道德剧"和"道德间插剧",换句话说,"道德间插剧"是"间插剧"的一种,除了由传统道德剧发展而来的"道德间插剧"以外,还有表现世俗生活的"世俗间插剧",如默德沃的《福根斯和鲁克丽丝》(*Fulgens and Lucrece*)、海伍德的《约翰·约翰》(*Johan Johan*)、《宽恕者和修道者》(*The Pardoner and the Friar*)、《四个行当》(*The Foure PP*)等都是典型的世俗喜剧。笔者"将间插剧看作一个文学流派"[2],指称15世纪末期和16世纪众多独立的戏剧,包括"道德间插剧"和"世俗间插剧"两大主要类型。显然,"道德间插剧"是道德剧与间插剧的结合,是一种"混合剧",它成为16世纪英国戏剧活动的一个重要现象,而这一现象表明,中世纪的道德剧在文艺复兴期间"没有被世俗戏剧取代,而是在一个世俗化的转变中被自身的衍生物取代"[3]。从这个角度而言,道德剧是文艺复兴戏剧的直接源头,并且是文艺复兴戏剧的一个组成部分。

总体而言,中世纪道德剧因其形式和内容的灵活性,在16世纪适应了新时代发展,从而演变成各种新的戏剧形式,但是只有当它的主题被并入其他类型的戏剧诸如悲剧、喜剧、历史剧中时,道德剧才能在英国戏剧发展中找到自己最重要的位置。

---

[1] 持这类观点的比较有代表性的学者及作品主要有:Potter, Robert. *The English Morality Play: Origins, History and Influence of a Dramatic Tradition*. London and Boston: Routledge & Kegan Paul, 1975; Harvey, Nancy. The Morality Play and Tudor Tragedy: A Study of Certain Features of the Morality Play and Their Relationship to English Tragedy Through Marlowe. Raleigh: University of North Carolina at Chapel Hill (Doctoral Dissertation), 1969; Harris, John W. *Medieval Theatre in Context: An Introduction*. London and New York: Routledge, 1992: 168-178.

[2] Dunlop, Fiona S. *The Late Medieval Interlude: The Drama of Youth and Aristocratic Masculinity*. York: York Medieval Press, 2007: 2.

[3] Potter, Robert. *The Form and Concept of the English Morality Play*. Ann Arbor: University Microfilms, 1965: 231.

第二节　教育道德剧

我们已知,道德剧始于教堂布道,而教堂布道的根本目的是对基督教教义的宣讲,具有强烈的教诲指向。而随着人文主义思想与科学发现的兴起,道德剧所宣扬的宗教神学思想显然已经不合时宜,难以吸引观众,因此,道德剧在内容上首先进行了世俗化变革,从传达基督教教义转向了进行世俗生活的教导,从而出现了一些教育道德剧。教育道德剧虽然最初是为儿童表演而设计的,但其后也被改编为专业剧团演出,以迎合大众的口味,其教育内容主要表现为以下方面。

一、探讨人的自我认识

都铎时期的第一位剧作家默德沃的《本性》最早体现了传统道德剧的新方向[1],主要探讨了人对自我的认识过程。

该剧以传统道德剧为基础,蕴含了一定的人文主义思想。戏剧分成两个独立的行动或部分,对于这两个部分,有学者认为可能是"在两个不同的场合演出"[2],但是鉴于两个部分内容的连贯性,笔者认为这两个部分应该是在两天的宴会中连续演出的。戏剧一开始,"尘世"(World)首先上场,他坐下来一言不发。和他一起上场的还有"世间情感"(Worldly Affection),他拿着礼服、帽子和腰带。接着"本性"(Nature)、"人"(Man)、"理智"(Reason)、"感觉"(Sensuality)、"无罪"(Innocency)一起上场。在一番布道后,"本性"委派"理智"和"感觉"以不同的方式统治"人"(*Nature* I:101—102)[3]。和《坚韧的堡垒》中的"人类"一样,"人"伴随着两个意见截然相反的建议者入场,但这两个建议者不再是"好天使"和"坏天使",而是"理智"和"感觉"。"人"的第一次发言表明,他完

---

[1] Boas, F. S. *An Introduction to Tudor Drama*. Oxford: Oxford University Press, 1950: 3.
[2] Potter, Robert. *The English Morality Play: Origins, History and Influence of a Dramatic Tradition*. London and Boston: Routledge & Kegan Paul, 1975: 59.
[3] Relson, Alan H. (ed.). *The Plays of Henry Medwall*. Cambridge: D. S. Brewer, 1980: 93. 后文所有该剧本引文均出自该书,不再另注,仅随文标明剧本简称、部和行数。

全知道自己理论上的无罪状态,感谢上帝创造了他并让他统治世上所有的生物,感谢上帝赋予他智慧、感觉、理解,而且,"人"还知道他的道德和领土的合适范围。"本性"在离开时,劝告"人"要服从他的"理智",征服他的"感觉"。"本性"离开后,"理智"与"感觉"为了争夺"人"展开了激烈的争论,他们都声称自己有权利统治"人",后来"无罪"也加入他们的争论,这使得"人"很难区分他自己混合的本性。一番争论之后,"理智"把"人"交给"尘世",并要求"尘世"好好照看"人"。"尘世"给"人"戴上帽子,束上腰带,穿上礼服,并授予他权威和权力,为他提供了仆人,同时指派"世间情感"和"感觉"作为"人"的侍者,并建议让"无罪"离开。"人"按照"尘世"的要求一一去做,赶走了"无罪"。由此,"人"变成了一个"尘世的人"(Wordly Man)——他不能区分善恶。"世间情感"则教导"人"要塑造自己的形象,"维持自己的生活准则"(Nature I:695)。"感觉"为"人"寻找了另一个侍者——"骄傲"(Pride),于是"骄傲"穿着华丽的服装上场,一番自我吹嘘和询问之后,他建议"感觉"也服务于"人"。"感觉"接受了"骄傲"的建议。成为"人"的仆人后,"骄傲"[现在他自称为"崇拜"(Worship)]立刻建议"人"反对"理智",并劝告"人"改变自己的服装样式。当他们领着"人"来到一个小酒馆时,"骄傲"为"人"找到了合适的衣服。"感觉"来到"人"身边,告诉他要面对娼妓,并召唤来了一些人,这些人都是一些"重罪"的代表,是"骄傲"的亲属,都改变了名字以掩盖他们的本质。年轻的"人"拥抱了这一切。当"感觉"走了以后,"理智"进来为"人"舍弃了自己而惋惜。之后,"人"与"世间情感"一起出现,他们互相争吵和埋怨起来,"世间情感"愤而离开。接着,"谦逊"(Shamefastness)到来,他激起了"人"对"理智"的渴望,"理智"再次回来,"人"与"理智"和解。第一个部分到此结束。

第二个部分开始,"理智"一再告诫"人"要坚持反对各种恶魔,警惕各种堕落。但是"理智"离开后,"感觉"再次出现,他假惺惺地哭泣起来,再次引诱"人"堕落。在他的引诱下,"人"很快堕落并开始与"身体欲望"(Bodily Lust)为伍。"人"和"世间情感"一起去寻找娼妓,他们回来后,"骄傲"为"人"准备了新的衣服。"人"穿上了新衣服,结识了"懒惰"(Sloth)、"暴食"(Gluttony)、"嫉妒"(Envy)、"愤怒"(Wrath)等人,一起去寻欢作乐。"感觉"进来告诉"嫉妒"说,"人"已经变老了,并且被"暴食"和"身体欲望"抛弃了。他们离开后,"人"和"理智"一起进来,"理智"指责"人"的堕落,建议他忏悔。在"理智"的建议下,"人"开始忏悔,然后受到"温顺"(Meekness)、"宽容"(Charity)、"好的娱乐"(Good Occupation)、"慷慨"(Liberality)、"贞洁"(Chastity)和"节制"(Abstinence)的拜访,整个戏在歌声中结束。

学界对默德沃的诟病多指向《本性》,认为该剧沿袭了中世纪道德剧的传统,甚至有学者直接将该剧和中世纪道德剧相提并论,将其与《生之骄傲》《坚韧的堡垒》《智慧》《人类》《每个人》一起并列称为英国中世纪六大道德剧[①]。

默德沃确实在该剧中使用了传统道德剧的手法。全剧围绕着主人公"人"的"无罪—被引诱—堕落—忏悔—救赎"的寓意结构模式展开,主人公"人"最初是无罪的,但在以"感觉"为首的邪恶势力的引诱下堕落了,晚年又在以"理智"为首的正义力量的劝导下开始忏悔,最终受到"理智"的认可与赞许,成为"被拯救的孩子"(Nature Ⅱ:1406),全剧在欢快的歌声中结束。在这个寓意结构中,"人"的堕落是戏剧的冲突,以"感觉"为首、以"身体欲望""懒惰""暴食""嫉妒""愤怒"等七宗罪为中心的邪恶势力与以"理智"为首、以"温顺""宽容""好的娱乐""慷慨""贞洁"等七美德为中心的正义力量之间对"人"的争夺战是戏剧的发展过程,"人"的忏悔是戏剧的高潮,整部戏剧表达了道德剧一贯的主题——人的堕落与拯救。剧中人物仍然是抽象化的概念,其中的主人公"人"仍然是道德剧中具有普遍意义和类型化的人类的象征。在舞台设计上,为了凸显戏剧主题,该剧也和《坚韧的堡垒》《人类》等道德剧一样充分利用了服装的寓意功能。剧中"人"多次改变服装,第一次上场穿的是"朴素的外套"(Nature Ⅰ:438),接着穿戴上"尘世"事先准备好的长袍、帽子和束带,从外形上成为"尘世的人",之后随着情节的发展,他的衣服多次在朴素与华丽之间发生变化,借以表明他在纯真与堕落之间的转变。因此,就该剧的结构模式、人物形象、舞台设计等而言,该剧确实是一部地道的道德剧。

但是,我们不能因为《本性》的道德剧属性否定其具有的思想和艺术价值。默德沃所处的时代即15世纪末期,英国仍然普遍信奉天主教,中世纪各种宗教戏剧——连环剧、圣徒剧、道德剧——仍然盛行。作为当时枢机主教莫顿(Morton)的专职教士,默德沃深知自己肩负的宗教使命,因此创作《本性》这样的道德剧不足

---

① Happé, Peter. *English Drama Before Shakespeare*. New York:Addison Wesley Longman, 1999:80.

为奇。但与传统道德剧不同的是,该剧在内容上融入了许多新的时代精神。

该剧一改传统道德剧的主题——人类灵魂中善与恶的斗争,而是主要展现人类在自我认识过程中理智与感觉的冲突。戏剧的开场是"本性"的长篇布道,在布道中,"本性"首先向观众做了自我介绍,她声称自己是上帝所创造的宇宙秩序的化身,是各种现象得以产生的动力,就连鸟的歌声也是她作用的结果:

> 是谁教给公鸡观察时间,
> 从心底里激情歌唱?
> 是谁教给鹈鹕刺穿自己的心脏,
> 去哺育她死去的孩子?
> 是谁教给夜莺去记录
> 自己夜间歌唱的旋律?
> 是我,"本性",并不是其他力量。(Nature Ⅰ:43—49)

这个布道式的开场白显然和传统道德剧无二,布道者"本性"的作用和《智慧》中的"智慧"、《人类》中的"慈悲"一样,是上帝的化身和代言者,她宣告了上帝的权能和秩序,并声称将委派"理智"和"感觉"以不同的方式统治"人"(Nature Ⅰ:101—102)。"理智"和"感觉"为了争夺"人"展开了激烈的论争,以"感觉"为代表的邪恶势力甚至计划着要对以"理智"为代表的正义势力发动一场为"人"而战的战争。这样的人物设置和情节安排,表明该剧的目的在于"描绘人类本性中理智与感觉的必然冲突"[①]。

关于理智与感觉的冲突并不是中世纪基督教社会的产物,它最早出现在古希腊哲学中。古希腊哲学在二元论的理论框架中界定理智与感觉的关系[②],认为在获得认识和真理的过程中理智比感觉具有更重要的作用。如柏拉图把"理智"看作灵魂的组成部分,并用"理智"绝对不朽来捍卫灵魂的不朽[③]。亚里士多德在柏拉图思想的基础上认为"感觉是撇开感觉对象的质料而接受其形式",理

[①] Mackenzie, William R. A Source for Medwall's Nature. PMLA, 1914, 29(2): 197.
[②] 宋宽锋,工瑞鸿. 感觉与理智之关系的希腊观念. 学术月刊,1999(4):53.
[③] 鄢松波. 中世纪理智之争的根源及其内容. 哲学动态,2012(5):59.

智"虽然不能感觉,但能接受对象的形式,并潜在地和对象同一"[1]。12—13世纪,阿拉伯学者将亚里士多德的著作带回西方,亚里士多德的思想对中世纪的基督教神学和哲学产生了巨大影响,引发了中世纪著名的理智之争,即阿奎那与阿维罗伊主义者之间的理智之争。在这场争论中,无论是阿维罗伊主义者所主张的"理智是独立实体"说,还是阿奎那坚持的"理智是人的灵魂的一种能力",都强调理智的重要性,动摇了中世纪基督教的神学信仰,因此理智之争"不仅酝酿了被视为文艺复兴先声的理性主义精神,而且促使了经院哲学的分化"[2]。《本性》以公开可见的方式再现了人的本性中理智与感觉的冲突,回应了中世纪后期的理智之争。剧作将"理智"和"感觉"看作人本性的组成部分,但和亚里士多德哲学一样,默德沃强调"理智"的重要性:"理智以一种方式统治世界,/感觉则以另一种方式统治世界。/但是,我把理智作为这个世界的主要引导者。"(*Nature* I:101—103)而且,结尾和传统道德剧不同的是,最后拯救主人公的既不是上帝也不是"本性",而是"理智",可见默德沃将"理智"推到至高无上的地位。默德沃不仅直接推崇"理智",而且为了突出"理智"的重要性,他还将"感觉"作为"理智"的对立面,重点描绘了"人"在"感觉"引导下的堕落。"感觉"为"人"先后引荐了"骄傲""身体欲望"等邪恶人物,但与传统道德剧不同的是,这些邪恶人物第一次出现在"人"面前时为掩盖自己的本质都采用了化名,如"感觉"自称"傻子"(Folly),"懒惰"自称"安逸"(Ease),"愤怒"自称"男人气概"(Manhood)等,这些代表人性负面的角色以伪装的形式出现,隐喻了人总是对自己堕落的现实寻找各种理由,从这点看,"该剧是研究自我欺骗的"[3]。剧中化名和伪装的使用不仅使戏剧产生了特殊的喜剧场景和喜剧效果[4],而且强化了戏剧主题——感觉总是不真实的,它常常通过伪装掩盖自己的本质,因此,人应该依靠理智。剧中,

---

[1] 苗力田. 亚里士多德全集(第三卷). 编译组成员,译. 北京:中国人民大学出版社,1992:62,75.

[2] 鄢松波. 中世纪理智之争的根源及其内容. 哲学动态,2012(5):59,62.

[3] Alford, John A. "My Name is Worship": Masquerading Vice in Medwall's *Nature*. In Alford, John A. (ed.). *From Page to Performance: Essays in Early English Drama*. East Lansing: Michigan State University Press, 1995:160.

[4] Lilova, Olena. Manifestations of Folly in Henry Medwall's Morality Play *Nature*. Theta XI, *Théâtre Tudor*, 2013:106.

"人"依靠"理智",一一识破了这些乔装打扮、化名以掩盖自我的恶魔,从而改过自新,这表明该剧不仅展现了人的心灵冲突,还突出了人在自我认识过程中的成长①,体现了"以人为中心"的人文主义思想。

我们知道,早在《人性》之前的道德剧如《每个人》等,就开始显露出中世纪后期基督教思想的新变化——基督教人文主义,但仅限于肯定知识在引导人获得拯救时具有关键作用或者谴责腐朽的神职人员等。《人性》显然不止于此,它不仅肯定"理性"和知识的重要性,而且重点探讨人在其引导下的自我认识过程,而对自我的认识这一内容开创了戏剧对"人"这一主题的探讨,之后文艺复兴时期的悲剧、喜剧无不致力于这一主题。正是鉴于此,该剧被认为是一个"人文主义道德剧"②。

总之,《本性》以传统道德剧为基础,充分运用了传统道德剧的结构模式、寓意手法,但却探讨了15世纪末期新的宗教思想和社会意识。《本性》在道德剧发展史上是一个重要的分水岭,它为中世纪传统道德剧指出了一条新的发展方向——宣传时代精神、探讨社会话题。

二、传达时代新知识

我们知道,从中世纪晚期开始,西方逐渐出现了两大发现——人的发现和世界的发现。伴随着这两大发现,人们对自我和世界的认识发生了天翻地覆的变化,并逐渐认识到知识在人们认识自我和世界过程中的重要性,于是,此时期走出中世纪愚昧世界的人文主义者大声呼叫"知识就是力量"。在此语境下,戏剧成为人文主义者宣扬现代科学思想和时代新知识的重要工具之一,从而出现了一些具有鲜明时代特征的教育戏剧,比较著名的有拉斯特尔的《四种元素》、雷德福德的《智慧与科学》等。

毫无疑问,拉斯特尔本人是时代的缩影。他一生涉猎广泛、多才多艺,具有多种身份,主要有律师、验尸官、对阿拉伯数字尤其感兴趣的数学家、出版商、英国法律的翻译者和编纂者、剧作家、戏剧制作者、北美潜在的殖民者、历史学家、

---

① Crupi, Charles W. Christian Doctrine in Henry Medwall's *Nature*. *Renascence*, 1982, 34 (2): 109.
② Altman, Joel. *The Tudor Play of Mind: Rhetorical Inquiry and the Development of Elizabethan Drama*. Berkeley: University of California Press, 1978: 13.

天主教的反对者、英国宗教改革中的新教徒①，以及航海冒险家、剧院老板等。拉斯特尔在很多领域都做出了卓越成就，如他于 1509 年前后创办了拉斯特尔出版公司，出版了当时众多自然科学著作以及具有人文主义思想的法律、神学、哲学和戏剧等著作，建立了英国第一个公共剧院等②。因此，正如英国学者亚瑟·W. 里德(Arthur W. Reed)所言，拉斯特尔并不是他所处时代最伟大的人之一，但是他的经历却最好地体现了那个时代的骚动不安、多样性与悲剧性③。拉斯特尔出生于考文垂市，1504 年与托马斯·莫尔(Thomas More)的妹妹结婚，成为莫尔家族中的一员，同时他也是"托马斯·莫尔爵士团体"(The Sir Thomas More circle)中的重要成员④。和"托马斯·莫尔爵士团体"中的其他人文主义者一样，拉斯特尔极为关注英国社会和政治中存在的问题，并积极投身于当时的社会改革中，"像一个青年学生一样对改革充满了极大热忱"⑤。他编辑出版了众多法律图书，试图探寻英国法律事业的发展途径；他积极参与到当时的航海探险中，试图为英国的航海事业做出贡献。同时，他还热衷于戏剧舞台的建造、戏剧剧本的创作与出版、戏剧的制作与演出，其目的不仅是探讨英国戏剧事业的发展与改革，而且是将舞台作为"实现他为公共事业服务和宣传的一个工具"⑥。现

---

① Devereax, E. J. *A Bibliography of John Rastell*. Montreal & Kingston：McGill-Queen's University Press, 1999：4.
② 1524 年，拉斯特尔在伦敦北郊的芬斯伯里区建造了自己的房子，并在那里建立了英国戏剧史上第一个专门进行戏剧演出的永久性舞台即剧院，该剧院比詹姆斯·伯比奇(James Burbage)于 1576 年所建立的"剧院"(The Theatre)早了半个世纪。参见：Baskervill, C. R. John Rastell's Dramatic Activities. *Modern Philology*, 1916, 13(9)：557；特拉斯勒. 剑桥插图英国戏剧史. 刘振前，李毅，译. 济南：山东画报出版社，2006：39,47.
③ Reed, Arthur W. John Rastell, Printer, Lawyer, Venturer, Dramatist, and Controversialist. *The Library*, 1917, 15(1)：82.
④ 该称谓来自美国学者珀尔·哈格拉弗(Pearl Hogrefe)，具体可参见：Hogrefe, Pearl. *The Sir Thomas More Circle：A Program of Ideas and Their Impact on Secular Drama*. Chicago：University of Chicago Press, 1959：1-9. 主要指英国 16 世纪 20—30 年代以托马斯·莫尔为中心的一批知识分子，他们主张基督教人文主义思想，反对亨利八世时期的新教革命，因此又被称为"基督教人文主义者"。
⑤ Bevington, David. *Tudor Drama and Politics：A Critical Approach to Topical Meaning*. Cambridge, MA：Harvard University Press, 1968：76.
⑥ Reed, Arthur W. John Rastell's Plays. *The Library*, 1919, s3-X(37)：4. https://doi.org/10.1093/library/s3-X.37.1.

第三章　英国中世纪道德剧在 16 世纪的演变

存唯一一个被确认为出自拉斯特尔之手的戏剧《四种元素》典型地体现了剧作家的创作理念和戏剧思想。

《四种元素》创作于 1518 年,其全名是《一个新的、愉快的间插剧之四种元素的本性》(*A New Interlude and a Mery of the Nature of the Four Elements*)。该剧采用传统道德剧的形式,主要探讨了学习的重要性这一主题。剧中的人物和传统道德剧的人物一样,仍然是寓意性的、抽象的概念化人物,同时剧作设置了善与恶两大敌对势力——"学习欲望"(Studious Desire)、"经验"(Experience)是善势力的代表,"感觉嗜好"(Sensual Appetite)、"无知"(Ignorance)是恶势力的代表,两大敌对势力共同争夺"人性"(Humanity),而主人公"人性"和传统道德剧的主人公一样,是整个人类的代表。该剧的结构仍然遵循传统道德剧"堕落与拯救"的模式——"人性"在恶势力的引诱下堕落,在善势力的劝导下得到拯救,但围绕主人公"人性"的冲突不再是传统道德剧中灵魂的无罪与堕落,而是对当时盛行的科学知识的学习与不学习。正如"信使"(Messenger)在戏剧开场所指出的——该剧的目的在于探讨学习的重要性,拉斯特尔在该剧中还强调对于自然科学知识的学习,他认为学习的目的在于探索世界和我们周围的物质,因此反对为了增加个人财富而学习:

> 一个有智慧的人可以很快变富,
> 仅仅为了财富而劳动和学习,
> 那么他的良心怎能得到赦免呢?
> 因为所有的牧师都确信,
> 仅仅为自己的财富而学习的人,
> 上帝仅授予他应该得到的东西。(*Elements*:78—83)[①]

"信使"的话确定了该剧的基调和情节模式。剧中,善与恶两大势力的斗争不再体现为传统道德剧中对人的灵魂的争夺战争,而主要表现为对主人公"人性"学习知识的影响和斗争。以"学习欲望""经验"为代表的善势力认为学习有

[①] Axton, Richard (ed.). *Three Rastell Plays*. Cambridge: D. S. Brewer, 1979:32. 后文所用该剧本引文均出自该书,不再另注,仅随文标明剧本简称 *Elements* 和行数。

助于理解物质世界,是严肃的事情,他们抓住机会向"人性"传授各种知识;而以"感觉嗜好""无知"为代表的恶势力认为学习是痛苦和令人讨厌的事情,人类的生活应该充满快乐,应该进行娱乐,他们千方百计引诱"人性"放弃学习,及时行乐。"人性"的堕落则体现为他把更多的时间用于娱乐而没有用于学习,由此感到深深的罪孽。这种以学习新知识为荣的伦理观念显然与当时的时代精神密切相关,"它体现了即将到来的宗教改革时期的伦理原则"①。可以看出,该剧突破了传统道德剧"无罪—堕落—忏悔—获救"的道德主题,转而表现主人公"无知—堕落—求知"的人生经历。

那么,剧中的"人性"究竟应该学习什么样的知识呢?当然,在拉斯特尔看来,"人性"要学习的知识绝不是传统道德剧中所宣传的基督教神学知识,而是当时流行的人文主义与科学知识。拉斯特尔在剧本正文之前明确列出了该剧要讲述的十个自然科学新知识:1)四种元素的组成及其属性;2)地球是圆的,它悬挂在空中;3)大海围绕着地球表面;4)寰宇学知识,奇怪的区域和土地,新发现的大陆;5)石头、金属、植物和草的形成;6)泉水、河流、水蒸气的形成;7)潮汐的形成;8)雨、雪、冰雹的形成;9)风和雷电的形成;10)光和火焰的形成。② 但由于剧本遗失了部分内容,我们无法看到这些知识的全貌。就现有内容来看,剧作对所涉及的自然科学知识进行了生动形象的描述。如剧中"本性"作为上帝的化身首先给"人性"进行了一场启蒙教育,他解释了土、空气、火和水这四种元素是万物的根本:"这些元素本身是唯一的,/它们不能再进一步区分,/然而它们能被混合在一起,/因而这些元素每一个都没有性别。"(*Elements*:176—179)这里显然是古希腊哲学思想的再现。"四种元素"的思想在中世纪后期极为盛行,并且这种思想将古希腊哲学与中世纪基督教神学融合在一起,认为"四种元素"不仅是世界的基本组成部分,还可以相互转化。如马洛在《帖木儿大帝》中写道:"大自然,她用四大元素构造了我们/它们在我们胸中彼此冲突争夺权力,/教导我们所有的

---

① Lilova, Olena. The Value of Science in John Rastell's Play *Four Elements* (c. 1518). *Via Panorâmica*: *Revista Electrónica de Estudos Anglo-Americanos/An Anglo-American Studies Journal* (Número Especial),2014(3):56.
② Axton, Richard (ed.). *Three Rastell Plays*. Cambridge:D. S. Brewer, 1979:30.

人具有追求的精神。"①莎士比亚也在其十四行诗第 64 首中写道：

> 曾见过饥海层翻滚滚浪，
> 吞蚀了周遭沃土岸边王；
> 一转眼陆地反攻侵大海，
> 得失叹无常，几度沧桑。②

可以说，此时期受过良好教育的人都认同四种元素的运动和属性③。但毫无疑问，拉斯特尔的《四种元素》较早地反映并宣传了这一思想。

之后，"人性"还解释了云、雾、冰雹、雪、雨等自然现象（*Elements*：225—280）。当"人性"的学习兴趣被引发后，"学习欲望"向他阐述了与地球相关的天文学知识：

> 白天或者冬天的晚上，
> 天上的太阳、月亮和星星
> 它们首先出现在东方，
> 落于西方，
> 24 小时之后的第二天早上，
> 它们又在东方升起，
> 再一次出现在它们第一次出现的地方。
>
> 如果地球应该是无止境深的话，
> 或者应该立在另外一个东西上的话，
> 那么对于早上升起的太阳、月亮和星星来说，
> 它应该是影响它们升起的一个障碍物，
> 它们无法再出现在东方。

---

① 马洛. 洛戏剧全集(上卷). 华明，译. 北京：商务印书馆，2020：187.
② 莎士比亚. 莎士比亚诗集. 辜正坤，曹明伦，译. 北京：外语教学与研究出版社，2016：120.
③ 蒂利亚德. 伊丽莎白时代的世界图景. 裴云，译. 北京：华夏出版社，2020：83.

因而,从理性上看,最可能的情况是,

地球悬挂在天空中央。(*Elements*:348—361)

  自然哲学、物理学和天文学都是文艺复兴时期人们极为关注的知识和领域,这些内容体现了剧作家的时代精神和人文主义思想。除此以外,该剧还关注当时极为盛行的地理知识和地理大发现①。"经验"在关于他旅行经历的演讲中,从英格兰、苏格兰、爱尔兰开始,跨过海峡,从法国、西班牙、葡萄牙、意大利一直讲到美洲新大陆。他拿着地图或者地球仪给观众(主人公"人性"并不在场)上了一堂有关地理知识的生动形象的课程②,同时还讲解了有关航海的知识,告诫冒险者要为自己的航线负责(*Elements*:758—765)。其中,关于航海冒险的知识,则是作者拉斯特尔本人在1517年探寻美洲新大陆的航行中失败经验的总结③。

  总之,《四种元素》集当时的科学知识之大全,在道德剧的结构模式下生动形象地向观众开展了一场有关时代新知识、新思想的普及教育,这在一定程度上促进了世俗科学的发展,体现了人文主义的思想和发展方向。就戏剧发展而言,该剧体现了道德剧向世俗戏剧的转变,是过渡时期的戏剧代表④。

  如果说《四种元素》借剧中人物之口详细讲述了自然哲学、宇宙学、地理学、气象学等近十种人文主义科学知识,那么雷德福德的《才智与科学》则将科学作为一个具体的形象呈现在舞台上,展现了16世纪初期英国人对科学的喜爱和追求。

---

① 具体可参见:郭晓霞."这个新发现的大陆叫亚美利加"——《四种元素》中的美洲想象与帝国欲望. 国外文学,2019(1):90-98.
② 剧中的舞台说明明确提到了一个重要道具——"图像"(figure)。关于这个"图像",学者们认为有两种可能:一是地图,一是地球仪。前者的代表性论著为:Borish, M. E. Source and Intention of the *Four Elements*. *Studies in Philology*, 1938, 35(2):149-163. 后者的代表性论著为:Parr, Johnstone. John Rastell's Geographical Knowledge of America. *Philological Quarterly*, 1948, 26(1):229-240.
③ 拉斯特尔曾于1517年租了两艘船加入了当时欧洲航海大发现的热潮,但却以失败而告终。关于拉斯特尔这次失败的航海之行,具体可参见:Reed, Arthur W. John Rastell's Voyage in the Year 1517. *The Mariners Mirror*, 1923, 9(5):137-147.
④ Lilova, Olena. The Value of Science in John Rastell's Play *Four Elements* (c.1518). *Via Panorâmica: Revista Electrónica de Estudos Anglo-Americanos/An Anglo-American Studies Journal* (Número Especial), 2014(3):43-57.

第三章　英国中世纪道德剧在 16 世纪的演变

约翰·雷德福德是 16 世纪初期英国著名的作曲家、管风琴家和剧作家,从 1525 年左右开始,他在圣保罗大教堂担任管风琴手。自 1531 年起,他开始担任圣保罗大教堂唱诗班学校的校长,直至去世。在此期间,他为学校剧团创作了戏剧《才智与科学》。该剧最初由唱诗班的儿童演员演出,后来也经改编由成年演员上演。由于自 16 世纪初期以来,圣保罗大教堂和温莎城堡内的圣乔治教堂唱诗班要定期为宫廷进行音乐和戏剧表演(这一传统一直持续到 17 世纪),而且根据该剧结尾对国王和王后的祝福语,可以推测该剧曾经在亨利八世与其第六任妻子的结婚庆典上演出过[①]。

唱诗班的儿童演员和观众以及剧作家学校校长的身份决定了《才智与科学》的知识性和教育性特征。该剧在形式上是一部道德剧,但本质上是一部年轻人追求爱情的喜剧:"理智"(Reason)和"本性"(Nature)的儿子"才智"(Wit)爱上"理智"和"经验"(Experience)的女儿"科学"(Science),为了打败最大的敌人"乏味"(Tediousness)进而获得"科学"的爱情,"才智"接受了母亲派来的仆人"信心"(Confidence)以及"理智"派来的助手"指导"(Instruction)、"勤奋"(Diligence)和"学习"(Study)。在"指导""勤奋"和"学习"的陪伴下,"才智"踏上了征服"乏味"、追求"科学"的征程。其间,"才智"因无视"指导"的劝告而一度被"乏味"杀死,后来在朋友"诚实的娱乐"(Honest Recreation)、"舒适"(Comfort)、"敏捷"(Quickness)和"力量"(Strength)的帮助下复活。这里,"才智"在与"乏味"的决斗中死去后又复活的情节来自英国的民间戏剧。英国民间自中世纪以来一直流行着"圣乔治剧"[②]、"罗宾汉剧"[③]、"耕种剧"[④]、"剑舞"[⑤]等民间戏剧,这些不同类型的民间戏剧大都具有相似的情节:英雄圣乔治或罗宾汉与敌人或土

---

① Nunn, Hillary. "It lak'th but life": Redford's *Wit and Science*, Anne of Cleves, and the Politics of Interpretation. *Comparative Drama*, 1999, 33(2): 270-291.
② "圣乔治剧"是以中世纪的圣徒圣乔治为主人公,在英格兰大部分地区上演的民间戏剧。
③ "罗宾汉剧"是 15 世纪在英国南部科茨沃尔德(Cotswold)地区,于"五月节"期间上演的民间戏剧,主要以对话和舞蹈的形式讲述民间的绿林好汉罗宾汉的故事。
④ "耕种剧"主要是英国中东部地区尤其林肯郡(Lincolnshire)地区和诺丁汉(Nottinghamshire)地区于"耕种周一"节(即主显节后的第一个星期一)上演的一种民间戏剧。
⑤ "剑舞"是中世纪盛行于英国东北部地区的一种以舞蹈为主讲述民间英雄故事的艺术形式。

耳其骑士决斗,在决斗中敌人或土耳其骑士死去,在医生的医治下,敌人或土耳其骑士复活,然后大家一起跳舞。显然,为了吸引观众,《才智与科学》吸收了民间戏剧的情节要素。

接着,恢复活力的"才智"又在"懒惰"(Idleness)的引诱下陷入沉睡中,并被"懒惰"换上了"无知"(Ignorance)的外衣,脸也变成了黑色。与此同时,"信心""名声"(Fame)、"喜爱"(Favour)、"财富"(Riches)和"崇拜"(Worship)一起寻找"才智",但因"才智"披着"无知"的外衣且行为懒惰,他们不但没有认出"才智",还与他产生了冲突。此时,"理智"带着"羞耻"(Shame)出现,后者鞭打"才智"令其悔悟。"才智"在"羞耻"的鞭策下,开始在"理智"提供的镜子前审视自我,最终悔悟。悔悟之后的"才智"穿上了知识的外衣,与同伴一起打败了"乏味",最终获得了"科学"的爱情,与"科学"一起步入了婚姻殿堂。就戏剧的情节内容而言,很显然,该剧是一出披着道德剧外衣的浪漫爱情喜剧;就戏剧的结构模式而言,该剧的结构也不再体现为传统道德剧的"无罪—受引诱—堕落—忏悔—获救",而表现为"追求—第三者阻挠—追求者陷入困境—追求者走出困境—战胜第三者—终成眷属";就戏剧的主题而言,该剧也突破了传统道德剧的基本主题——展现主人公心灵的内在冲突,而重在展现青年男女爱情的得与失。

尽管该剧具有较多世俗色彩,但其仍然继承了道德剧的教诲目的,具有鲜明的教化特征。显而易见,作为一部学校戏剧,该剧在一个轻松、愉快的爱情故事下蕴含了有关学习和追求知识的内在深意——"在追求知识的过程中,如果头脑保持理智,且听从指导,那么最终就能实现目标、获取知识"[①]。剧中,"才智"在"信心""指导""勤奋"和"学习"的陪伴下踏上寻找"科学"的旅途,在旅程中,后三者都为"才智"提供了诚恳有效的建议。如当"才智"面对两条路不知道该如何选择时,"指导"马上指出:"回来吧,才智!我必须为你们选择/一条比这更容易的路,不然你们就迷路了。"[②](Wit:75—78)而当后三者离开时,"才智"便陷入沉睡

---

① Schell, Edgar T. Scio Ergo Sum: The Structure of *Wit and Science*. *Studies in English Literature*, 1500—1900, 1976, 16(2): 179.
② Byram-Wigfield, Ben (ed.). *The Play of* Wit and Science *by John Redford*. London: Ben Byram-Wigfield, 2004: 11. 后文所用该剧本引文均出自该书,不再另注,仅随文标明剧本简称 *Wit* 和行数。

中,失去了行动的力量。而且与传统道德剧中主人公堕落与忏悔的情节相似,该剧中"才智"曾一度迷失了自我,不仅外形上脸庞变黑、行为上沉溺在"懒惰"的怀抱里,而且其灵魂也堕落了。剧中显示,当"科学"及其母亲"经验"因"才智"面貌和服装的变化而没有认出他时,"才智"勃然大怒,对"科学"和"经验"破口大骂,说她们是"肮脏、丑陋的婊子"(Wit: 776)。随后,"理智"给了"才智"一面镜子,面对镜子,"才智"看到了自己堕落的肉体和灵魂,最终醒悟了过来,再次踏上追求"科学"的征程,并击败了"乏味",获得了"科学"的爱情。可以说,全剧寓意性地指出了年轻学子获取知识的方法和途径,强调了"信心""理智""勤奋"和"学习"在追求科学与真理、获取知识过程中的重要性。

剧中"才智"在追求"科学"的过程中,遇到的首个也是最大敌人是"乏味",而"乏味"这一形象也寓意性地象征着现实生活中人们在学习知识、追求科学与真理过程中遇到的最大障碍。戏剧开场时,年轻的"才智"凭着一腔热情爱上了"科学",但真正获得"科学"的爱情还需要经历时间的考验,克服追求过程中的艰辛,尤其是"乏味"。可见,要掌握和发展科学,就要以人自身的理性作为基础,并在实践的积累中不断学习,保持"学习欲望",克服"乏味"。"才智"遇到的第二个敌人是"懒惰",而在现实生活中,懒惰也是人们追求知识之路上的绊脚石。因此,剧作还寓意性地指出了年轻学子在学习知识、追求科学与真理过程中需要警惕的问题。

值得注意的是,该剧将"科学"塑造成一个女性形象,将人们对科学的热忱比作"才智"对"科学"的爱情追求。但是,相比于拉斯特尔的《四种元素》对科学知识的乐观渲染,《才智与科学》对待科学的态度则要辩证得多。戏剧结尾,当所有人都同意"才智"和"科学"结合、有情人终成眷属时,"科学"向"才智"发出警告:不要"虐待"(abuse,也可理解为"滥用")她。如果该剧果真在亨利八世与他第六任妻子的婚姻庆典上演的话,那么这个警告和"才智"接下来对"科学"的承诺可能暗示了亨利八世对王后的承诺。但是,除却这层应景意义外,这句话应该还有另外的深意。我们首先来看"科学"对"才智"的告诫:

> 我的出现给你带来了负担,不要说不!
> 不要仅仅为了留住我,

而首先是运用"科学"：
因为我，"科学"，在这种程度上
和全部或者大部分的女人一样：
如果你以很好的方式善用我(use me well)，
那么我将成为你的欢愉和安慰(joy and comfort)。
但如果你不能善待我(use me not well)，那么毫无疑问，
你还不如没有我。(Wit：1031—1039)

与"科学"对自身的担忧一样，"科学"的母亲"经验"也提出了相似的警告：

从现在开始，就要好好告诫，
"才智"将在胜利中最终寻找什么；
先生，应该是这样的：这里的"科学"如果
作为上帝的礼物，仅仅被用于
上帝的荣耀以及
使你和你的邻居均受益，
使用她做一切好事，
这是应该的。我，"经验"，
将允许你前去
双倍地运用她，以增加你双倍的喜悦。
但如果你反过来
利用她善良的本性，图谋
一种邪恶的效果，
去攫取她，抛弃她，对她不闻不问，
当然我，"经验"，将会
在上帝和世人面前宣告：
你的这项天赋将被夺走，
你将因抛弃她而受到惩罚。(Wit：1050—1067)

第三章　英国中世纪道德剧在16世纪的演变

细察"科学"及其母亲"经验"对"才智"的劝诫,我们会发现,"科学"和其母亲"经验"的这番话不仅是一个女孩及其家人在走进婚姻殿堂之时对未来的担忧,更是作为本体的科学对人类的告诫:不要妄图使用人类的才智来滥用科学,因为只有才智与科学的完美"结合",才能为人类带来欢乐与安慰,否则,将给人类带来不可预知的灾难。事实上,后世科学的发展恰恰印证了这一警告。因此,从这个角度上说,生活在16世纪上半叶的雷德福德,似乎已经触及了现代人对科学问题的反思。

《才智与科学》对后世产生了很大影响。1567—1568年,雷德福德的继任者、圣保罗大教堂的牧师塞巴斯蒂安·韦斯科特(Sebastian Westcott)改编了雷德福德的《才智与科学》,创作了戏剧《才智与科学的婚姻》(*The Marriage of Wit and Science*),该剧于1569—1570年出版。韦斯科特改编版采用了五幕剧结构,篇幅增加了400行,用"意志"(Will)这个角色取代了原作的"信心",弱化了原作的寓意性质,更加突出戏剧的浪漫爱情追求,演出时间在一个半小时左右[1]。尽管如此,韦斯科特改编版的基本情节仍然遵循原作的内容,并突出了对"科学"追求的曲折与艰难乃至由此对"科学"产生的误解。如剧中"科学"埋怨道:

> 你们知道吗,有多少人跌倒和失败?
> 他们将失败的原因归咎于我。
> 有多少人寻求,但却目光短浅。
> 有多少人尝试,但每天都在退缩。
> 有多少人在目标周围四处游荡。
> 有多少人认为要努力,但他们的目标太广泛。
> 有多少人跑得太远,又有多少人目光太短。
> 他们的辛劳能带来多少好处啊!
> 这些人怎么都把他们的损失归罪于我呢?
> 你们说,我现在想到婚姻,应该高兴吗?

---

[1] Norland, Howard B. *Drama in Early Tudor Britain: 1485—1558*. Lincoln and London: University of Nebraska Press, 1995: 170.

> 世人怎么说？他们说，只要我的爱：
> 我的爱情是如此昂贵，必须付出生命和代价来换取。
> 强烈的青春必须耗尽自己，然而，当一切都结束时，
> 我们听说很少或没有一位能赢得这位女士。
> 他们向我大声喊叫，控告我
> 让他们流血牺牲。
> 求婚者越多，我就越悲伤，
> 我看不出有什么原因或理由要我认错。[1]

"科学"的这段话以一个被追求的女郎的口吻讲述了自己被人追求和误解的苦恼，实则反映了现实生活中人们对科学的追求以及求而不得时内心的不快。

在韦斯科特的《才智与科学的婚姻》之后，16世纪70年代又出现了另一部名为《才智与智慧之间的婚姻》(The Marriage Between Wit and Wisdom)的改编之作，改编者是弗朗西斯·梅伯瑞(Francis Merbury)。该剧是三部有关"才智"与"科学"的剧中最短的一部，仅有770行。它不仅将"才智"与"乏味""懒惰"斗争的中心情节缩短至460行，而且对这一情节进行了重新建构，大大减弱了原作的道德教育意义，使其成为粗俗的大众娱乐作品[2]。

总之，从拉斯特尔《四种元素》对知识的热情拥抱到雷德福德的《才智与科学》、韦斯科特的《才智与科学的婚姻》等对科学的追求与反思，可以烛照出从中世纪神学科学到现代科学过渡的时期，英国人文主义知识分子对知识与科学的认知和思考。毫无疑问，这些作品通过舞台演出的形式，在寓教于乐中对当时的英国观众进行了初步的科学启蒙和科学教育。

三、个人成长与浪子回头

中世纪后期宗教与道德教诲的文学作品尤其是道德剧常常将年轻人与罪恶

---

[1] Hazlitt, W. Carew (ed.). *A Select Collection of Old English Plays* (Volume 2). London: Reeves and Turner, 1874: 340-341.

[2] Norland, Howard B. *Drama in Early Tudor Britain: 1485—1558*. Lincoln and London: University of Nebraska Press, 1995: 174.

的状态联系在一起,在这些作品中,年轻人经常被用作人类生命历程中堕落时期的代表,他们献身于现实的快乐,而不是为来世的世界祈祷和自我反省。显然,"这种联系是一种道德话语的产物,它以男性的身体解释人性"[1],因为年轻的男子充满力量,但也容易陷入自满与纵情享乐之中。如在传统道德剧《生之骄傲》中,年轻的"生之王"非常强壮,"身材结实魁梧"(Pride:21,34),在两个随从"强壮"和"健康"的陪伴下骄傲自大,无视"死亡",同时,他还有一个信使即"欢乐",象征着现实的欢乐生活。又如《每个人》中,当"死亡"突然降临在"每个人"面前时,他还是一个年轻人,拥有"力量""美丽""友谊"等朋友,从来不曾考虑死亡(Everyman:119)。但需要注意的是,在中世纪宗教文学中,青年时期是人生命中的一段经历,因此,年轻时的堕落也仅仅被看作人生历程的组成部分,目的在于引出晚年或临终之际的忏悔,最终指向来世生活。传统道德剧对年轻人的道德书写显然无法适应15世纪末期以来的英国社会现实。亨利七世建立都铎王朝以后,为了维护自己封建王权的合法性,将官职任命作为一个主要武器,以个人的能力和忠诚程度而不是出身和政治背景作为衡量标准,任命、提拔和奖赏政府官员[2],从而任命了众多中产阶级出身的贤能之士,如雷诺·布雷(Reynold Bray)、理查德·恩普森(Richard Empson)、埃德蒙·达德利(Edmund Dudley)、托马斯·洛弗尔(Thomas Lovell)、亨利·怀亚特(Henry Wyatt)等"新人"[3],使其在都铎政府担任立法、司法和行政管理中的重要职务。贵族要想保持原有的权力,"必须放弃传统的政治行为,抛弃炫耀个人暴力的军事活动、领主与附庸的政治纽带、独霸一方的政治特权"[4],具有服务于新的国家政治体制的能力。于是,贵族纷纷将子女送入学校,接受新时代的教育。在这一时代语境下,戏剧也开始关注此时期蒸蒸日上的年轻人的教育问题,尤其是年轻人当下的迷茫与成长、失败与成功。我们将此类戏剧称为"成长戏剧",也可以称为"浪子回头剧"

---

[1] Dunlop, Fiona S. *The Late Medieval Interlude: The Drama of Youth and Aristocratic Masculinity*. York: York Medieval Press, 2007:22.
[2] 摩根. 牛津英国通史. 王觉非,等译. 北京:商务印书馆,1993:249.
[3] Gunn, Steven. *Henry VII's New Men and the Making of Tudor England*. Oxford: Oxford University Press, 2016:7-15.
[4] 姜德福. 论都铎王权与贵族. 东北师大学报(哲学社会科学版),2005(2):24.

(the prodigal plays)①。这类戏剧主要有《世界与孩子》(*The World and the Child*, or *Mundus et Infans*, 1506—1509)、《青年的间插剧》(*The Interlude of Youth*, 1514)、《精力充沛的尤文图斯》(*Lusty Juventus*, 1565)、《美丽的荡妇》(*Nice Wanton*, 1560)、《不听话的孩子》(*The Disobedient Child*, 1569)等。其中,前三部戏剧仍然采用了传统道德剧的形式,后两部戏剧则属于世俗喜剧。

《世界与孩子》最初是一部田园风格的间插剧,曾于1506—1509年在某个贵族或富裕家庭庆祝圣诞节时上演过②。该剧于1522年7月17日由温金·德·沃德(Wynkyn de Worde)印刷出版。此时,神圣罗马帝国皇帝查理五世于5月25日至7月6日访问了英国。当6月6日他来到伦敦时,英国为他举行了七场城市露天演出,每一场都有一个孩子用拉丁诗句向其敬礼。孩子们吟诵的诗句由大学才子派成员约翰·黎里(John Lyly)的祖父威廉·黎里(William Lyly)创作,其英文版本由出版商亨利·平森(Henry Pynson)印刷出版并献给了亨利八世。几周后,沃德也利用公众对这一政治盛况的兴趣发表了题为《一个叫作三岁聪明孩童的小册子》(*A Lytell Treatyse Called the Wyse Chylde of Thre Yere Olde*)的作品,并重印了《世界与孩子》③。

《世界与孩子》以15世纪的叙事诗《人类生活历程中的镜子或美德和邪恶对人类灵魂的争夺》(*Mirror of the Periods of Man's Life or Bids of the Virtues and Vices for the Soul of Man*)为基础④,戏剧化地再现了一个人童年时期只知道玩乐、青春期放荡、成年期具有男子气概、老年期忏悔这一成长历程。戏剧在"世界"(Mundus or the World)的宣告中开场,他声称自己是人类的主人。主人公,即刚出生的婴孩"孩子"(Child)正在四处寻找慰藉,"世界"便给他食物和衣

---

① Norland, Howard B. *Drama in Early Tudor Britain*: 1485—1558. Lincoln and London: University of Nebraska Press, 1995: 149-160.
② Lancashire, Ian. The Auspices of *The World and the Child*. *Renaissance and Reformation*, 1976, 12(2): 96.
③ Lancashire, Ian. The Auspices of *The World and the Child*. *Renaissance and Reformation*, 1976, 12(2): 96-105.
④ MacCracken, Henry N. A Source of *Mundus et Infans*. *PMLA*, 1908, 23(3): 488.

服,并给他起名为"嬉戏和放荡"(Dalliance and Wanton)(*World*:1—75)①。14 年后,"世界"再次见到主人公,又给他一个新的名字即"欲望和喜好"(Lust and Liking)(*World*:76—117)。当主人公长到 21 岁时,"世界"又将其命名为"成年男子"(Manhood),并催促他听从于自己的 7 个随从,即七宗罪(*World*:168—461)。此时,"成年男子"对"良心"(Conscience)的教导相当厌倦,当"愚蠢"(Folly)来到他身边时,他发现后者是一个很好的伙伴,于是就和"愚蠢"一起去了伦敦,过着狂野的生活(*World*:521—721)。"良心"决定去寻找"成年男子",并准备让"毅力"(Perseverance)去教导"成年男子"(*World*:721—744)。当"良心"找到"成年男子"时,"成年男子"已是一个颓然的老人,对生活感到绝望,还遭到同伴的嘲笑(*World*:745—810)。"毅力"安慰他,并教导他通过悔改、牢记十诫和信经方可进入天堂。此时,主人公的名字变成了"老年人"(Age),同时被"愚蠢"称作"忏悔"(Confession)。由于年轻时候错误的选择,他现在在"忏悔"中过着悲惨而贫困的晚年。该剧以劝诫观众"采取行动"结束(*World*:962—979)。

与传统道德剧一样,《世界与孩子》的情节内容本质上仍然是人类灵魂的善与恶之间的冲突,同时通过一个人一生的经历尤其是成年时的罪恶和老年时的忏悔来凸显基督教的救赎观念。但不同的是,该剧通过展现主人公从堕落到忏悔的一生,来告诫年轻的孩子要持善正己,摆脱放荡、欲望、愚蠢等恶习,方能免于晚年悲凉。正如剧终时主人公所言:

> 我以一种简单的形式出生,
> "世界"忠诚地接纳了我,
> 并封我为骑士,
> 然后我遇见了"良心",
> 在他之后,我又遇见了"愚蠢":
> "愚蠢"欺骗了我,
> 还给我取名"忏悔"。(*World*:966—972)

---

① 本书所引《世界与孩子》的文本,出自:Hazlitt, W. Carew (ed.). *A Select Collection of Old English Plays (Volume 1)*. London: Reeves and Turner, 1874:243-245. 后文所用该剧本引文均出自该书,不再另注,仅随文标明剧本简称 *World* 和行数。

在回顾了自己具有代表性的人生经历之后，主人公认识到自己人生经历中的错误选择，由此忏悔了自己的过去，并呼吁观众，"现在，先生们，以我为戒"(*World*：961)。至此，主人公虽然直到晚年才幡然悔悟，但仍然完成了个人的成长，彰显了道德教育意义。

《青年的间插剧》的剧情较为简单，共有 795 行。剧作在"仁慈"(Charity)的布道中开始，"青年"(Youth)上场后先是自我吹嘘一番，并声称要追随恶行，过不受约束的生活。"仁慈"试图说服"青年"忏悔他的任性并寻求救赎，但却遭到"青年"的威胁，于是决定出去寻找他的朋友"谦卑"(Humility)。"青年"的兄弟"暴动"(Riot)刚从纽盖特监狱(Newgate)逃出来，他讲述了自己刚刚犯下的抢劫行为，推荐自己的朋友"骄傲"(Pride)做"青年"的仆人。"骄傲"穿着华丽的衣服进来，教导"青年"藐视穷人，并让他的妹妹"淫荡女士"(Lady Lechery)做"青年"的情妇。他们四人约定一起去酒馆，却再次遇到了"仁慈"。由于"仁慈"阻挠他们前去寻欢作乐，"骄傲"用绳索捆绑了"仁慈"，然后四人继续唱着歌扬长而去。"仁慈"被"谦卑"解救后，二人决定劝说"青年"改邪归正。他们找到"青年"，此时的"青年"烂醉如泥，拒绝从良，并被"骄傲"和"暴动"承诺的酗酒和赌博的生活所诱惑。在"仁慈"的劝诫下，"青年"最终悔改，他驱遣了"骄傲"和"暴动"，得到了一件新衣服，由此表明他悔过自新。全剧在"谦卑"的祝福中结束。

该剧遵循传统道德剧的结构模式，讲述了同名主人公从狂妄不羁、沉溺于骄傲和淫荡的罪恶，到最终忏悔并得到救赎的成长历程。但不同的是，该剧仅仅讲述了人生历程中的一个阶段，剧中主人公始终是青年时期，并且一开始就处于堕落之中。因此，该剧主人公"青年"及其名字本身具有深刻的寓意，象征着人类生命中极易堕落的一个阶段。如前所述，在中世纪和都铎时期的文学和艺术作品中，青年常常被描述为年龄在 25 岁到 35 岁的英年才俊，他们容易冲动和误入歧途，而且极易沉溺于自我与享乐之中。该剧较为形象地刻画了青年人的这一个性格特征，如剧中"青年"一上场就自我夸耀道：

我是个好人；
无论我到哪里，我都是无与伦比的。

我告诉你,我名叫"青年",

像葡萄树一样茂盛。

在我的青春和欢乐中,有谁能比得上我呢?

我的头发是尊贵的,浓密的;

我的身体柔软如榛子棒;

我的手臂既大又强壮,

我的手指既美又长;

我的胸大得像个桶,

我的腿很轻,可以跑,可以跳,

我无论做什么都很快乐!

我是我父亲的全部继承人,

这地交在我手上,我再也不在乎了。(Youth:33—46)①

"青年"的这段话显然是现实生活中自高自大的年轻人的典型写照。剧作借"仁慈"之口指出,处在这个年龄阶段的人们"是不稳定的,/更易变化","人的性情是虚弱的",由此,该剧尽管也讲述了通过基督的牺牲寻找救赎的道德寓言,但主要是探讨年轻人犯错与悔改的教育故事。

《青年的间插剧》与诺森伯兰郡(Northumberland County)第五代伯爵亨利·阿尔杰农·珀西(Henry Algernon Percy)的家庭有关②。珀西在英格兰北部拥有许多地产,他在约克郡的莱康菲尔德(Leconfield)和莱斯勒(Wressle)两所房子的天花板和墙壁上都刻着与青年主题有关的装饰性诗句。在16世纪20年代,珀西指责他的一个族人是骄傲、傲慢、轻蔑和极度浪费,这些特征成为剧中主人公的特点。如果珀西真的委托制作了该剧,那么他可能是为了给他的儿子亨利·珀西(后来的诺森伯兰郡第六代伯爵)提供道德指导。因此,该剧是一部青

---

① 本书所引《青年的间插剧》的文本,出自:Hazlitt, W. Carew (ed.). *A Select Collection of Old English Plays* (Volume 2). London: Reeves and Turner, 1874: 6-7. 后文所用该剧本引文均出自该书,不再另注,仅随文标明剧本简称 *Youth* 和行数。

② Westfall, S. R. *Patrons and Performance: Early Tudor Household Revels*. Oxford: Clarendon Press, 1990: 182-183.

年,尤其是贵族青年的教育作品。

然而,《青年的间插剧》虽然为年轻贵族提供了道德典范,但它也反映了亨利八世的宫廷政治,可能是一种政治讽刺[1]。根据剧作内容可知,"青年"地位很高,甚至可能是一个国王,而国王的身份有可能使人联想到亨利八世。在1520年前后,年轻的亨利国王以过度消费、赌博、虚荣和追求美丽的女士而闻名,而这些也都是剧中"青年"的恶习。由此,我们可以推测,该剧还可能是对年轻的亨利八世的讽刺和教导,而剧中的"仁慈"可能是当时的枢密大臣、枢机主教托马斯·沃尔西(Thomas Wolsey),他在1514—1520年对年轻的国王产生了重大影响。总之,无论是谁出于什么动机创作了这部剧,该剧对年轻人的教育意义不言而喻。

《精力充沛的尤文图斯》的作者可能是理查德·韦弗(Richard Wever)[2],他曾是牛津大学的学生,1546年成为什鲁斯伯里市(Shrewsbury)圣查德学院(St. Chad's College)的院士。该剧创作于1547—1553年,此时期是爱德华六世执政下新教改革的激进时期,因此,该剧具有鲜明的反天主教内容,是一部新教宣传戏剧,但该剧更是一部有关年轻人的教育戏剧,而且是英国第一部自称"浪子回头"的戏。剧中,当主人公尤文图斯(Juventus)放弃错误行为、表示要改过自新之时,"好顾问"(Good Counsel)引用《圣经·路加福音》指出:

> 浪子,正如我们在《路加福音》中读到的,
> 在邪恶的生活中浪费了他的大好青春,
> 只要他活着,他就应该记住(这些),
> 为了承认自己的悲惨遭遇,他没有惊慌失措,
> 因为他的父亲亲切地拥抱他,
> 而且真心地高兴,经文里写得清清楚楚,

---

[1] Dunlop, Fiona S. *The Late Medieval Interlude: The Drama of Youth and Aristocratic Masculinity.* York: York Medieval Press, 2007: 92.

[2] Griffiths, Jane. Lusty Juentus. In Betteridge, Thomas & Walke, Greg (eds.). *The Oxford Handbook of Tudor Drama.* Oxford: Oxford University Press, 2012: 264.

第三章　英国中世纪道德剧在 16 世纪的演变

因为他的儿子又回来了。(Juventus：97—98)①

正如该剧所言,《路加福音》第 15 章第 11—32 节描述了浪子回头的寓言故事：一个父亲将产业分给了自己的两个儿子,小儿子不几日就带着钱财到远方肆意放荡,耗尽了所有资财后,只得替一户人家放猪谋生,但仍食不果腹,于是幡然悔悟,返回父亲家中。父亲看到小儿子后,便吩咐仆人把上等的袍子拿出来给他穿,把戒指戴在他手指上,给他穿鞋,宰了肥牛犊来庆祝小儿子的归来。大儿子不解,父亲道出了原因,说你这个兄弟"是死而复活,失而又得的"。《精力充沛的尤文图斯》首次以这个寓言故事为原型,展现了青年男子尤文图斯"受引诱—堕落—忏悔—获救"的过程。和《圣经》中的浪子一样,戏剧开始,尤文图斯是一个只知道追求快乐的年轻人,他唱着一首"年轻就是快乐"的歌上场,声称"充满快乐的青春是我真正的名字,/孤独不是我所喜爱的"(Juventus：46),因此,要去寻找快乐的伙伴。他遇到了"好顾问",后者告诫他不要浪费青春,要学习知识,以免被错误的老师欺骗。作为宗教改革的一个暗示,尤文图斯以《新约》为向导,决定去传道。魔鬼(Devil)来到舞台上,抱怨说他失去了权力,因为年轻人不再遵从旧的宗教传统(天主教)而仅仅相信《圣经》经文,因此,他委派自己的儿子"伪善"(Hypocrisy)去阻止尤文图斯的计划。和传统道德剧一样,尤文图斯在"伪善"的诱导下堕落了,他相信了"伪善"传达的天主教思想和追求肉体享乐的生活观念。"伪善"向尤文图斯介绍了一个名为"从不存在的诚实"(Unknown Honesty)的娼妓,但该娼妓实际上名为"可恶的生活"(Abominable Living)。尤文图斯爱上了这个娼妓,并和开场时一样,认为青春就应该追求快乐。和传统道德剧一样,"好顾问"再次出现,悲叹尤文图斯的堕落。在"好顾问"的劝诫下,尤文图斯终于认识到自己的错误。这时,"上帝的仁慈承诺"(God's Merciful Promises)向尤文图斯宣告他在忏悔之后将得到的恩典;"好顾问"也以《圣经》中浪子回头的寓意故事劝勉尤文图斯改过自新。最终,尤文图斯忏悔了自己的错误,重新成为一个虔诚的新教徒。

---

① 本书所引《精力充沛的尤文图斯》的文本,出自：Hazlitt, W. Carew (ed.). *A Select Collection of Old English Plays (Volume 2)*. London：Reeves and Turner, 1874：97-98. 后文所用该剧本引文均出自该书,不再另注,仅随文标明剧本简称 Juventus 和页码。

除去新教的思想之外,该剧重在强调年轻人浪子回头的意义。戏剧一开场,"信使"(Messenger)的话就奠定了剧作的基本主题:

> 不要给一个年轻人太多自由,也不要给他的愚蠢开脱,
> 低下他的头,让他敬畏,
> 以免他固执。没有理由不去
> 教导他智慧,教导他神的律法,
> 因为年轻人是脆弱的,容易被改变,
> 他可以因本性而作恶,也可以由恩典而行善。(*Juventus*:45)

这段话可以说是当时社会尤其传统道德剧对年轻人认识的一个再现。戏剧结尾,尤文图斯浪子回头,并以自身经历现身说法,向观众做了一个具有警示意义的长篇布道:

> 今天来到这里的所有基督徒,
> 都可以通过我的故事获知,
> 伪善与魔鬼,他们就像最有害的毒药,
> 所有人都应该把他们打倒。
> ……
> 不要有谄媚的友谊,也不要有邪恶的伙伴,
> 劝你不要滥用神的话,
> 你们要谨慎,永远站在真理这边,
> 你们要照这法则行事,
> ……
> 你们幼年要寻求知识,追求智慧,
> 在你年老的时候,教导你的家人也像你那样去做。
> 你们要顺服有德行的人,不追求虚浮的事情。
> 不要说,我还年轻,我必长寿,免得你的日子缩短。
> 不要把你的时间浪费在玩乐之中,

因为懒惰会增加弱点和邪恶。

不要延迟光阴,说我的结局未到,

因为在短暂的警告中,主必忽然显现。(Juventus:98—101)

这段布道显然不同于传统道德剧剧终时上帝或上帝的代言人对观众所做的有关人类忏悔与上帝恩典的基督教教义的布道,而是对年轻人的道德训诫,因此,该剧尽管有宣传新教的目的,但显然更多的是对年轻人进行道德教导。可以说,该剧的主题不是纯粹的宗教,而是道德,剧中的主人公尤文图斯也成为青春愚蠢和软弱的象征。《精力充沛的尤文图斯》在结构上仍然保留了传统道德剧特征,剧中的"好顾问"既是传统道德剧中善势力的代表,同时也是浪子回头寓言中的父亲。

如果说《精力充沛的尤文图斯》以传统道德剧的形式表现了浪子回头的道德主题,那么《美丽的荡妇》和《不听话的孩子》则将传统道德剧和泰伦斯喜剧结合起来,更多地以世俗戏剧的形式传达教诲主题。

《美丽的荡妇》创作于爱德华六世统治时期的1549—1553年,在伊丽莎白女王统治时期被修订过,于1560年匿名出版。该剧很可能在宫廷里由"圣殿孩子剧团"(Children of the Chapel)演出,表演过程中充满了歌唱[1]。该剧很短,仅有550行,演出时长大约半个小时[2]。剧作开场,"信使"(Messenger)以《圣经》经文确立了该剧的主题:"不肯使用棍子的人,孩子恨他。"(Wanton:163)[3]该剧将浪子回头寓言中宽厚的父亲置换成了溺爱的母亲,而寓言中浪荡的儿子则被扩展成两个人,即一个浪荡儿子和一个浪荡女儿。与《圣经》寓言相似,为突出危害和进行对照,该剧也设置了一个好儿子形象。剧中,母亲名叫姗蒂柏(Xantippe),虽然其名字来自苏格拉底妻子的名字,但她绝不是一个悍妇形象,而主要表现为

---

[1] Wickham, Glynne (ed.). *English Moral Interludes*. London: J. M. Dent & Sons, 1976:33.

[2] Norland, Howard B. *Drama in Early Tudor Britain:1485—1558*. Lincoln and London: University of Nebraska Press, 1995:158.

[3] 本书所引《美丽的荡妇》的文本,出自:Hazlitt, W. Carew (ed.). *A Select Collection of Old English Plays (Volume 2)*. London: Reeves and Turner, 1874:163. 后文所用该剧本引文均出自该书,不再另注,仅随文标明剧本简称Wanton和页码。

愚蠢。她有三个孩子,好儿子巴纳巴斯(Barnabas)、坏儿子以实玛利(Ismael)[①]和坏女儿大利拉(Dalilah)[②]。好儿子巴纳巴斯勤学宽厚,坏儿子以实玛利和坏女儿大利拉荒疏学业,恣意享乐,愚蠢的母亲姗蒂柏却不听从大儿子和仆人的警告,为两个坏孩子开脱,仍十分溺爱,致使在"罪孽"(Sin)的引诱下,大利拉堕落成妓女,最后出痘而死,以实玛利因重罪、入室盗窃和谋杀被判吊死。母亲姗蒂柏被"世俗耻辱"(Worldly Shame)指责为两个孩子悲剧的根源——"他们的死因甚至就在你身上"(Wanton:180),于是她悲痛欲绝,意欲自杀,但受到了好儿子的劝阻。好儿子巴纳巴斯提醒母亲疏忽了自己的责任,致使两个坏孩子得到了上帝正义的审判,但同时安慰母亲不必为他们过于担心,因为他们最后都有悔改之意,并劝说母亲忏悔自己的失职。在巴纳巴斯的劝诫下,母亲最终放弃了自杀。剧作最后,巴纳巴斯充当了传统道德剧中上帝或善势力的代表,对在场的父母及年轻人进行了一场布道。他首先告诫父母:

> 我劝告所有的父母要谨慎地
> 养育你们的儿女,
> 以免他们堕落为恶,这是不可疏忽的。
> 要趁着他们未曾受苦的时候,责罚他们;
> 接受他们的善行,拒绝他们的恶行。
> 嫩苗可以栽种,也可以随意折腾;
> 但它在哪里生长得强壮,就在哪里扎根成长。
>
> 孩童也是如此:当他们年幼的时候,
> 你们可以照自己的心意,像蜡一样塑造他们。
> 但你们若使他们长期生活在愤怒中,
> 他们将会结实而坚定,不会宽容。(Wanton:181)

[①] 在《圣经》中,以实玛利为亚伯拉罕和侍女夏甲所生,后成为阿拉伯人的祖先。
[②] 在《圣经》中,大利拉原本是非利士女子,与犹太人的首领、英雄参孙相爱,后来因为贪图金钱,将参孙出卖给了自己的同族人,从而成为西方文化中臭名昭著的女人。

第三章 英国中世纪道德剧在16世纪的演变

劝诫完了在场的父母,接着巴纳巴斯又劝告在场的年轻人:

孩子们啊,让你们的时间得到充分的利用,
你们应当学习,听从你的长辈。
你们终有一天会从中受益。(Wanton:182)

可以看出,作为一部教育道德剧,《美丽的荡妇》的教育对象不仅仅是年轻人,还有年轻人的父母,这也从一个侧面表明该剧的演员和观众不仅仅是儿童,也有成年人。

与《美丽的荡妇》相似,《不听话的孩子》讲述了一个更为世俗的故事:伦敦的一个富人很爱自己的儿子,希望他能去学校获得知识,长大后过上幸福生活。但事与愿违,儿子并没有听从父亲的劝告和安排,而是去追逐女子,婚后在魔鬼的捉弄下,被悍妇妻子毒打,过着痛不欲生的生活。此时,他才想起父亲的教导,便懊悔地回到了父亲家,向父亲讲述了自己的经历,表达了悔改之意。剧中,除了魔鬼这一个角色之外,其他出场的人物都不再是抽象的寓意人物,而是具体可感的现实人物,即使魔鬼这一角色,在剧中也仅仅以独白的形式出现一次,并没有与剧中其他角色进行交流。该剧充满了世俗喜剧的元素,如儿子和其妻子的争吵与打斗、魔鬼的独白等。和中世纪道德剧一样,该剧也设置了一个宣告人角色,这个角色不参与剧作内容,仅仅在开头介绍剧情,结尾总结剧作。和《美丽的荡妇》一样,该剧结尾宣告人对在场的父母和儿童都进行了劝诫,表明其观众和教育对象也是广泛的。

个人成长和浪子回头成为文艺复兴时期众多剧作家关注的话题。作为此时期剧作家的代表,莎士比亚也关注了这一话题,如他的《维洛那二绅士》、《驯悍记》、《亨利四世》(上、下)等就是有关个人成长和浪子回头的戏剧。可以说,"成长戏剧"或"浪子回头戏剧"成为英国文艺复兴戏剧中产生最早、持续时间最久、最重要的戏剧种类之一[①]。

总之,传统道德剧中,堕落占了戏剧的大部分情节,忏悔是道德剧情节的高

---

① Beck, Ervin. Terence Improved: The Paradigm of the Prodigal Son in English Renaissance Comedy. *Renaissance Drama*, 1973, 6: 121.

99

潮,死亡成为来世新生活的开始。16世纪早期的教育道德剧不再强调死亡,而强调年轻人的改过自新,面向的是现实世界,而不再是来世世界。教育道德剧结合了浪漫传奇故事、民间戏剧、古典喜剧和《圣经》寓言等元素,呈现出多种戏剧娱乐和教育内容。道德剧不再是具有宗教性质的宗教剧,而是正像它的名字一样,成为名副其实的"道德剧"或教育剧。

第三节 政治道德剧

除了将基督教教义转变成对世俗生活的教导之外,16世纪的道德剧还从传达基督教教义转向了对年轻贵族政治生活的教导,从而出现了一系列政治道德剧。据统计,1530—1558年,有42部与政治、宗教论争相关的戏剧,其中有21部属于政治道德剧[①]。但不幸的是,只有少数几部政治道德剧存活下来,主要有约翰·斯盖尔顿的《辉煌》、约翰·贝尔的《约翰王》、托马斯·普莱斯顿(Thomas Preston)的《冈比西斯王》(*Cambyses*,1560)等,这些剧作要么讽喻时代政治,要么宣传时代新策,要么警示当权者,从而开创并奠定了英国文艺复兴时期戏剧参政的新气象。

一、讽喻时政

现存第一个政治道德剧是约翰·斯盖尔顿的《辉煌》,该剧也是一个讽喻时政的政治道德剧。作者斯盖尔顿是都铎王朝早期首屈一指的诗人,在爱德华四世、理查三世以及亨利七世和亨利八世统治期间持续创作。斯盖尔顿是亨利八世早年的老师,他于1460年出生于约克郡,于1529年6月21日去世。他早年曾在剑桥大学、牛津大学求学,并创作了一些诗歌,可能还写了一个名为《阿切德

---

① Norland, Howard B. *Drama in Early Tudor Britain: 1485—1558*. Lincoln and London: University of Nebraska Press, 1995: 177.

米奥斯》(Achedemios)的喜剧①，表现出卓越的文学才华，后被牛津大学、鲁汶大学、剑桥大学分别于1488、1492、1493年授予"桂冠诗人"的荣誉，但不幸的是其早期诗歌和戏剧均遗失了。斯盖尔顿翻译了大量古希腊罗马时期的著作，如西塞罗的书信等，同时，他本人也是一个雄辩家。这些才华使他逐渐声名鹊起，最终引起了都铎宫廷的注意。他于1488年进入亨利七世的宫廷，并在1498—1501年担任亨利七世的二儿子，即后来的亨利八世的老师②。1502年亨利七世的长子亚瑟去世，12岁的亨利被封为威尔士亲王，成为未来的王位继承人。随着地位的提升，亨利拥有了新的王室和家庭教师，斯盖尔顿仅仅得到了40先令便被打发走了，之后，他成了诺福克郡教区的神父。接下来，斯盖尔顿用了大量时间试图重返宫廷，但均未成功。

《辉煌》是斯盖尔顿留存下来的唯一一部戏剧。该剧在内容上很可能借鉴了中世纪诗人利德盖特(John Lydgate)的诗歌《合理的度量之歌》(*A Song of Just Mesure*)和《度量就是珍宝》(*Mesure is Tresour*)，在思想上可能借鉴了遗失的斯盖尔顿自己创作的教育学著作《君主镜鉴》(*Speculum Principis*, 1501)以及其他以"对国王的建议"为主题的文学作品③。该剧采用传统道德剧的形式，反映了亨利八世时期的宫廷政治，是英国第一部反映现实政治问题的戏剧，也是英国历史剧的先驱。④

戏剧的开场是"幸福"(Felicity)的一段独白，他提出，"财富的使用是对人们智慧的真正考验"⑤(*Magnyfycence*: 4)，如果慎重使用的话，财富就能够给人们带来幸福。"自由"(Liberty)上场，他不认同"幸福"的观点，他认为财富最好完

---

① Walker, Greg. *John Skelton and the Politics of the 1520s*. Cambridge: Cambridge University Press, 1988. 42.

② Walker, Greg. *John Skelton and the Politics of the 1520s*. Cambridge: Cambridge University Press, 1988: 40-42.

③ Ramsay, Robert L. Introduction. In Ramsay, Robert L. (ed.). *Magnyfycence: A Moral Play*. London: Kegan Paul, Trench, Trübner & Co., 1906: LXI-XXXIX.

④ Ribner, Irving. *The English History Play in the Age of Shakespeare*. Princeton: Princeton Univevsity Press, 1957.

⑤ Ramsay, Robert L. (ed.). *Magnyfycence: A Moral Play*. London: Kegan Paul, Trench, Trübner & Co., 1906: 1. 后文所用该剧本引文均出自该书，不再另注，仅随文标明剧本简称 *Magnyfycence* 和行数。

全自由地使用。"度量"(Measure)过来公断,他指出:

> 哪里以"度量"做主人,哪里就无人冒犯;
> 哪里缺少"度量",哪里就事事遭殃;
> 哪里没有"度量",哪里就挥霍不堪;
> 哪里以"度量"为尺度,哪里就秩序井然。
> "度量"是财宝;这你不能否认!(*Magnyfycence*:121—125)

经过一番辩论,"自由"最终认为对财富的适度使用是必要的。

王子"辉煌"(Magnyfycence)走过来,"度量"向王子介绍了"幸福"和"自由",二者分别向王子做了自我介绍,并表达了他们对财富的认识。王子声称"度量"是他的主人,表示他绝不会与"度量"分离,他把"幸福"留下来,让"度量"带"自由"离开。接着,"喜爱"(Fancy)上场,自称是"慷慨的赠予"(Largesse),他给王子带来了一封信,声称这封信是"悲伤的审慎"(Sad Circumspection)写的[实际上是由"虚伪的支持"(Counterfeit Countenance)伪造的],他催促王子随心所欲地花钱。"喜爱"领着王子离开了,躲在一旁的"虚伪的支持"走过来告诉观众,王子已经被"喜爱"捕获了,同时,"虚伪的支持"为自己在整个王国里可以进一步行使欺诈而高兴不已。很快,"喜爱"和"狡猾的财产让与"(Crafty Conveyance)来到"虚伪的支持"身边,他们开始谋划如何让"度量"不再为"辉煌"服务。此时,"隐蔽的勾结"(Cloaked Collusion)也加入他们的队伍,他们在简短地评论了"隐蔽的勾结"后继续他们的谋划。"虚伪的支持"和"隐蔽的勾结"分别取了新的名字,即"好的行为"(Good Demeanance)和"冷静的悲哀"(Sober Sadness)。在其他人都离开后,"隐蔽的勾结"吹嘘他在英国安排了两面派和不和的人物。"奉承的滥用"(Courtly Abusion)走过来表达他想晋升的愿望,祈求"隐蔽的勾结"帮助他实现这一愿望。此时,"狡猾的财产让与"返回来,他们三人开起了具有攻击性的玩笑。之后,"奉承的滥用"昂首阔步地走到舞台上,他吸引人们注意他自己的衣服,讨论来自法国的时尚。他的讲话被"喜爱"打断,后者拿着一只鹰走来(实际上极有可能是一只猫头鹰)。这对老朋友一番寒暄后,"喜爱"向"奉承的滥用"讲述了宫廷内正在发生的事情。"奉承的滥用"离开后,"喜爱"在舞台上走来

第三章　英国中世纪道德剧在16世纪的演变

走去,向观众展示他的鹰。这时,"愚蠢"(Folly)带着一条狗上场,他们一番讨价还价后交换了彼此的宠物和包。"狡猾的财产让与"来到众人身边,他们彼此打趣。"愚蠢"发表了几个关于社会中滥用和愚蠢行为的讽刺性评论后,便和"喜爱"动身去将"度量"从王子的宫廷中驱逐出去。

正当"狡猾的财产让与"向观众评论他的同伴和他自己在这个国家的恶作剧时,王子和"自由""幸福"一起进来。他已经解雇了"度量",在恶魔们的影响下堕落了。他派遣"狡猾的财产让与"去抓捕"喜爱"(或曰"慷慨的赠予"),并不顾"幸福"的反对,把自己的财产交给了恶魔们。王子独自一人发表了一段自我吹嘘的演讲,声称他已统治整个地球。"奉承的滥用"进来奉承他,鼓动他充分享受各种快乐,包括性快乐。"隐蔽的勾结"假意要帮助"度量"重回宫廷,他带着"度量"来到王子身边,但却哄骗说为王子的演讲带来了一个听众即"度量",因此,"度量"很快被王子打发走了,并被"奉承的滥用"强行带出宫廷。"隐蔽的勾结"开始奉承王子,并提出了一些错误的建议。"愚蠢"过来用一个喜剧故事供王子消遣。之后,"喜爱"上场,他给王子带来了一个悲伤的消息——王子已经在邪恶的同伴的引导下变成了一个贫穷之人。话音刚落地,"灾祸"(Adversity)就向王子追来,把他打倒在地,抢走了他的衣物,最后向观众描述了人们的愚蠢和过度行为。"贫穷"(Poverty)把王子扶起来,放在一张床上。王子躺在床上悲叹自己的命运,而"自由"唱着一首愉快的歌上场。王子打断他,并提醒他,自己曾经是他的主人。"自由"以王子"辉煌"的堕落为例,向观众发表了评论,"狡猾的财产让与"和"隐蔽的勾结"也进来幸灾乐祸。躺在床上的王子诅咒他们,但后者并没有对他表现出尊重,而是扬长而去。正当王子独自一人哀伤时,"绝望"(Despair)进来,后面跟着"恶作剧"(Mischief),后者手里拿着一根绳索和一把刀子,这是为王子的自杀准备的。正当王子准备自杀时,"好的希望"(Good Hope)走过来指出,这将是一个致命的罪,并提醒他想一想上帝的仁慈。王子最终站起来,穿上了"矫正"(Redress)带给他的新衣服。之后,"悲伤的慎重"(Sad Circumspection)和"毅力"(Perseverance)先后发表了极其讲究修辞的、正式的演讲,进一步加强和确认了王子的改变。王子恢复了讲话的权威,他做了最后的演讲,认识到自己早期行为的愚蠢。在新朋友的陪伴下,王子重返宫廷。

该剧在框架结构上仍然遵循了传统道德剧的模式,与传统道德剧的"无罪—

受引诱—堕落—忏悔—获救"的结构模式相似。该剧的情节发展也经历了相似的阶段,学者罗伯特·李·拉姆塞(Robert Lee Ramsay)将其确定为五个发展阶段,即"繁荣"(Magnyfycence:1—402)、"阴谋"(Magnyfycence:403—1374)、"欺骗"(Magnyfycence:1375—1874)、"推翻"(Magnyfycence:1875—2324)、"恢复"(Magnyfycence:2325—2567)[1]。同时,该剧仍然采用了传统道德剧的寓意手法,人物主要由善与恶两大派别组成,"自由""喜爱""狡猾的财产让与""虚伪的支持""隐蔽的勾结""奉承的滥用""愚蠢""灾祸""绝望""恶作剧"等是恶的代表,"度量""好的希望""矫正""悲伤的慎重""毅力"等是善的化身。但与传统道德剧不同的是,这些人物所代表的不再是传统道德剧中的七宗罪或七美德,而是人类具体的品质,也就是说戏剧人物从神性转向了人性。另外,该剧中的主人公"辉煌"不再是传统道德剧中人类的普遍代表,而是一个具体的人,而且还具有特殊的身份即王子,因此,该剧的主题不再是传统道德剧中人类的救赎,而是一个王子的世俗成功或世界繁荣。当道德剧的中心人物从抽象的人转向具体的人,中心议题从人的救赎转向社会问题时,道德剧已经世俗化,徒留了道德剧的外壳。那么当道德剧的中心人物是统治者、中心议题发生在宫廷语境中时,道德剧就变成了政治戏剧,因此,该剧被认为是现存最早的政治道德剧[2]。根据文本自身的内容和相关描述,虽然我们无法确认该剧是否在宫廷上演过,但该剧应该在伦敦的一个大堂里演出过[3]。我们也无法确知国王是不是最初的观众中的一员,但该剧显然是设计给国家领导人观看的[4]。

该剧最早于1530年左右由当时著名的出版商约翰·拉斯特尔出版,而其创作时间不得而知。我们可以确定的是,该剧很可能在1515—1523年的某个时候完

---

[1] Ramsay, Robert L. Introduction. In Ramsay, Robert L. (ed.). *Magnyfycence: A Moral Play*. London: Kegan Paul, Trench, Trübner & Co., 1906: xxvi-xxviii.

[2] Norland, Howard B. *Drama in Early Tudor Britain: 1485—1558*. Lincoln and London: University of Nebraska Press, 1995: 178.

[3] Walker, Greg. *Plays of Persuasion: Drama and Politics at the Court of Henry VIII*. Cambridge: Cambridge University Press, 1991: 88; Norland, Howard B. *Drama in Early Tudor Britain: 1485—1558*. Lincoln and London: University of Nebraska Press, 1995: 178.

[4] Norland, Howard B. *Drama in Early Tudor Britain: 1485—1558*. Lincoln and London: University of Nebraska Press, 1995: 178.

成。有学者根据该剧的政治主题和斯盖尔顿晚年的诗歌创作,试图确定该剧创作的具体时间。如20世纪该剧的最早编者拉姆塞认为,该剧完成于1515—1516年,并将其视作斯盖尔顿对枢密大臣沃尔西进行讽刺性攻击的开始,随后在其诗歌《你为什么不来宫廷》(Why Come Ye Nat to Courte, 1522)等中达到顶峰①。他认为该剧所涉及的每一个恶魔都是沃尔西的一个侧面:

> 在"喜爱"身上,我们看到了鲁莽;在"愚蠢"身上,我们看到了沃尔西外交政策的不英明。当"虚伪的支持"低微的暴发户这一身份、"狡猾的财产让与"对正义的颠覆这一主题被凸显时,这个枢机主教的形象立刻出现在观众的脑海中。在"奉承的滥用"身上,我们看到了懒散的生活、奢侈的衣着和老练的奉承;在"隐蔽的勾结"身上,我们看到了巧妙滋生的纠纷和虚伪。在这些奉承者身上,我们看到了对争吵的热衷、虚假勇气和忘恩负义,所有这些都是斯盖尔顿希望归属于沃尔西的。②

因此,拉姆塞总结说,这些恶魔们集合在一起,形成了围绕沃尔西的一个综合漫画,同时剧中"度量""好的希望""矫正""悲伤的慎重""毅力"等美德们则是诺福克公爵、坎特伯雷主教渥兰(William Warham)等反对沃尔西的大臣们③。

拉姆塞的观点影响了很多学者,如学者贝文顿、威廉·O. 哈里斯(William O. Harris)等大都认为该剧创作于1515—1516年,贝文顿也认为该剧是对沃尔西的批判④。学者们之所以得出这样的结论,是因为他们将剧中奉承的恶魔们

---

① Ramsay, Robert L. Introduction. In Ramsay, Robert L. (ed.). *Magnyfycence: A Moral Play*. London: Kegan Paul, Trench, Trübner & Co., 1906: xxi-xxv.
② Ramsay, Robert L. Introduction. In Ramsay, Robert L. (ed.). *Magnyfycence: A Moral Play*. London: Kegan Paul, Trench, Trübner & Co., 1906: cx.
③ Ramsay, Robert L. Introduction. In Ramsay, Robert L. (ed.). *Magnyfycence: A Moral Play*. London: Kegan Paul, Trench, Trübner & Co., 1906: cxx-cxxi.
④ Bevington, David. *Tudor Drama and Politics: A Critical Approach to Topical Meaning*. Cambridge, MA: Harvard University Press, 1968: 55-59. 哈里斯认为该剧的创作时间是1515—1518年,但不认为该剧是对沃尔西的讽刺。参见: Harris, William O. *Skelton's* Magnyfycence *and the Cardinal Virtue Tradition*. Chapel Hill: University of North Carolina Press, 1965: 12-13.

哄骗"辉煌"的财富这一情节与1514—1516年亨利八世的政治外交活动关联起来。当时,为了英格兰的利益,亨利八世资助神圣罗马帝国和瑞士与法国作战,后来二者在拿了亨利八世的资助后反而与法国结为同盟[①]。此时,出身于屠夫之家的沃尔西的影响力正在冉冉上升,他凭借自身渊博的学识以及在谈判与财政管理方面的才华,受到了亨利八世的关注,1509年开始到亨利八世的政务会任职,1515年9月在亨利八世的推荐下,被任命为枢机主教,并被亨利八世任命为御前大臣(Lord Chancellor),成为英格兰的实际统治者,权倾一时。面对这些成功和荣耀,沃尔西显然没有表现出应有的谦逊,反而极为傲慢、奢华和滥用职权。根据相关记载,"权势旺盛时,沃尔西的年收入相当于二十世纪初的五十万英镑。他有一千名仆人,宅邸修得比国王的皇宫还富丽堂皇。他把肥缺分给自己的亲戚,这其中就包括自己的私生子。尽管只是个孩子,(他)却拥有十一项教职,并且可以享受这些职务所带来的俸禄"[②]。这些行为自然引起人们对沃尔西的不满。但1514—1516年,沃尔西刚刚获得权势,财富积累刚刚开始,因此,其行为还没有引起人们的不满。该剧的核心情节是"辉煌"在邪恶的顾问的哄骗下献出了自己所有的财富,这一情节与1514—1516年亨利八世昂贵而失败的外交活动有一定相似性,但是如果将二者对应起来,显然又缺乏有力证据。因为此时的斯盖尔顿并没有在亨利八世的宫廷中谋得实质性职位,无法具体了解这些外交政策;而且此时沃尔西的建议并不总是没有价值,有一些建议也促使亨利八世的外交活动获得了一定胜利。如1513年8月,亨利八世花费大量金钱招募了奥地利雇佣兵,在"踢马刺战役"(the Battle of the Spurs)中击溃了法国人,同年9月,在弗洛登一举击败了入侵的苏格兰军队,正是由于这一系列的胜利,沃尔西才被提拔并得到了丰厚奖赏[③]。

将该剧看作对1514—1516年亨利八世外交事件的映射这一观点受到了质疑,于是,有学者将时间往后推移,认为该剧呈现的是1519年亨利八世宫廷驱逐

[①] 关于这一事件的详细记载,可参见:Scarisbrick, J. J. *Henry* Ⅷ. London:Eyre & Spottiswoode, 1968:50-100.
[②] 丘吉尔. 英语民族史·卷二:新世界. 李超,胡家珍,译. 北京:新华出版社,2017:28.
[③] 丘吉尔. 英语民族史·卷二:新世界. 李超,胡家珍,译. 北京:新华出版社,2017:28.

第三章　英国中世纪道德剧在16世纪的演变

宠臣的国内政治事件或者王室家庭事件①。这一事件缘起于1518年9月,亨利八世效仿法国国王在自己的宫廷中设立了一个新的职位,即"枢密室的绅士"(Gentleman of the Privy Chamber),并指定自己的许多亲密朋友担任这个职位,如爱德华·内尼尔(Edward Nenille)、亚瑟·波尔(Arthur Pole)、尼古拉斯·卡鲁(Nicholas Carew)、弗朗西斯·布莱恩(Francis Bryan)、亨利·诺里斯(Henry Norris)、威廉·科芬(William Coffin)等,他们作为英国使者被亨利八世派往法国。根据霍尔在《兰开斯特与约克两大家族的联合》中的描述,这些人在法国生活放荡,回到英格兰后推崇法国的时尚:

> 这段时间,尼古拉斯·卡鲁、弗朗西斯·布莱恩和英格兰其他一些形形色色的年轻绅士继续待在法国宫廷,他们和法国国王一起每日乔装打扮行走在街头,他们向人们扔鸡蛋、石头和其他一些不值钱的东西。当这些年轻人返回英格兰后,他们在吃饭、喝酒、衣着等方面仍然是法国式的,还嘲笑英国的所有阶层……他们高度赞扬法国国王和他的宫廷。②

尤为重要的是,这些人作为亨利八世最亲近的宠臣——"枢密室的绅士",对亨利八世产生了影响:

> 枢密室的某些年轻人,没有尊重亨利的身份……他们对他如此熟悉和亲切,与他一起玩火把,以至于他们忘记了自己的身份;尽管亨利出于绅士姿态没有谴责他们,容忍了他们的行为,然而国王的顾问认为这样对于国王的荣誉而言是不合适的。③

---

① Walker, Greg. *Plays of Persuasion: Drama and Politics at the Court of Henry VIII*. Cambridge: Cambridge University Press, 1991: 66-72; Dowling, M. J. C. Scholarship, Politics and the Court of Henry VIII. London: University of London (Doctoral Dissertation), 1981: 104-108.

② Walker, Greg. *Plays of Persuasion: Drama and Politics at the Court of Henry VIII*. Cambridge: Cambridge University Press, 1991: 67-68.

③ Walker, Greg. *Plays of Persuasion: Drama and Politics at the Court of Henry VIII*. Cambridge: Cambridge University Press, 1991: 69.

显然,这些宠臣的优越感、轻蔑的态度、放纵的行为,尤其是他们对待国王的方式,引起了国会的警觉,这些宠臣中的四个领导者最终于 1519 年 5 月被首辅大臣沃尔西驱逐和流放了[1]。

　　总而言之,和该剧主题是否映射当时政治事件一样,该剧是否在讽刺首辅大臣沃尔西,学界也观点不一。如前所述,拉姆塞、贝文顿等学者将该剧创作时间定为 1515—1516 年,同时也认为斯盖尔顿通过该剧在讽刺和攻击沃尔西,但这一观点以主观推测为基础,缺乏说服力。尽管斯盖尔顿 1522 年以后写了一些诗歌讽刺沃尔西,沃尔西本人也受到当时许多人的不满,但我们没有确凿证据可以证明 1520 年以前斯盖尔顿反对沃尔西[2]。这使得该剧的最近一位编者波拉·B. 诺伊斯(Paula Neuss)将其创作时间确认为 1520—1522 年,即斯盖尔顿反对沃尔西时期,并将剧作主人公"辉煌"确认为沃尔西[3]。但是,也有学者反对将该剧看作对沃尔西的批判。如学者格雷格·沃克(Greg Walker)将该剧与 1519 年亨利八世宫廷驱逐宠臣的政治事件联系起来,认为该剧不仅不是对沃尔西的讽刺,反而是对亨利八世以及沃尔西的赞颂[4]。学者霍华德·B. 诺兰德(Howard B. Norland)也将该剧置于 1519 年亨利八世宫廷驱逐宠臣的语境中,认为该剧不是对沃尔西的攻击,而是将沃尔西投射在剧中"矫正"这个角色上,他帮助国王及时终止自己的堕落行为,改过自新。[5]

　　由于剧作主人公是一个君王,毫无疑问,该剧是一部政治道德剧或具有一定的政治色彩,但是该剧是否一定要与当时的某一个政治事件关联在一起呢?要解答这个问题,我们有必要看一下剧作者斯盖尔顿的个人遭遇和当时的处境。

---

[1] Elton, G. R. *Reform and Reformation: England, 1509—1558*. Cambridge, MA: Harvard University Press, 1977: 79.

[2] Harris, William O. *Skelton's* Magnyfycence *and the Cardinal Virtue Tradition*. Chapel Hill: University of North Carolina Press, 1965: 12.

[3] Norland, Howard B. *Drama in Early Tudor Britain: 1485—1558*. Lincoln and London: University of Nebraska Press, 1995: 179.

[4] Walker, Greg. *Plays of Persuasion: Drama and Politics at the Court of Henry VIII*. Cambridge: Cambridge University Press, 1991: 72-76.

[5] Norland, Howard B. *Drama in Early Tudor Britain: 1485—1558*. Lincoln and London: University of Nebraska Press, 1995: 180.

第三章 英国中世纪道德剧在16世纪的演变

就个人经历而言，如前所述，斯盖尔顿虽然曾经是亨利八世儿时的导师，但自1502年以后，就被迫离开宫廷，虽然在1512—1513年被亨利八世短暂地予以任用，授予"王室演讲家"的称号，但实质上并没有得到任何官职。斯盖尔顿一直想重返宫廷、重获"帝师"的荣耀①。因此，正如此时的托马斯·莫尔在《乌托邦》(Utopia)中用寓言的形式曲折表达自己的政治思想一样，就该剧君主被引诱的主题而言，斯盖尔顿显然不会这么直接地暗示当下的现实事件或具体指向，因为正如威廉·纳尔逊（William Nelson）所指出的，斯盖尔顿如果有具体指向和现实映射的话，他一定会设想到，"如果亨利八世看到了这部戏，他一定会认出自己，并很难去原谅它的作者"②。

尽管斯盖尔顿可能会避免在该剧中对现实政治事件进行明确的暗示，但是曾经的"帝师"身份和当时流行的"君王镜鉴"文化使得斯盖尔顿极有可能将该剧作为教育君王的政治道德剧。我们知道，斯盖尔顿所生活的15世纪末16世纪初是一个文人试图为帝王服务、建言献策的时代，此时的许多知识分子都希望在为帝王出谋献策中体现自己的价值，为了实现这一愿望，他们著书立说，以期望得到帝王的关注和重用。如马基雅维利于1513年写了《君主论》，献给了当时佛罗伦萨的掌权者小洛伦佐·德·美第奇（Lorenzo de' Medici，1492—1519），荷兰人文主义者德西迪里厄斯·伊拉斯谟（Desiderius Erasmus）于1516年写了《论基督教君主的教育》(The Education of a Christian Prince)，献给了阿拉贡国王，并在1517年9月献给了亨利八世。斯盖尔顿本人也于1501年完成了教育学著作《君主镜鉴》，并在1511年将其作为生日礼物送给了亨利八世。在这个语境中，该剧显然也具有"君主镜鉴"的意义，或者说该剧是《君主镜鉴》的戏剧艺术版。

该剧在一般意义上而不是具体事件上对君主的生活和国家管理提出了建议。剧作的中心事件是王子"辉煌"在邪恶顾问的引导下抛弃"度量"这个顾问后，自己的财富被恶魔哄骗走从而陷入绝境，最后在美德们的帮助下再次恢复国家繁荣。其中"度量"与"辉煌"的关系决定了后者的命运：当"辉煌"把"度量"作为自己行事的原则和主人时（Magnyfycence：176），就拒绝了"自由"的亲近和

---

① Walker, Greg. *John Skelton and the Politics of the 1520s*. Cambridge: Cambridge University Press, 1988: 219.
② Nelson, William. *John Skelton, Laureate*. New York: Russell & Russell, 1964: 138.

阴谋;当抛弃"度量"后,"辉煌"很快被"喜爱""虚伪的支持"等恶魔蛊惑,陷入绝境。可见,正如剧中所反复强调的,"度量就是珍宝"(*Magnyfycence*:125)、"任何情况下都要考虑度量"(Magnyfycence:140),该剧的主题是强调度量在王子生活和国家管理中的重要性。这一主题具有重要的政治现实意义。

在都铎王朝的历史语境下,可以发现,自亨利七世开创都铎王朝以来,都铎宫廷为了彰显国王权威、加强王权统治,比以往宫廷更加注重炫耀式消费,不仅大兴土木①,同时也在饮食、服饰等方面尽显奢华。根据记载,亨利七世在加冕时为了彰显国王的恩典,从伦敦塔到威斯敏斯特宫道路两旁都摆满了美酒,供路人免费饮用②。及至亨利八世,生活更加奢华,他本人衣着华丽,一年之中仅服装费用就高达8000英镑③;他还经常在节日里邀请贵族和高级官员共同用餐,邀请的客人也经常超过700人④。宴请的饭菜丰富,据记载,亨利八世有一次在温莎宫招待30名宾客,就供应了14道肉菜、90盘黄油、800个鸡蛋、300个薄饼、80个栗子面包,还有姜饼、多种水果和大量酒水饮料⑤。同时,自1509年继位至1514年,亨利八世在位的五年时间内英格兰在海外战争和政治外交中也支出了高昂的费用。斯盖尔顿1488年进入宫廷,1502年离开,之后又于1512—1513年再次返回宫廷,对都铎宫廷的这些奢华场面应该较为了解,因此,身为"帝师",斯盖尔顿借剧作中王子"辉煌"的遭遇提醒和规劝君王凡事应该有所度量。现实中,亨利八世在政治、外交、生活中处处追求奢华、表现慷慨;剧中,王子"辉煌"遇到的第一个恶魔是"慷慨的赠予",后者的本名叫作"喜爱",而"喜爱"这个名字表明,以喜爱为名的慷慨赠予是"辉煌"本人的能力,也是他走向堕落的个人弱点⑥。现实中,亨利八世之所以追求奢华生活和展现慷慨之举,目的在于彰

---

① 关于都铎王朝在土木建筑方面的消费研究可参见:张殿清. 英国都铎王朝宫廷建筑消费的一项实证考察:兼与16世纪中国比较. 历史教学(高校版),2007(12):44-48;张殿清. 英国都铎宫廷炫耀式消费的政治意蕴. 史学集刊,2010(5):87-93;Alison, Weir. *Henry VIII and His Court*. London:Jonathan Cape, 2001:182.
② 张殿清. 英国都铎宫廷炫耀式消费的政治意蕴. 史学集刊,2010(5):88.
③ Alison, Weir. *Henry VIII and His Court*. London:Jonathan Cape, 2001:182.
④ 张殿清. 英国都铎宫廷炫耀式消费的政治意蕴. 史学集刊,2010(5):89.
⑤ 张殿清. 英国都铎宫廷炫耀式消费的政治意蕴. 史学集刊,2010(5):89.
⑥ Griffiths, Jane. *John Skelton and Poetic Authority:Defining the Liberty to Speak*. Oxford:Clarendon Press, 2006:66.

显国王权威,这一思想也体现在剧中王子"辉煌"堕落之后的认识中,他对自己的名字进行了错误的解释,认为其名字的含义"辉煌"体现在财富和专制行为的展示中,而不是明智地统治国家(*Magnyfycence*:1458—1514)。在"矫正""好的希望"等的引导和帮助下,"辉煌"认识到自己之所以陷入绝境,是因为"在财富使用方面过于依赖'自由'/远离了'度量'"(*Magnyfycence*:2445—2446),于是接受了"矫正""好的希望"的教诲,合理使用财富,最终恢复了国家繁荣。与传统道德剧主人公经过忏悔后得到上帝的救赎不同,该剧的主人公在好的顾问的建议下经过理性认识,改正了错误,其教育意义在于启发君主为了国家利益能够破除陋习。

二、宣传新策[①]

16世纪上半叶,随着宗教改革运动的深入发展,都铎王朝尤其重视戏剧宣传的作用。为了配合克伦威尔的宗教改革宣传运动,剧作家、新教教徒、传教士约翰·贝尔于1534年创作了《约翰王》[②]。该剧曾于1538—1539年在亨利八世的首辅大臣、宗教改革的推动者克伦威尔面前和坎特伯雷大主教托马斯·克兰默(Thomas Cranmer)家里上演过[③]。该剧在一定程度上较为成功地完成了克伦威尔政府的宗教改革宣传任务,推动了英国都铎王朝宗教改革的进程。

---

① 本部分内容具体参见:郭晓霞.约翰·贝尔《约翰王》中的政治愿景.国外文学,2021(2):116-125.
② Happé, Peter. Introduction. In Happé, Peter (ed.). *The Complete Plays of John Bale (Volume* Ⅰ*)*. Cambridge: D. S. Brewer, 1985:9.
③ 克伦威尔家的账单记录了他在1538年9月8日和1539年1月31日为贝尔及其剧团的演出支付了钱币;1539年1月11日,克兰默在给克伦威尔的信中记录了三个观众在圣诞节期间于克兰默家中观看《约翰王》演出后的感受。根据更进一步的考证和分析,1538—1539年在克伦威尔家上演的戏与1538圣诞节期间在克兰默家上演的戏均为同一场,即《约翰王》。参见,Walker, Greg. *Plays of Persuasion, Drama and Politics at the Court of Henry* Ⅷ. Cambridge: Cambridge University Press, 1991:172-173; Happé, Peter. Introduction. In Happé, Peter (ed.). *The Complete Plays of John Bale (Volume* Ⅰ*)*. Cambridge: D. S. Brewer, 1985:4-5; Norland, Howard B. *Drama in Early Tudor Britain:1485—1558*. Lincoln and London: University of Nebraska Press, 1995:191.

英国中世纪道德剧研究：人性、人生与戏剧

（一）从"约翰王"到亨利八世

历史上的约翰王是一个颇具争议的君王。他是亨利二世的幼子、理查一世的弟弟，因其出生后不久其父治下的所有土地被分封给了兄长，尚在襁褓中的约翰便没有任何土地可以继承，故被称为"无地王约翰"。1199 年，由于理查一世与其妻终身未育，时年 32 岁的约翰在其母亲和理查一世王室成员的支持下登基①，成为英格兰国王。12 世纪与 13 世纪之交的英格兰内外交困，经济上经历了历史上有记录的第一次通货膨胀②，政治上受到法国势力的一再侵扰，同时受到野心勃勃的教皇英诺森三世（Innocent Ⅲ）对君王权力的干预③。在此背景下，约翰王为了保全父兄征战获得的土地，频繁发动战争，同时通过各种途径增加税赋，并积极对抗教皇和打压教会势力，从而引发了贵族、教会人士和普通民众的不满，最终丢失了祖辈在欧洲大陆征服的大部分土地，并于 1213 年被迫臣服于教皇，1215 年签署了限制王权的《大宪章》。

---

① 亨利二世的长子威廉死于襁褓，次子亨利曾与亨利二世共同执政，后于 1183 年去世，不曾生育。三子理查在 1186 年亨利二世去世后继承王位，1199 年去世。理查无子，按照继承顺序，四子杰弗里应该继承理查的王位，但杰弗里早在 1186 年去世，留有遗腹子亚瑟。理查一世曾出于政治需要一度指定亚瑟为自己的王位继承人（Gillingham, John. *Richard I*. New Haven: Yale University Press, 2002: 136-137），但他从没有否认在其没有子嗣的情况下弟弟约翰继承王位的可能（莫里斯. 约翰王：背叛、暴政与《大宪章》之路. 康睿超, 谢桥, 译. 北京：中信出版社, 2017: 70），甚至视约翰为自己的继承人［Holt, J. C. Politics and Property in Early Medieval England. *Past and Present*, 1972(57): 23］。理查一世去世后，12 岁的亚瑟得到了安茹、曼恩、都兰等贵族和法国国王菲利普的支持（Norgate, Kate. *John Lackland*. New York: The Macmillan Company, 1902: 61），而理查一世垂死之际，王室成员和约翰母亲都极力支持约翰（莫里斯. 约翰王：背叛、暴政与《大宪章》之路. 康睿超, 谢桥, 译. 北京：中信出版社, 2017: 112）。1203 年，亚瑟与法国结盟，发动了反对约翰王的战争。约翰王率军迎战并大获全胜，他把亚瑟囚禁起来，随后将其秘密杀害。
② 这场发生于 1180 年的通货膨胀于 13 世纪 20 年代结束。参见：亚历山大. 英国早期历史中的三次危机. 林达丰, 译. 北京：北京大学出版社, 2008: 104.
③ 坎特伯雷大主教休伯特·沃尔特（Hubert Walter）去世后，教皇英诺森三世力保斯蒂芬·兰顿（Stephen Langton）继任。约翰认为英格兰国王在传统上享有大主教选任权，因此拒绝教皇的决定，由此与罗马教廷产生了冲突，导致英格兰被"驱逐出教"（interdicted），约翰本人也被"开除教籍"（excommunicated）。

第三章　英国中世纪道德剧在 16 世纪的演变

约翰王戏剧性的人生和个性,使其不仅成为"英国历史上始终占据公众想象空间的人物之一"①,而且成为英国文学史上被不同时代作家反复书写的对象②。贝尔的《约翰王》主要再现了约翰王与以教皇为核心的教会势力之间的冲突与斗争。剧作充分利用了中世纪道德剧的寓意手法,将寓意人物和历史人物结合起来。修订完整的《约翰王》由两幕组成,第一幕主要展现约翰王对教会的改革以及教会势力对其改革的破坏。寡妇"英格兰"(England)因其丈夫"上帝"(God)被神父们驱逐、财产被神父们抢夺而求助于约翰王。面对"英格兰"的遭遇,约翰王召集了三个代表性人物"贵族"(Nobility)、"教士"(Clergy)和"社会秩序"(Civil Order)③征求意见,并向他们宣告了自己改革教会的意图。与此同时,罗马天主教的代表"暴动"(Sedition)、"虚伪"(Dissimulation)、"篡夺权力"(Usurped Power)、"私人财富"(Private Wealth)聚集在一起控诉约翰王对教会的打击,并密谋破坏约翰王的改革计划。"篡夺权力"在被大家识别出身份——穿着便装的教皇——之后,指认"私人财富"为枢机主教潘杜尔夫(Cardinal Pandulphus),让其封锁英格兰王国;指认"暴动"为斯蒂芬·兰顿(Steven Langton),让其召集所有主教诅咒约翰王;指认"虚伪"为雷蒙德(Raymund)④,让其前往其他基督教国家去游说国王们联合起来反对约翰王。第二幕主要展现约翰王在众叛亲离下的屈服和死亡。在"暴动"的引诱下,"贵族""教士"和"社会秩序"最终都背叛了约翰王。接着,潘杜尔夫上场要求约翰王停止改革,遭到拒绝后,他代表教皇宣告开除约翰王的教籍,并停止英国教会的一切活动。被开除教籍后,约翰王的臣民都避开了他,就连"英格兰"又瞎又穷的儿子"平民"(Commonalty)最终也被说服而站在了教会一方,只有"英格兰"对他不离不弃。

---

① 莫里斯. 约翰王:背叛、暴政与《大宪章》之路. 康睿超,谢桥,译. 北京:中信出版社,2017:X.
② 除贝尔的《约翰王》以外,无名氏于 1591 年出版了《约翰王的多事之秋》(*The Troublesome Raigne of King John*),莎士比亚于 1623 年出版了《约翰王》(*King John*),罗伯特·戴文坡(Robert Davenport)于 1628—1634 年创作,1655 年出版了《约翰王和玛蒂尔达》(*King John and Matilda*)等。
③ 根据舞台说明和其他人物的描述,"社会秩序"是一个律师。
④ 即圣雷蒙德(St. Raymund of Peñafort,1175—1275),西班牙教会法典学家、多明我会修士。剧中,雷蒙德仅仅被教皇通过"虚伪"指认,并没有真正出现在舞台上。

但"英格兰"很快身陷囹圄,苏格兰、法国、西班牙、挪威等已从四面八方向"英格兰"所在的方向进发。为了保护"英格兰"、阻止大屠杀,约翰王被迫降服。因降服而暂时解除了困境的约翰王意欲处死"叛国"(Treason),但因其已与教会勾结在一起,约翰王再次与教会势力发生了冲突,最终被斯文塞特修道院的修士西蒙(Simon of Swinset)毒死①。

显然,贝尔笔下的约翰王与历史上对约翰王的描述有很大不同。后世对约翰王的评价基本上以负面为主,认为"这位国王的性格是种种恶习的综合体,既卑鄙又丑恶;对他自己是毁灭性的,对他的人民是破坏性的。怯懦、懒散、愚蠢、轻浮、放荡、忘恩负义、背信弃义、横暴、残酷,所有这些性格在他生活中的几件事情中都表现得极其明显"②。就个人政治才能而言,尽管也有学者认为约翰王敏锐智慧、具有相当的军事才能和较强的政治能力③,但人们普遍认为,约翰王是英国历史上最失败、最无能的国王,缺少执行善政的能力④。约翰王的负面形象在 16 世纪 20 年代以前的编年史中达到了最低点。由于约翰王对教会的残酷打压,由修道士所写的编年史将其描绘成一个反宗教的魔鬼,极度仇视基督教,甚至曾一度企图使英格兰皈依伊斯兰教⑤。

---

① 事实上,约翰因病去世,但在中世纪编年史中,因约翰出于个人利益欲提高谷物价格,一个爱国的修道士用毒酒害死了约翰,同时自己也牺牲了。参见:Levin, Carole. A Good Price: King John and Early Tudor Propaganda. *The Sixteen Century Journal*, 1980, 11(4): 27. 贝尔根据中世纪编年史,为这个修道士起了一个名字。

② Hume, David. *The History of England from the Invasion of Julius Caesar to the Revolution in 1688* (Volume Ⅰ). Indianapolis: Liberty Fund, 1983: 324. 如他曾背叛自己的父亲投靠法国国王菲利普,致使亨利二世在反叛者的名单中看到约翰的名字后受到致命打击而去世(莫里斯. 约翰王:背叛、暴政与《大宪章》之路. 康睿超,谢桥,译. 北京:中信出版社,2017:38);背叛兄长理查一世;杀死自己的侄子亚瑟等。

③ 这一观点主要见于 20 世纪 50 年代以来的学者,主要有弗兰克·巴洛(Frank Barlow)、C. 华伦·霍林思特(C. Warren Hollister)、D. M. 斯滕顿(D. M. Stenton)和传记作者 W. L. 华伦(W. L. Warren)等。参见:Barlow, Frank. *The Feudal Kingdom of England 1042—1216*. 3rd ed. London: David McKay Co., 1972: 395; Hollister, C. Warren. King John and the Historians. *Journal of British Studies*, 1961, 1(1): 7. https://www.jstor.org/stable/175095.

④ 亚历山大. 英国早期历史中的三次危机. 林达丰,译. 北京:北京大学出版社,2008:54-55.

⑤ 莫里斯. 约翰王:背叛、暴政与《大宪章》之路. 康睿超,谢桥,译. 北京:中信出版社,2017:317.

第三章 英国中世纪道德剧在 16 世纪的演变

然而 16 世纪 20 年代末期至 40 年代,致力于英国宗教改革和宣传的知识分子在约翰王身上找到了契合点,同时在文艺复兴历史意识[①]的驱使下对中世纪编年史产生了怀疑态度,他们对约翰王进行了重新描述和阐释,彻底颠覆了中世纪编年史中约翰王的暴君形象,使其成为一个"好国王"的典范。16 世纪 20 年代,威廉·廷代尔(William Tyndale)的著名作品《一个基督徒的服从》(*The Obedience of a Christian Man*,1528)、西蒙·菲施(Simon Fish)的《乞讨者的恳求》(*Supplication of the Beggars*,1528)均从新教思想出发,认为约翰王是受到了中世纪编年史作者诬陷的正义之人[②]。16 世纪 30 年代起,亨利八世为解决与王后凯瑟琳之间的婚姻问题,决定摆脱罗马教廷,自立英格兰国教会,进而发起了英国的宗教改革运动。如前所述,亨利八世的第十团组织了一场宗教改革宣传运动。受廷代尔、菲施的启发,宣传团队在约翰王身上找到了契合点,并对其进行了重新阐释。团队成员罗伯特·巴恩斯(Robert Barnes)、迈尔斯·科弗代尔(Miles Coverdale)、威廉·巴洛(William Barlow)等均撰文论及约翰王,将其作为宗教改革的"一个高贵先驱"[③]。贝尔在皈依新教之前是加尔默罗修会的历史学家,谙熟英国历史,因此其在皈依新教后对英国新教的主要贡献是从新教观点系统阐述英国编年史[④]。作为受克伦威尔资助的巡回剧团负责人[⑤],贝尔自

---

① 历史意识是一个复杂的概念。英国学者彼得·伯克(Peter Burke)认为,它具有时序意识、证据意识和对因果关系的兴趣三个要素。他据此认为,由于"中世纪的人没有意识到过去本质上不同于现在","对证据和材料采取一种不辨是非的态度","从道德上解释历史"即"缺乏历史透视意识",因此中世纪尚没有历史意识,历史意识产生于文艺复兴时期(15 世纪的意大利,16 世纪和 17 世纪的其他地方)。参见:伯克. 文艺复兴时期的历史意识. 杨贤宗,高细媛,译. 上海:上海三联书店,2017:1-21.
② Levin, Carole. A Good Price: King John and Early Tudor Propaganda. *The Sixteen Century Journal*, 1980, 11(4): 24-27.
③ Levin, Carole. A Good Price: King John and Early Tudor Propaganda. *The Sixteen Century Journal*, 1980, 11(4): 28.
④ Fairfield, Leslie P. *John Bale: Mythmaker for the English Reformation*. West Lafayette: Purdue University Press, 1976: 105-106.
⑤ 根据克伦威尔家的账簿记录,1537—1539 年,克伦威尔资助了一个以"贝尔和他的伙伴们"而著称的巡回表演团体。详见:White, Paul W. *Theatre and Reformation: Protestantism, Patronage, and Playing in Tudor England*. Cambridge: Cambridge University Press, 1993: 12-41.

然很应景地将自己的历史研究搬上舞台,他笔下的《约翰王》也因此成为"亨利政府最完整的约翰王典故诠释"①。

  剧中,贝尔把历史和当下结合起来,将约翰王与亨利八世进行类比。首先,二者对英国教会的态度和行为极其相似:约翰王召集议会代表"贵族""神父""社会秩序"宣告了宗教改革计划,并声称自己具有绝对的统治权(*John*:534)②;亨利八世则于1529—1536年多次召开宗教改革会议并颁布了一系列法令③,从而确立了英格兰国王的"王权至尊"地位。其次,二者的遭遇和处境也很相似。约翰王被开除教籍,遭到"贵族"背叛、周边国家入侵,英格兰四面楚歌;亨利八世也面临相似的困境,1531年,罗马教廷宣布将亨利八世逐出教会,1536年和1537年,英格兰北方贵族叛乱,1538年夏,两大天主教势力——法国和神圣罗马帝国——结成联盟,英格兰面临被入侵的危险境地。

  同时,为了凸显历史的当下意义,贝尔对约翰王的故事有突出、有省略、有建构,突出的是约翰王对抗罗马教廷和宗教改革之事,省略的是约翰王的种种劣迹和失败,建构的是一个反对罗马天主教的斗士和殉道者形象,并重新阐释了约翰

---

① 李若庸. 编造王权——亨利八世政府对君王典故的新历史解释. 台大文史哲学报,2008(68):193.
② Happé, Peter (ed.). *The Complete Plays of John Bale (Volume I)*. Cambridge:D. S. Brewer,1985:43. 后文所用该剧本引文均出自该书,不再另注,仅随文标明剧本简称 *John* 和行数.
③ 1529年11月的第一次宗教改革会议通过了《遗嘱验讫税修正案》《死亡税修正案》和《兼圣俸法修正案》三项法令,限制教会强取豪夺。1531年1月的第二次会议宣布英国教士已"在上帝法允许的范围内承认英王为英国教会的唯一保护者和最高首脑"。1531年5月的第三次会议确立了国王为教会的最高立法者。1533年2月的第四次会议通过了《禁止向罗马教廷投诉议案》,彻底废除了教皇在英国的残存权力。1534年1—3月的第五次会议通过了《首年俸法案》《废除彼得便士金法》《宗教立法权法案》《王位继承法案》四项法令,改革教会税法,进一步扩大了国王对教会事务的权力。1534年11月的第六次会议通过了《至尊法案》《首岁收入与什一税法》《叛逆法》三项法令,确立了国王为英国教会的最高首脑,王室财政统一管理教会税赋,并建立专门委员会对现任神职人员进行审查。1536年2月的第七次会议颁布了《解散修道院法》,规定年收入不足200英镑的修道院全部收归国王所有。参见:刘新成. 英国议会研究:1485—1603. 北京:人民出版社,2016:134-144;蔡骐. 英国宗教改革研究. 长沙:湖南师范大学出版社,1997:62-71.

第三章 英国中世纪道德剧在16世纪的演变

王无法抹杀且遗患多年的一个行为——降伏于教皇并屈辱地献上了王冠①：

> 我已经考虑了：/战争带来了极大的不幸、
> 危险、损失，/近处和远处的衰败，
> 城镇的燃烧，/房屋的倒塌，
> 谷物、牛羊/和其他事物的毁坏，
> 少女被冒犯，/基督徒血流不止，
> 战争与这些让人愤怒的事情相伴，/它没有诚实、真理和善良。
> 考虑到这些事情，/此时我被迫
> 来这里献出/王冠和帝王的权力。（John：1705—1712）

这些台词表明，约翰王的臣服和献土不但是无奈之举，甚至还是正义之举——为了保护英格兰人民的利益。如此一来，约翰王作为亨利八世的先驱，不仅勇于改革弊政，敢于反抗教皇权威，还是一个仁慈、勇敢、果断的"好国王"和殉道者。

尤为突出的是，通过对约翰王的重新塑造，贝尔为亨利八世"王权至尊"的合法性基础建立了神学和历史依据。戏剧开场，约翰王在自我介绍中，根据《圣经》宣称国王权力至上："彼得和保罗/都多次声称，//所有的人/都应该展现真正的高雅，//耶稣基督确实赞成/他们法律意义上的王，//他是他们要服从的/最高权力。"（John：4—7）随后，面对教皇使节潘杜尔夫，约翰王再次强调"国王的权力/来自上帝"（John：1342），教会、贵族和平民应该服从国王，因为"保罗对此有明确论述，//他说抗拒掌权的/必受到上帝的刑罚"（John：1408—1409）②。通过对《圣经》经文的大量引证，约翰王为自己反对罗马教皇、独立行使国王权力找到了神学依据，从而树立了一个具有自主权的君王形象，而这样的一个君王显然成

---

① 约翰王的臣服和献土，对13世纪的英国王室改变其国际和国内困境发挥了一定作用，但也限制了英国主权，同时为英国带来了沉重的财务负担。至1366年，英国议会单方面终止了这种臣服关系。
② 这段台词来自《罗马书》第13章第2节："抗拒掌权的就是抗拒神的命令，抗拒的必自取刑罚。"

为亨利八世确立"王权至尊"的历史依据。

（二）从亨利八世到"帝国之尊"

我们无法确定贝尔和他的巡回演出剧团是否曾经在民间演出过该剧,如果该剧一度在民间公开演出过,那么贝尔通过可视的舞台形象,应该较为成功地完成了官方宣传运动的使命。但目前已知的演出记录显示,该剧的主要观众是克伦威尔、克兰默等当朝改革派的显要人物,并且贝尔一再修订剧作,力图呈现给亨利八世或者爱德华一世、伊丽莎白女王等国家首脑,可见,该剧不仅仅是对当时政治事件的戏剧性呈现或一个宣传性质的简单作品,其主要目的应该是鼓励和劝勉改革派尤其君王增加自信、将改革进行到底。这是由当时的政治语境和贝尔本人的经历与个性决定的。

如前所述,16世纪30年代亨利八世治下的英格兰与13世纪初期约翰王时期的英格兰处境相似,处在内忧外患之中,同时,此时的宗教改革也面临着巨大压力。亨利八世朝中,以诺福克公爵托马斯·霍华德(Thomas Howard)为首、以温切斯特主教斯蒂芬·加德纳(Stephen Gardiner)为智囊的保守派一直采用多种方式抵制以首相克伦威尔、坎特伯雷大主教克兰默为代表的改革派推行的各项改革行动[1]。1538年夏,随着法国和罗马神圣帝国的结盟,改革派和保守派的斗争更加激烈。保守派警告亨利八世,如果英格兰再不停止宗教改革,法国和神圣罗马帝国将入侵英格兰,改革派则主张加强改革、进一步净化宗教和与德国等新教国家结盟来应对天主教势力对英格兰的威胁。亨利八世最初在两派之间采取平衡措施,但此时则试图通过重申英格兰教义本质上的保守主义以及国王远离极端改革的要求而与欧洲天主教国家和解[2]。因此,改革派意识到,亨利此

---

[1] Walker, Greg. *Plays of Persuasion: Drama and Politics at the Court of Henry VIII*. Cambridge: Cambridge University Press, 1991: 219.

[2] 关于两派之间的斗争以及亨利八世的政治态度,详见:Dickens, A. G. *The English Reformation*. London: B. T. Batsford, 1964: 176-178; Elton, G. R. *Reform and Reformation: England, 1509—1558*. Cambridge, MA: Harvard University Press, 1977: 274-283; Redworth, Glyn. A Study in the Formulation of Policy: The Genesis and Evolution of the Act of Six Articles. *The Journal of Ecclesiastical History*, 1986, 37(1): 42-67.

第三章　英国中世纪道德剧在16世纪的演变

时极有可能转向保守派而舍弃前期的改革成果，他们目前急需劝说亨利站在自己这一方继续改革。贝尔选择在1538年的圣诞节期间上演这部戏，在较为真实地再现了英格兰面临的困境外，力图通过自己的戏剧才能实现主顾克伦威尔劝勉亨利继续改革的意愿，而这个意愿更是贝尔本人的。

贝尔于1495年出生于萨福克郡的一个小渔村，因家境贫寒，12岁时被送往诺维奇（Norwich）的加尔默罗修会，成为一个终身献身于天主教教会的修士，后来在剑桥大学获得神学学士学位后，开始在教会获得权威性职位，先后在伊普斯维奇（Ipswich）、唐卡斯特（Doncaster）等地任修道院院长。1533年前后，贝尔从"一个天主教的激烈拥护者和路德主义的轻视者"转变成一个新教徒[1]。皈依之后的贝尔为了确认自己的新教徒身份，不仅通过与世俗女子结婚而与修士的独身生活决裂，而且撰写了一系列充满论战气息的著作表达皈依之后的新教思想，他本人也因此从"坏脾气"的贝尔变成了偏激的辩论家[2]。尽管有学者质疑贝尔的信仰问题[3]，但毫无疑问，他的皈依是彻底而热烈的[4]。贝尔是在36岁，即人到中年的年纪皈依新教的，或许正是由于在他自12岁开始直到去世长达56年的人生中，这24年的天主教信仰占据了近一半时间。为了彻底与过去决裂，在皈依后的日子里，他才会成为一个彻底的甚至是偏激的新教改革者。因此，在1538年前后，宗教改革即将陷入困境的这个特殊时期，贝尔自然也比其他人更希望决策者亨利八世能坚持改革，甚至能将改革进行得更彻底一些。

贝尔的这一意愿与他"善辩"和激进的个性一起，"从不曾藏于作品表面"[5]，

---

[1] Fairfield, Leslie P. *John Bale: Mythmaker for the English Reformation*. West Lafayette: Purdue University Press, 1976: 27.

[2] Fairfield, Leslie P. *John Bale: Mythmaker for the English Reformation*. West Lafayette: Purdue University Press, 1976: 178.

[3] 如学者凯西·施阮克（Cathy Shrank）认为贝尔的信仰是"分裂的思想意识"；詹姆斯·辛普森（James Simpson）认为贝尔是"一个两面神"。详见：Wort, Oliver. *John Bale and Religious Conversion in Reformation English*. London: Pickering & Chatto, 2013: 8, note 40.

[4] Wort, Oliver. *John Bale and Religious Conversion in Reformation English*. London: Pickering & Chatto, 2013: 20.

[5] Happé, Peter. Introduction. In Happé, Peter (ed.). *The Complete Plays of John Bale (Volume I)*. Cambridge: D. S. Brewer, 1985: 1.

这充分体现在他所塑造的约翰王这一形象上。贝尔所呈现的约翰王不是一个仅仅为了获得至尊王权的简单改革者,而是一个新教思想的彻底狂热者,是剧作者个人意见和情感的代言人。剧中的约翰王不仅为了维护至尊王权而改革教会在司法、税收等方面的弊政,更为重要的是,他还改革了教会的宗教仪式和教义。首先,对于中世纪教会的七大圣事之一——忏悔礼,约翰王发现它如同"一个秘密叛徒"(*John*：169),听取忏悔的神父可以为了利益出卖忏悔者的隐私,由此主张取缔"拥有虚假教士的教会",建立"拥有忠诚之心/和慈善行为的教会"(*John*：429—430)。剧作多处对中世纪教会的忏悔礼进行了讽刺和批判①。更具讽刺意义的是,当"贵族"向大主教兰顿忏悔时,后者为了让"贵族"毫无保留地坦白自我,泄露了教皇驱逐约翰王的计划,由此揭示出忏悔与政治权力之间的复杂关系。其次,约翰王驱赶走了"如同演员般"的神父(*John*：428),消除了教会的修道派别(*John*：465),舍弃教会的晨祷、弥撒、颂歌等仪式(*John*：1392)。再次,约翰王还是世俗《圣经》的坚决拥护者(*John*：335—337)②,而且他本人显然熟读《圣经》,由此才能够识别教士们"虚假的想象"(*John*：335),并能熟练自如地征引《圣经》经文去批判罗马教廷的邪恶以及对国王权力的篡夺。不仅如此,他还呼吁人们"将经文打开"(*John*：1393),要求教士们依照《圣经》讲道(*John*：358)。

剧中,在明确有力地表达改革教会的意愿这一过程中,约翰的演讲变成了贝尔自己的话,成了这个改革派传道者的雄辩而又刻薄的长篇大论。他批评神父"像蝙蝠一样仅在黑暗中飞行,//在非真实面前鼓动翅膀,/总是避免灯光"(*John*：365—366),指责教会是"充满血的巴比伦之囚,/世上的淫妇和一切可憎

---

① 如 *John*：272—273；847—864；1147—1188；1213—1234；1786—1805；2014—2049 等。
② 中世纪《圣经》用拉丁文写成,本民族语言的《圣经》均为异端,而且为了确保教皇的权威地位,中世纪基督教会规定只有神职人员才可以阅读和阐释《圣经》。马丁·路德等改革派则提出人人都可以阅读和阐释《圣经》,由此西欧各国均发起了对拉丁文《圣经》的翻译。英文《圣经》最早在 14 世纪末由约翰·威克里夫(John Wycliffe)翻译完成,但一直被政府禁止传播。宗教改革时期,克伦威尔是英文《圣经》的力推者,1538 年由他监督、由科弗代尔等译者翻译的《大圣经》(*Great Bible*)在巴黎完成并出版。详见：Rex, Richard. *Henry Ⅷ and English Reformation*. New York：St. Martin's Press, 1993：123; Coby, J. Patrick. *Thomas Cromwell：Machiavellian Statecraft and the English Reformation*. Lanham：Lexington Books, 2009：155-157.

之物的母亲；//我的意思是罗马教会,/要比所多玛更邪恶"(John：369—370)①,"不是神圣教会,/也没有忠诚的集会//仅仅是一条/敌基督养育的蝰蛇"(John：493—494),同时,约翰王的神父相应地"变成了贝尔的神父,//依靠偶像而生活,/是的,这正是敌基督"(John：1354—1355)。总之,约翰的语言和行为无不表明他是一个热情的宗教改革者。作为一个文学形象,他超越了历史上的约翰王,更多地寄寓了作者的个人理想。通过这样一个理想化的形象,贝尔"追求的不是去教育,而是去说服那些在1538年作为政治领导者的观众完成已经开始的改革"②。

正如美国学者莱斯利·P. 费尔菲尔德(Leslie P. Fairfield)所指出的,"贝尔在英国宗教改革中的角色是成为一个神话的制造者",而"对于他那个分不清方向的时代而言,过去的典范能够在一个危险的世界中给英国一个支撑点"③,贝尔通过他塑造的约翰王为亨利八世指明了改革的方向。但让贝尔失望的是,现实中亨利八世并没有按照这个方向前进。亨利八世之所以主张宗教改革,其动力主要来源于他的激情以及对权力的渴望,他只是希望按照自己的意志执政和选择配偶,并不愿意全面否定自己早已信奉的天主教,也认为没有必要改变他的臣民们生来就熟悉的宗教信仰与仪式④。早在1521年,亨利八世曾在剑桥大学校长圣约翰·费希尔(St. John Fisher)主教和托马斯·莫尔的帮助下,撰写了论文《捍卫七圣事》("Defense of the Seven Sacraments"),公开回应马丁·路德的著名论文《论教会的巴比伦之囚》("De CaptivitateBaby-lonica Ecclesiae"),斥责路德为"地狱中的狼"和"毒蛇"⑤。"即使在英国与罗马教会决裂时,亨利对于

---

① 公元前597至前538年,犹太王国先后两次被巴比伦国王尼布甲尼撒二世征服,大批犹太民众、工匠、祭司和王室成员被掳往巴比伦,史称"巴比伦之囚"。马丁·路德在其"宗教改革的三大著作"之一的《论教会的巴比伦之囚》中将"巴比伦之囚"作为罗马教会统治下基督教会的象征。《圣经·启示录》第17章将巴比伦描绘成一个寓言式的邪恶女性,是"世上的淫妇和一切可憎之物的母亲"(启：17：5)。贝尔将马丁·路德的"巴比伦之囚"和《圣经》中的"巴比伦淫妇"两个意象融合在一起,强化了罗马教会淫乱与邪恶的特征。
② Norland, Howard B. *Drama in Early Tudor Britain：1485—1558*. Lincoln and London：University of Nebraska Press, 1995：197.
③ Fairfield, Leslie P. *John Bale：Mythmaker for the English Reformation*. West Lafayette：Purdue University Press, 1976：119.
④ 丘吉尔. 英语民族史·卷二：新世界. 李超,胡家珍,译. 北京：新华出版社,2017：59.
⑤ 雪莱. 基督教会史. 刘平,译. 北京：北京大学出版社,2004：300.

天主教的感情也没有发生根本变化"①,他通过议会立法,将天主教的教义、礼仪和制度几乎完好无损地保存了下来。1536年颁布的《十信条》(Ten Articles)涉及改革的内容微乎其微,而是再次确认了天主教的教义和礼仪,连在欧洲大陆成为新教攻击对象的"炼狱说"和偶像崇拜也被保留了下来。1539年6月,遵照亨利的意志,议会又通过了《六信条》(Six Articles),再次确认了天主教的正统地位。因此,贝尔在《约翰王》中对宗教教义和仪式如忏悔礼、晨祷、弥撒、颂歌等所进行的诸多改革,都是亨利八世极力维护的,它们仍然是当时人们宗教生活的重要部分。关于贝尔倡导的世俗《圣经》即英文《圣经》的翻译和推广,亨利最初态度冷淡,后来出于政治需要才许可,但在1543年通过法令规定,除神职人员、绅士和商人外其他人不可阅读《圣经》②。由此看来,在当时的政治语境中,对改革派而言,《约翰王》的演出是合乎时宜的,它有助于劝勉亨利继续改革,但对于亨利和保守派而言,《约翰王》又是不合时宜的,它挑战了亨利和保守派的尊严。因此,在《约翰王》演出之后的第二年,缺乏政治敏锐性的贝尔随着主顾克伦威尔的倒台也被流放了。

具有戏剧性的是,生活在打击贝尔的同时,总会向他昭示美好的未来。1547年1月亨利八世去世,其子爱德华六世继位,年幼国王的监护人兼首相是他的舅舅、激进的新教徒爱德华·西摩(Edward Seymour),后者与克兰默大主教一起将亨利八世所进行的政治改革向宗教领域推进,主要通过一系列法案对宗教教义和礼仪进行改革③,使其具有了新教色彩。此时,贝尔结束了流亡生活,为配

---

① 钱乘旦. 英国通史·第三卷:铸造国家——16—17世纪英国. 南京:江苏人民出版社,2016:51.
② Rex, Richard. *Henry VIII and English Reformation*. New York: St. Martin's Press, 1993:120-126; Coby, J. Patrick. *Thomas Cromwell: Machiavellian Statecraft and the English Reformation*. Lanham: Lexington Books, 2009:155-157.
③ 1547年1月,经议会法案取消了具有天主教色彩的《叛逆法》《异端法》《六信条》。同年7月,议会通过了《反对辱骂圣礼者法》和《圣餐礼规程法》,模仿大陆新教,规定了新的宗教仪式。1549年1月,议会通过了《信仰划一法》,即《第一公祷书》,第一次将英国的礼拜仪式统一起来。1552年6月,颁布了新教色彩更浓的《第二公祷书》。1553年6月,颁布了《四十二信条》,全面规范了英国国家的信仰原则。钱乘旦. 英国通史·第三卷:铸造国家——16—17世纪英国. 南京:江苏人民出版社,2016:53-55;蔡骐. 英国宗教改革研究. 长沙:湖南师范大学出版社,1997:78-87.

合新的政治运动,他选择出版了那些与教义密切相关的戏,因此,尽管从1540年开始,贝尔开始修订《约翰王》,但此时主要出版了除《约翰王》之外现存下来的其他4部戏剧①。1551年,贝尔被国王任命为爱尔兰奥索里(Ossory)主教。1553年8月20日,虔诚的天主教徒玛丽女王登基,为此,贝尔再次不合时宜地在基尔肯尼(Kilkenny)的市场街口公开演出了宣传新教教义的戏剧《上帝的允诺》《施洗者约翰的布道》《引诱我们的主》。几周之后,贝尔为躲避暗杀,从爱尔兰逃亡荷兰②。1558年,贝尔再次修订了《约翰王》,由于他"很可能受到玛丽女王镇压的刺激,再次希望新教胜利"③。伊丽莎白一世的继位结束了贝尔的第二次流亡生活,他于1559年返回英格兰,被授予坎特伯雷大教堂的牧师职位。同年,伊丽莎白颁布了新的《至尊法案》《信仰划一法》《第三公祷书》《三十九信条》等法令,再次燃起了贝尔的改革热情,他于1560年重新修订了《约翰王》,并试图为伊丽莎白一世演出④。

由于贝尔的一再修订,剧本《约翰王》的形式和内涵都变得极为复杂。我们今天所能见到的《约翰王》的最早文本由一个抄写本和贝尔的手写本两部分组成:抄写本的内容大约占整个戏剧文本的三分之二,应该是一个抄写员依照贝尔最初的文本抄写下来的,其中的一些内容是贝尔后来修订时纠正和插入的,通常目的是加重对天主教的讽刺或强调该剧的政治意义⑤;自约翰王审讯"叛国"开

---

① Happé, Peter. Introduction. In Happé, Peter (ed.). *The Complete Plays of John Bale (Volume Ⅰ)*. Cambridge: D. S. Brewer, 1985: 5-6.
② Schwyzer, Philip. Paranoid History: John Bale's *King Johan*. In Betteridge, Thomas & Walker, Greg (eds.). *The Oxford Handbook of Tudor Drama*. Oxford: Oxford University Press, 2012: 501.
③ Happé, Peter. Introduction. In Happé, Peter (ed.). *The Complete Plays of John Bale (Volume Ⅰ)*. Cambridge: D. S. Brewer, 1985: 7.
④ 戏剧最终稿在对伊丽莎白女王的赞颂中结束,由此可以推测该剧可能为1561年8月伊丽莎白女王参观伊普斯维奇时的演出特意准备的。Happé, Peter. Introduction. In Happé, Peter (ed.). *The Complete Plays of John Bale (Volume Ⅰ)*. Cambridge: D. S. Brewer, 1985: 7; Norland, Howard B. *Drama in Early Tudor Britain: 1485-1558*. Lincoln and London: University of Nebraska Press, 1995: 188.
⑤ Schwyzer, Philip. Paranoid History: John Bale's *King Johan*. In Betteridge, Thomas & Walker, Greg (eds.). *The Oxford Handbook of Tudor Drama*. Oxford: Oxford University Press, 2012: 503.

始至结尾,是贝尔修订时因修订部分太多而重新誊写的①。修订稿中,约翰被毒死以后,剧情继续发展,两个新人物"真实"(Verity)和"帝国之尊"(Imperial Majesty)先后上场,前者对"贵族""教士"和"社会秩序"支持教皇、反对国王的愚蠢行为进行了严厉批评,后者对他们进行了教育,同时下令处死了"暴动",全剧在对伊丽莎白女王的赞颂中结束。一般认为,抄写本,即 A 本大体反映了 1538—1539 年该剧在克伦威尔面前和主教克兰默家里上演的情况②。由于贝尔对文本的重新誊写,A 本的结局难以确定③,但可以确认的是,第一幕结尾"阐释者"的独白是贝尔在 1547 年亨利八世去世以后修订时增加的。贝尔回首亨利八世的改革,很可能有点不满意,因此在平和的叙述中有一些怀旧之情:

> 尊贵的约翰王,/如同忠诚的摩西
> 击退了骄傲的法老,/为了他可怜的以色列人,
> 思考着将以色列人/带离黑暗之地。
> 但是埃及人/反对他如此背叛他们,
> 以至于他可怜的人民/一直在荒漠中停留,
> 直到约书亚公爵/即后来我们的亨利国王,
> 很清楚地带领我们/来到了这流奶与蜜之地。(*John*:1107—1113)

---

① Happé, Peter (ed.). *The Complete Plays of John Bale (Volume* Ⅰ*)*. Cambridge: D. S. Brewer, 1985: 100-101.

② 该剧最近的三个学术性版本都如此认为:Pafford, J. H. P. & Greg, W. W. (eds.). *King Johan by John Bale*. London: Malone Society Reprints, 1931: xiii-xvii; Adams, Barry B. (ed.). *John Bale's* King Johan. San Marino: The Huntington Library, 1969: 20-24; Happé, Peter (ed.). *The Complete Plays of John Bale (Volume* Ⅰ*)*. Cambridge: D. S. Brewer, 1985: 9-11.

③ 有学者认为 A 本的结尾是约翰临死前的演讲(Walker, Greg. *Plays of Persuasion: Drama and Politics at the Court of Henry* Ⅷ. Cambridge: Cambridge University Press, 1991: 180),也有学者认为 A 本在"帝国之尊"对"贵族""教士"和"社会秩序"进行教育后结束(Creeth, Edmund. *Tudor Plays: An Anthology of Early English Drama*. New York: Doubleday & Company, 1966: 547, note 30)。

当可持续改革的唯一现实希望取决于国王时,贝尔不得不支持并吹嘘国王[①],因此,他在约翰王之外又创作了另一个国王"帝国之尊"。但可以确定的是,"帝国之尊"也是几经修订后的形象。他循循善诱,教育"贵族""教士"和"社会秩序"要服从国王($John$:2363—2386),要求他们各司其职($John$:2538—2545);他英明果断,力推宗教改革,通过议会颁布改革法令($John$:2522);同时,他又具有智慧,诱使"暴动"揭发了教会的罪恶($John$:2491—2572)。最终,他成功完成了约翰王未竟的事业。"帝国之尊"可以被理解为亨利八世、爱德华六世或者伊丽莎白一世,究竟是谁,则根据剧作不同的修订时间而定,但不论是哪一位君王,显然都是贝尔个人政治理想的投射。

贝尔68年的人生见证了英国从亨利七世直到伊丽莎白一世整个都铎王朝的政治变迁,《约翰王》则见证了贝尔在时代潮流下政治情怀和个人心境的变化。从1538—1539年上演的A本中激进但失败的约翰王和善变、刻薄的语言,到修订本中睿智又成功的"帝国之尊"和理性、平和的语言,透露出作者已从一个激进的改革者悄然转变成了一个理智的改革者。1560年,已过耳顺之年的贝尔在伊丽莎白温和、渐进的改革中[②],一定认识到了亨利八世早期的急于求成和后来的摇摆不定、爱德华六世的激进改革以及玛丽女王对宗教改革的彻底否定等所带来的思想混乱与社会动荡,而这与200年前约翰王的宗教改革何其相似!正如黑格尔所言,"人们惯以历史上经验的教训,特别介绍给各君主、各政治家、各民族国家。但是经验和历史所昭示我们的,却是各民族和各政府没有从历史方面学到什么,也没有依据历史上演绎出来的法则行事"[③]。或许正是意识到了这一点,贝尔才决定向伊丽莎白一世上演《约翰王》,并高度赞扬他们的女王"是一道光"($John$:2672)、"是天使"($John$:2675)。

三、警示当权者

16世纪上半叶,英国尤其伦敦的律师学院盛行一种建议文学,即以文学的

---

① Walker, Greg. *Plays of Persuasion: Drama and Politics at the Court of Henry Ⅷ*. Cambridge: Cambridge University Press, 1991:219.
② 蔡骐. 英国宗教改革研究. 长沙:湖南师范大学出版社,1997:97-103.
③ 黑格尔. 历史哲学. 王造时,译. 北京:生活·读书·新知三联书店,1956:44.

形式为国王和国家政策提出忠告和建议。建议文学始于16世纪初期欧洲知识分子希望通过为帝王出谋献策实现自我价值这一文化热潮。至16世纪50年代末期,英国建议文学达到顶峰。由威廉·鲍德温(William Baldwin)主编的叙事诗歌集《法官宝鉴》(*Mirror for Magistrates*)先后于1559年和1563年两次出版,该书主要包含一系列关于理查二世至爱德华四世统治期间英国国王和官员垮台的悲剧性说教诗,旨在通过向统治者和顾问展示暴政、野心和骄傲的后果来鼓励他们拥抱美德。在此语境下,1560—1561年,圣诞节狂欢期间,在伦敦四个著名的律师学院[①]之一的内殿律师学院(Inner Temple)上演的戏剧《冈比西斯王》以舞台演出的形式向当权者提出了警示和建议。

《冈比西斯王》的作者是托马斯·普莱斯顿,这部作品可能创作于1560年,于1569—1570年由伦敦印刷商詹姆斯·奥尔德(James Allde)出版。该剧取材于人文主义者理查德·塔弗纳(Richard Taverner)出版的《智慧花园》(*Garden of Wisdom*,1539)第二卷有关希罗多德(Herodotus)《历史》(*The Histories*)中记载的波斯国王冈比西斯(即冈比西斯二世,前530—前522年在位)的故事[②],主要戏剧性地呈现了冈比西斯的残暴行为及其悲剧。全剧不分幕、场,由序曲、正戏和尾声三部分组成。序曲中发言人指出,统治者不能滥用权力,否则将蒙受耻辱,并以波斯王冈比西斯为例,让大家引以为戒。正戏开始,冈比西斯准备向埃及人发动战争,"忠告"(Counsel)建议他离开波斯前任命法官西萨姆尼斯(Sisamnes)为摄政王,在其远征期间管理波斯。然而,接受重任的西萨姆尼斯待冈比西斯一离开,就宣布要借此机会中饱私囊,并在"两面讨好者"(Ambidexter)的引诱和鼓动下驱赶了"小技巧"(Small Hability),而与"羞耻"(Shame)相伴,走上了腐败堕落、压迫人民的罪恶道路。冈比西斯返回后,在"平民哭泣"(Commons Cry)、"平民抱怨"(Commons Complaint)的控诉和"证据"(Proof)、"审判"(Trial)的指认下,西萨姆尼斯被绳之以法,其儿子奥迪安(Otian)接任法官一职。当冈比西斯再次掌权后,大臣普拉克斯佩斯(Praxaspes)劝告冈比西斯不要酗酒,冈比西斯大怒,命令将他的儿子带来,并通过用箭射中他的心脏证明

---

① 即林肯学院(Lincoln's Inn)、格雷学院(Gray's Inn)、中殿学院(Middle Temple)、内殿学院。
② Farnham, Willard. *The Medieval Heritage of Elizabethan Tragedy*. London: Lowe and Brydone, 1956: 263-268.

自己的手没有受到酗酒的影响。令人震惊的是,冈比西斯果然用箭射中了小男孩的心脏,并让随从"骑士"(Knight)把小男孩的心脏挖出来,验证他的箭法后交给了普拉克斯佩斯。冈比西斯的弟弟斯默狄斯(Smerdis)对兄长的行为表达了厌恶之情,并期待有一天接替冈比西斯实行公正统治。"两面讨好者"以斯默狄斯朋友的身份向冈比西斯揭发,称他的弟弟正在密谋杀害他。于是,冈比西斯派人处死了斯默狄斯。冈比西斯外出散步时被丘比特射中,爱上了自己的表妹并娶其为王后。婚宴上,冈比西斯给新王后讲了一个故事,故事中两只小狮子打架,其中一只杀死了另一只。王后听完这个故事,悲伤地哭泣起来,把这个故事与冈比西斯杀死自己的弟弟相提并论。冈比西斯勃然大怒,拒绝朝臣们的请求,下令杀死了王后。最终,冈比西斯在一次骑行中被从剑鞘中滑下来的剑刺死,他认为自己的死是对自己罪行的惩罚。"两面讨好者"因为害怕被指控谋杀国王而逃跑了,朝臣们埋葬了冈比西斯的尸体。尾声中,发言人发表谦辞,感谢观众,最后为女王和国会祈祷。

正如 1570 年奥尔德版本中标题页所显示的,该剧是"一个可悲的悲剧,里面充满了令人愉快的内容,讲述了波斯国王冈比西斯从统治帝国之初到死亡的人生,他执行了一次正确的死刑,之后亲自或派人做了许多坏事和残暴的屠杀,最后死在上帝指定的正义之下,按这个顺序作如下表演。由托马斯·普莱斯顿创作"[①]。该剧将道德剧、喜剧、悲剧和历史剧等多种戏剧类型融为一体。剧中,历史人物冈比西斯、普拉克斯佩斯等,虚构人物西萨姆尼斯,王后,士兵胡弗(Huf)、鲁弗(Ruf)、史努弗(Snuf),村夫霍布(Hob)、洛布(Lob)等,寓意人物"两面讨好者""羞耻""证据""审判""平民哭泣""平民抱怨"等,神话人物维纳斯、丘比特等,全部相聚在一起,形成了一个戏剧与生活、虚构与真实、明晰与隐晦交织在一起的奇特世界。除了寓意人物外,该剧具有道德剧的结构和主题。该剧遵循了道德剧"无罪—堕落—忏悔—获救"的戏剧发展模式,剧中主人公冈比西斯起初是暴政的纠正者,然后成了一个暴君,最后受上帝正义的惩罚而死。尽管他在死前认识到了自己的罪孽,但由于没有忏悔,因此最终没有得到上帝的拯救。这里缺乏道德剧的忏悔和获救环节,但正如序言中所称,冈比西斯这一人物的意

---

① Walker, Greg (ed.). *The Oxford Anthology of Tudor Drama*. Oxford: Oxford University Press, 2014: 293.

义在于对观众的警诫和教育，表达的仍然是道德剧的教诲主题，展现的是一个"典型的说教式悲剧的进程，从善良开始，到堕落，然后再到报应"①。从这个意义上说，该剧是"对历史轶事的道德改编"②，本质上是道德剧，但主人公没有忏悔和被拯救的道德剧便成了悲剧，而悲剧在教诲意义上更具有震撼性。

冈比西斯的死亡场面在展现戏剧的道德教诲意义方面起着重要作用。冈比西斯的死亡具有离奇色彩，作者通过两种方式来刻画他的死亡：一是叙述，二是呈现。冈比西斯身上插着剑走向舞台，向观众讲述他被剑刺中的过程：

> 当我在马背上跃起时，我的剑从鞘中射出，
> 就这样把我射中，正如你们所看到的。
> 在这种情况下，偶然的遭遇是不幸的。
> 我现在感觉自己正在死去，我正在丧失生命；
> 死亡已经用他的飞镖抓住了我，因为我看见了鲜血。（*Cambyses*：1160—1164）③

随着这段讲述，冈比西斯在舞台上倒下，最终的死亡是在舞台上呈现的。但根据他的讲述，死亡的原因充满偶然和蹊跷，人在马背上跳跃时，剑会从剑鞘中滑落下来，但一般不会射向高处，即使射中，其力度也不至于要人性命，这一偶然遭遇非人力所为，唯有解释为神力。冈比西斯最终以戏剧化的方式死去，这样的结尾是对冈比西斯受到上帝惩罚的生动说明。通过这样的结尾，"普莱斯顿的观众不仅看到了邪恶专横的暴君的最终结局，而且看到了上帝的直接干预"④。

---

① Bevington, David. *From Mankind to Marlowe: Growth of Structure in the Popular Drama of Tudor England*. Cambridge, MA: Harvard University Press, 1962: 184.
② Ribner, Irving. *The English History Plays in the Age of Shakespeare*. London: Methuen & Co., 1965: 53.
③ Walker, Greg (ed). *The Oxford Anthology of Tudor Drama*. Oxford: Oxford University Press, 2014: 334. 后文所用该剧本引文均出自该书，不再另注，仅随文标明剧本简称 Cambyses 和行数。
④ Fishman, Burton J. Pride and Ire: Theatrical Iconography in Preston's *Cambises*. *Studies in English Literature*, 1500—1900, 1976, 16(2): 209.

第三章 英国中世纪道德剧在16世纪的演变

剧中"两面讨好者"充当了道德剧引诱主人公堕落的恶魔角色,他一出场就像中世纪宗教剧中的魔鬼撒旦一样,打扮滑稽可笑,根据舞台说明,他"戴着一顶破帽子,屁股上挂着一个破桶,旁边带着一个除渣勺和一个壶盖,肩上扛着一个扫把"①。他鼓动西萨姆尼斯腐败堕落,散布冈比西斯的弟弟要谋杀冈比西斯的谣言等。剧中,他操纵着西萨姆尼斯、冈比西斯等统治阶层的人物,同时他还与底层人物嬉笑打闹,因此在戏剧结构上还起着重要的连接作用。他将剧中王公贵族与下层人物联系在一起,使戏剧的内容更加广阔,他本人也"成为戏剧的核心"②。同时,他本身还是一个喜剧性人物,他不仅嘲笑剧中所有的人物,嘲笑自我,同时还用自己的身份嘲笑观众,他说:

> 哈?我的名字?你知道我的名字吗?
> 是的,的确,你会知道的,而且很快……
> 我已经忘记它了,所以我不能说。
> 啊!啊!我想起来了。我确实想起来了!
> 我的名字是"两面讨好者":我意味着
> 两只手都能玩得很好;
> 现在与国王冈比西斯一起,不久以后就离开他,
> 因而我走这一条路,我还走那一条路;
> ……
> "两面讨好者"?不,他是一个人,如果你知道一切的话!(Cambyses:145—157)

他带来一系列喜剧性场景,如他加入胡弗、鲁弗与史努弗这三个恶棍士兵的争吵与打斗中,并与他们一起调戏妓女米尔特里克斯(Meretrix),还挑拨两个前去赶集的村夫霍布和洛布相互殴打。这两个喜剧性场景是人们熟悉的闹剧内

---

① Walker, Greg (ed.). *The Oxford Anthology of Tudor Drama*. Oxford: Oxford University Press, 2014: 299.
② Hill, Eugene D. The First Elizabethan Tragedy: A Contextual Reading of *Cambises*. *Studies in Philology*, 1992, 89(4): 408.

容,如滑稽的争吵、吹嘘、亵渎、低俗的幽默、身体暴力、怯懦、酒馆谈话和调情等,这些内容似乎与戏剧主题没有什么关系,但在该剧的框架内,这些喜剧性场景并非徒增笑料,"由于主要情节告诉我们,一个爱争吵、虚荣和寻欢作乐的国王是危险的,所以喜剧场景应该被看作是从下层视角对这一严肃的道德训诫的呈现"①。可以说,"两面讨好者"集邪恶与欢乐于一身,是道德剧的恶魔形象向丑角形象过渡时的典型,是莎士比亚剧作中福斯塔夫形象的雏形。

该剧还受到古罗马戏剧家塞内加(Seneca)戏剧的影响,充斥着暴力和血腥杀戮。全剧共有五人先后死亡,而且与塞内加通过人物讲述使暴力事件发生在幕后不同,剧中人物的死亡均直接呈现在舞台上,其中前四个人物的死亡手段极其残忍,场面极其血腥、恐怖。第一场杀戮是摄政王西萨姆尼斯的死亡,冈比西斯不仅要求用剑处死他,还让执行官将其扒皮:

用你的剑去杀死这个法官;不要恐惧和忧虑,

杀死后,你把他那受诅咒的皮剥下盖在他的耳朵上,

我将看到你的这个行动出现在我们的眼前。(*Cambyses*:437—439)

其中的"我们"包括西萨姆尼斯的儿子。换句话说,对西萨姆尼斯的酷刑是在其儿子的面前执行的,其残忍与冷酷让人毛骨悚然!第二个杀戮场面有过之而无不及。冈比西斯当着普拉克斯佩斯的面用箭射中了他心爱的儿子的心脏,并让随从把射中的心脏挖出来,他拿过来验证了自己的箭法之后又交给孩子的父亲普拉克斯佩斯。第三场杀戮是斯默狄斯的死亡,为了让现场逼真,舞台说明告诉我们,表演时的道具是"一个装满醋的囊袋"②。第四场杀戮中,新婚的王后临死前要求唱一首歌,朝臣们的求情没有让冈比西斯收回命令,王后的歌声也没有打动他,王后在歌唱中死去,这一场面弥漫着一种令人悲伤的冷酷。

该剧之所以热衷于直接呈现血腥暴力,显然和英国当时的社会环境密切相

---

① Bevington, David. *From Mankind to Marlowe: Growth of Structure in the Popular Drama of Tudor England*. Cambridge, MA: Harvard University Press, 1962: 188.
② Walker, Greg (ed.). *The Oxford Anthology of Tudor Drama*. Oxford: Oxford University Press, 2014: 320.

关。该剧在被称为"血腥玛丽"的玛丽一世结束残暴统治两年后上演,剧中的暴力事件无疑是玛丽女王对新教徒血腥屠杀的再现,而悲剧的功能则在于"揭开那最大的创伤,显示那为肌肉所掩盖的脓疮;它使得帝王不敢当暴君,使得暴君不敢暴露他们的暴虐心情;它凭激动惊惧和怜悯阐明世事的无常和金光闪闪的屋顶是建筑在何等脆弱的基础上;它使我们知道,'那用残酷的威力舞动着宝杖的野蛮帝王怕惧着怕他的人,恐惧回到造成恐惧者的头上'"①。因此,我们就不难理解结尾处对伊丽莎白和国会的赞美与祈祷了:

> 为了我们尊贵的女王,让我们为她祈祷,
> 为了她尊贵的国会,祈祷他们可以用真理
> 来伸张正义,每天保卫她的恩典,
> 他们不能拒绝去维护神的话语,
> 去纠正体现她恩典和律法的一切行为,
> 祈求上帝保佑我们,她可以统治我们很长一段时间,
> 以真理为指引,远离错误。
> 阿门。(*Cambyses*[*Epilogus*]:15—21)

看完冈比西斯的暴政和悲惨结局,联想到现实中玛丽女王的血腥统治甚至自亨利七世开创都铎王朝以来的专制和暴力,人们唯有祈祷现在的国王即伊丽莎白女王能够引导英国人民进入一个公正和平的时期。因此,这份祈祷和赞美还包含另一层含义——希望女王引以为戒,不要重蹈冈比西斯或者她的先王前辈的覆辙。至此,我们可以说,这部剧的主旨是庆祝都铎王朝早期漫长噩梦的结束。国家漫长的噩梦结束了,悲剧以幸福告终,悲剧又成了喜剧。

总之,此时期的政治道德剧积极参与当时的政治和宗教改革,成为促进英国16世纪上半叶政治和宗教改革的一个重要工具。

---

① 锡德尼. 为诗辩护. 钱学熙,译. 北京:人民文学出版社,1964:37.

第四章 伊丽莎白时代剧作家与中世纪道德剧

在伊丽莎白时代的戏剧中,规范的道德剧逐渐被蕴含着众多道德剧因素的戏剧替代,基督教教义的色彩有所淡化,转而偏向对人性的思考。与此同时,在英国民族戏剧文化的浸润中长大的新一代剧作家从未远离道德剧,而是充分利用了传统道德剧的思想内容和艺术手法,并在此基础上进行了多方面的开拓与创新。这一时期最著名的两位剧作家克里斯托弗·马洛和莎士比亚是这方面的杰出代表。

第一节 马洛与道德剧

马洛作为伊丽莎白时代的剧作家,其作品既蕴含了道德剧因素,又与16世纪的人文主义思潮有所呼应,在一定程度上体现了道德剧在新阶段的转型发展。尽管道德剧的部分内容与原则有所变化,但保留下来的道德剧元素在与日常世俗生活发生碰撞后,依然在主题的表达与思考上发挥着相关作用。在马洛目前留存的戏剧中,有四部戏剧与道德剧存在着较为明显的渊源。《帖木儿大帝》作为马洛最负盛名的戏剧,借用了道德剧的结构张扬了"人是万物的尺度"这一时代主题,极为突出人的自由意志;《马耳他的犹太人》(*The Jew of Malta*,1589/1590)则将道德剧中的"邪恶"这一形象与主要人物融合在一起,展现了人物个体性的生成,但主人公巴拉巴斯(Barabas)的境遇又让"邪恶"有了新的解读可能,在某种程度上是道德相对主义的体现;《爱德华二世》(*Edward II*,1592)直面人的欲望和人性的软弱,通过展示爱德华二世在戏剧前后对待王权与王位的态度变化,借莫蒂默(Mortimer)与伊莎贝拉(Isabelle)等邪恶人物的衬托,指出爱

第四章　伊丽莎白时代剧作家与中世纪道德剧

德华二世的受害者形象实际上来自其个人意志与现实之间的冲突;《浮士德博士的悲剧史》(The Tragical History of the Life and Death of Doctor Faustus, 1588—1592)则表现了在新科学的冲击下主人公浮士德(Faustus)的心灵之战,具有更为明显的道德剧色彩。四部戏剧都在不同程度与不同方面上继承了道德剧因素,并在新内容与新思想的影响下表现了时代的主题,焕发出了新的生机。

一、《帖木儿大帝》：思考道德评价标准

马洛的《帖木儿大帝》以历史人物东方君主帖木儿为主角,主要讲述了帖木儿大帝征服世界直到最终病死于征战途中的故事。剧中的帖木儿大帝是一个对权力充满无限欲望和激情的人,他足智多谋、胆略过人,同时又残暴冷酷、专横跋扈、嗜血成性,其身上兼具英雄与魔鬼的双重特性。

对罪的承认和对忏悔的强调是道德剧的典型特征之一,这一特征到文艺复兴时期仍有着一定的影响。莉莉·B.坎贝尔(Lily B. Campbell)认为,文艺复兴时期典型的悲剧概念是"表现人的陨落,这种陨落既是罪所造成的结果又是对罪的惩罚。戏剧艺术在反映悲剧的同时提供一种道德教益:它引导人们认识自我和在道德上修正自我"[1]。在对罪的强调中,上帝所赋予的人的自由意志扮演着关键角色。在《帖木儿大帝》中,马洛极力突出主人公个人的自由意志,戏剧结尾主人公的死亡更是缺少道德剧所具有的忏悔意味。这让该剧似乎偏离了道德剧的一贯主题,但道德剧的部分结构依然留存下来,与戏剧所要表达的世俗主题发生碰撞并促使人思考:在自由意志的张扬下,伊丽莎白时代的道德评价体系产生了怎样的转变？因此,《帖木儿大帝》这部悲剧成了一部促使观众思考道德评价体系的道德剧。

马洛的戏剧在结构上保留了许多道德剧的色彩,这些保留下来的结构与戏剧的主题相呼应,在为塑造人物形象服务的同时也与戏剧的主题发生冲突,从而使戏剧在道德训诫的层面上产生一定的矛盾。道格拉斯·科尔(Douglas Cole)

---

[1] Campbell, Lily B. *Shakespeare's Tragic Heroes: Slaves of Passion*. New York: Cambridge University Press, 1930: 17.

认为道德剧是"对生活的类比展示"[①]，它引导人们承认人性的弱点。通过在一个特定的空间中观看戏剧，人们意识到人的自由意志可以让人走向罪恶，也可以让人获得救赎。在《帖木儿大帝》中，主人公将自由意志发挥到极致。戏剧伊始，帖木儿便有一段体现人之精神的经典台词：

> 我们将战胜全世界；
> 我要用铁链紧缚住命运之神，
> 用我自己的双手转动成功的舵轮；
> 除非太阳从天穹陨落
> 帖木儿才会被杀死或者征服。（《帖木儿》1.1.2：173—177）[②]

这段话中，帖木儿的发言不仅表达了对权力的渴望，还蕴含着他对人既定命运的看法。莉萨·霍普金斯（Lisa Hopkins）认为，马洛将命运与舵轮联系在一起的写法实际上受到了诗歌集《法官宝鉴》的影响，这部诗歌集在道德本质上说明每个人都是命运之轮转动的对象（命运之轮的比喻在《爱德华二世》中也有出现），但帖木儿称要"缚住命运之神"、自己"转动成功的舵轮"，则是对道德模式的颠倒[③]。传统道德剧中人从无罪至堕落再到赎罪的过程不仅是人类状况的缩影，而且在表达基督教教义的同时也强调了上帝的存在。它暗示人们，每个人都是罪人，因此必须接受命运的审判。帖木儿称要"用铁链紧缚住命运之神"，则一改道德剧所展示的人类困境，认为罪恶与忏悔不再成为人类所必须经历的阶段，自由意志的选择也并非会带来罪恶。帖木儿至死也没有为其残暴行为进行应有

[①] Cole, Douglas. *Suffering and Evil in the Plays of Christopher Marlowe*. New York: Gordian Press, 1972：33.

[②] 马洛. 马洛戏剧全集. 华明，译. 北京：商务印书馆，2020. 后文所用马洛戏剧剧本引文均出自该书，不再另注，仅随文标出剧本简称（分别是《帖木儿》《马耳他》《爱德华》《浮士德》）以及所在部、幕、场、行或幕、场、行。

[③] Hopkins, Lisa. *Christopher Marlowe, Renaissance Dramatist*. Edinburgh: Edinburgh University Press, 2008：59.

第四章　伊丽莎白时代剧作家与中世纪道德剧

的忏悔,他的死亡也并非道德剧中具有警示作用的死亡①,而更接近于生命精神的另一种延续:

> 但是,儿子们,这个身体,没有任何力量
> 足以保有它所包含的激烈精神,
> 它必须分裂开,以同等的比例
> 将它的影响注入你们两人胸膛;
> 我的血肉分化成为你们的珍贵身形,
> 它将继续保留我的精神,虽然我将死去,
> 但是它将会世世代代不朽永存。(《帖木儿》2.5.3:169—175)

帖木儿的死亡并非神的警示,或是在美德引导下做出的自我选择。马洛赋予帖木儿的死亡以相对科学的解释,这让中心人物的死之现象不再是道德剧中"死亡"(Death)角色出场所带来的后果,而更接近一种自然的生理现象:

> 我看了您的尿液,有沉淀,
> 黏稠,浑浊,相当危险;
> 您的静脉有不正常的发热,
> 因此您血液的水分已枯干。(《帖木儿》2.5.3:81—84)

正如学者常远佳所认为的,帖木儿的死亡实际上反映了人意志的无限性与肉体的有限性之间的矛盾。② 在此基础上,由于帖木儿的死亡缺少神学意味,以及戏剧在此之前对个人意志的突出描绘,这让戏剧中死亡与善恶之间的因果关系变得扑朔迷离。尽管戏剧本身更为强调帖木儿的行为而非结局,但上帝的缺失也引发了一个新的疑问:作为主人公的帖木儿并没有为此前的行为做出忏悔,

---

① Potter, Robert. *The English Morality Play: Origins, History and Influence of a Dramatic Tradition*. London and Boston: Routledge & Kegan Paul, 1975: 20.
② 常远佳. 恶棍英雄:马洛的新型悲剧英雄. 长沙:湖南师范大学博士学位论文,2014:66-79.

难道帖木儿的行为可以被认为是无罪的吗？应当如何评价帖木儿此前的行为呢？

从道德剧的层面看，帖木儿突然来临的死亡改变了整部戏剧应有的道德剧结构。在此之前，《帖木儿大帝》的戏剧结构在很大程度上与道德剧存在着一定的呼应。贝文顿在探讨该剧作与道德剧的关联时指出，《帖木儿大帝》中的一系列情节让人想起道德剧和中世纪的混合编年史，最为明显的便是戏剧本身的情节发展是按照线性结构进行的。同《冈比西斯王》一样，"马洛在整个作品中保留了几个中心人物，以提供叙事的连续性"①。由于《帖木儿大帝》描绘的是帖木儿的征战之旅，被称为"战争机器"的帖木儿很少在某一特定地点停留。大多数情况下，在完成一场征服后，主人公会立刻进入下一场征服。将"征战"这一事件在戏剧中进行重复叠加便会导致戏剧的场景会时常发生变化，而每一场景中出现的人物在完成自身的使命后便会离场。② 这与中世纪和伊丽莎白时代的剧团设置有关，也呼应了中世纪晚期道德剧结构中情节重复的倾向③。显而易见的是，《帖木儿大帝》可以按照征服的场景被拆分成几个类似的部分，每一部分都以帖木儿的征服开始，以胜利结束，而整部戏剧则是征服场景的不断叠加。通过情节的不断重复，帖木儿战无不胜的英雄形象得到充分呈现。这种对个人意志的张扬，又与中世纪晚期有关人的本性的看法相呼应。"道德剧中人的形象体现了中世纪的二元性，我们可以从中分离出中世纪晚期关于人的本性的两种相互矛盾的理论。比较乐观的观点是，在经院哲学中，以人作为宇宙的中心形象得到了最高的表达……人有着崇高的地位……他被指定为地球的统治者，在地球上执行上帝的旨意。"④另一类则认为人只要有了肉体便会不可避免地走向死亡。马洛对帖木儿死亡的刻画以及上帝在戏剧中的缺失，说明他无疑更偏向于前者。

---

① Bevington, David. *From Mankind to Marlowe, Growth of Structure in the Popular Drama of Tudor England*. Cambridge, MA: Harvard University Press, 1962：203.
② Bevington, David. *From Mankind to Marlowe, Growth of Structure in the Popular Drama of Tudor England*. Cambridge, MA: Harvard University Press, 1962：204.
③ Bevington, David. *From Mankind to Marlowe, Growth of Structure in the Popular Drama of Tudor England*. Cambridge, MA: Harvard University Press, 1962：4.
④ Cole, Douglas. *Suffering and Evil in the Plays of Christopher Marlowe*. New York: Gordian Press, 1972：40.

第四章 伊丽莎白时代剧作家与中世纪道德剧

诚然,上帝在戏剧中的消失让评价帖木儿这一形象的权力由剧作家或是神学家之手转移到观众手中,而马洛则通过操纵戏剧的内容与结构引导观众进行道德层面的思考,不再做出如道德剧般具有明显指向意义的评价。学者帕特里夏·达默斯(Patricia Demers)指出,马洛"操纵了他的戏剧手法,以确保观众支持这个在道德上应受谴责的'独裁者'"[1]。在达默斯看来,马洛为了达到自己的目的,忽略了帖木儿非法集结军队打败科斯柔的过程,而是让观众看到了帖木儿的勇敢与公正。与此相似的,马洛重新塑造了帖木儿的对手,使他们成为不符合历史但是在戏剧中有效的角色。[2] 马洛对戏剧中类似角色的改动无疑是为了衬托与塑造帖木儿的"超人"形象,无形中呼应文艺复兴时期人们日渐高涨的自我意识。这也像是中世纪晚期有关人本性的乐观观点在伊丽莎白时代的延伸。帖木儿无往不胜的军事征服和神学色彩微弱的死因提醒着观众:在戏剧中,帖木儿已经成为事实上的上帝,他操纵着他人的命运,极为突出的自由意志意味着帖木儿是戏剧世界的中心,乃至宇宙的中心,颇具有"人是万物的尺度"的先声。甚至有学者认为,帖木儿在戏剧中不断重塑神的概念,以至于以自己的形象创造了上帝,"在方便的时候,帖木儿可以重新定义所有传统的'荣誉'和'美德'概念"[3]。假如主人公本身在戏剧中已经有着操纵自我与他人命运的能力,那么人需要在获罪后又进行赎罪使灵魂得救的观点则显得岌岌可危。

当然,马洛塑造这样一位具有超越自我意志的英雄,其目的在于张扬人的力量,肯定人的价值。尽管帖木儿没有忏悔罪恶,但剧作并没有对他的行为进行谴责,而是大力歌颂了以帖木儿为代表的个人力量。马洛在戏剧中颠覆了人们对"对与错""善与恶"的传统认知。帖木儿的部分行为无疑是极端的,但他依然在戏剧结尾获得了极大的胜利和赞扬,这强化了帖木儿作为一个反叛者的形象。同样的,也正是无意识借用道德剧结构的方式,让戏剧本身产生了部分矛盾。在善恶对立的道德剧中,人们是理所应当背负罪行从而被上帝拯救的。不论是在

---

[1] Demers, Patricia. Christopher Marlowe and His Use of the Morality Tradition. Hamilton: McMaster University (Master Thesis), 1971: 35.
[2] Demers, Patricia. Christopher Marlowe and His Use of the Morality Tradition. Hamilton: McMaster University (Master Thesis), 1971: 35.
[3] Birringer, Johannes H. Marlowe's Violent Stage: "Mirrors" of Honor in *Tamburlaine*. *ELH*, 1984, 51(2): 234.

线性的叙事模式上,还是在二元对立的框架中,《帖木儿大帝》同样继承了道德剧的结构,与此同时,彼时的"邪恶"已成为主人公的部分属性,而剧中与主人公发生冲突的对象也不再是非此即彼的善恶道德。相反,只要违背主人公意志的人物都被认为是与其对立的。单一的善恶对立被更为复杂的人性取代,且与权力、荣誉等相互杂糅。戏剧在内容上缺少与道德剧的呼应,但更多地借用了道德剧的线性结构与对立框架,这让戏剧的道德主题十分模糊。剧中帖木儿这般具有"邪恶"品质的人物虽然没有受到谴责,但如学者波特所说,传统道德剧中的人物不管获得多少的财富与权力,最终都无法逃离既定的命运[①],这一命运体现在帖木儿身上,便是无法逃离的死亡。由此,《帖木儿大帝》也在向人们传递着一种更为积极以及世俗的信息:人依据自由意志所做出的选择并非限于善恶之间,罪也并非人所必须经历的困境。面临着无可回避的死亡,与其思考个人的选择是否符合神学准则、是否会带来罪恶,不如看重做出选择后的行动。在这部极度张扬个人意志的戏剧中,帖木儿复杂的道德观念让人很难对其下一个非此即彼的定义。正如贝文顿所说,在帖木儿身上,"神性和兽性的矛盾印象从来没有调和过"[②]。由此,中世纪传统的道德评价标准受到了质疑。

二、《马耳他的犹太人》:道德相对主义

霍普金斯在《克里斯托弗·马洛:文艺复兴剧作家》(*Christopher Marlowe, Renaissance Dramatist*, 2008)中提出,马洛笔下的英雄人物大多无视社会的规范与价值观,例如帖木儿拒绝接受原生的牧羊人身份,狄多(Dido)选择遵从自己的欲望而非为国家利益与他国联姻。与此类似,《马耳他的犹太人》的主人公巴拉巴斯也同样是一个马洛式的英雄,他拒绝费尼兹(Ferneze)的剥削与强制分配的社会地位,而是为了维护自身的利益选择一条反抗的道路。[③] 同帖木儿大帝相比,巴拉巴斯经历了由堕落至赎罪的过程,其形象也颇似道德剧中的主角。贝

[①] Potter, Robert. *The English Morality Play: Origins, History and Influence of a Dramatic Tradition*. London and Boston: Routledge & Kegan Paul, 1975: 72.

[②] Bevington, David. *From Mankind to Marlowe: Growth of Structure in the Popular Drama of Tudor England*. Cambridge, MA: Harvard University Press, 1962: 217.

[③] Hopkins, Lisa. *Christopher Marlowe, Renaissance Dramatist*. Edinburgh: Edinburgh University Press, 2008: 129.

第四章 伊丽莎白时代剧作家与中世纪道德剧

文顿认为巴拉巴斯是"道德堕落和说教悲剧中不悔改的主角的化身"①,戴维·里格斯(David Riggs)也认可巴拉巴斯是道德剧中"邪恶"的后裔,参加了传统的美德与邪恶之战。② 大多数学者的看法都指向了巴拉巴斯这一角色所具有的邪恶属性,认为他是道德剧中"邪恶"形象的延续。为了自身的利益,巴拉巴斯所使用的欺瞒、伪装等手段,正是道德剧中"邪恶"角色在引诱人堕落时所惯用的伎俩。

但马洛对巴拉巴斯形象的塑造并非单纯指向邪恶的化身或是隐喻。在巴拉巴斯身上,马洛展现了众多的矛盾冲突以及不确定性。马洛首先借助了道德剧中的"邪恶"形象,并赋予其行为以现实的动机作为其犯罪的伪饰;随后再度颠倒了道德剧中善恶对立的观念,将戏剧中的基督徒塑造为反面角色。这主要体现在基督徒代表费尼兹这一人物身上,剧中他甚至比巴拉巴斯更接近16世纪人们眼中的马基雅维利主义者。与此同时,在漫长的反犹历史语境下,马洛将犹太人巴拉巴斯塑造成一个具有英雄色彩的人物,这又似乎挑战了伊丽莎白时代的道德评价体系。巴拉巴斯身上以及戏剧中所具有的冲突充满了各种悖论,这些都指向了一种道德评价上的不确定性和道德相对主义。

剧中,巴拉巴斯这一名字本身便具有十足的宗教与邪恶色彩,这使得巴拉巴斯一出场便被认为是具有象征意味的人物。在《圣经·新约》中,巴拉巴斯是一个凶犯的名字:"当时有一个出名的囚犯叫巴拉巴。众人聚集的时候,彼拉多就对他们说:'你们要我释放哪一个给你们?是巴拉巴吗?是称为基督的耶稣呢?'"(《马太福音》27:16—17)霍普金斯指出,在文艺复兴时期,犹太人是被诅咒的,并被认为是把基督钉在十字架上的罪魁祸首③。由于巴拉巴斯在名字上与《圣经》中的凶犯直接关联,加之其犹太人身份,巴拉巴斯便被自然而然地视作站在基督教对立面的邪恶人物,马洛对他宗教态度的刻画也证实了这一点。在戏剧中,巴拉巴斯多次表达对基督教的不满和对基督徒的仇恨:

---

① Bevington, David. *From Mankind to Marlowe: Growth of Structure in the Popular Drama of Tudor England*. Cambridge, MA: Harvard University Press, 1962: 218.
② Riggs, David. Marlowe's Life. In Cheney, Patrick (ed.). *The Cambridge Companion to Christopher Marlowe*. Cambridge: Cambridge University Press, 2004: 34.
③ Hopkins, Lisa. *Christopher Marlowe, Renaissance Dramatist*. Edinburgh: Edinburgh University Press, 2008: 32.

>我,一个犹太人,宁愿这样被人憎恨,
>
>不愿当个穷基督徒受人怜悯;
>
>因为我在他们的所有信仰中没有看到果实,
>
>只有怨恨、虚伪和极端傲慢,
>
>我想这些不符合他们的誓约。(《马耳他》1.1:112—116)

在将巴拉巴斯这一犹太人与基督徒形成对立后,马洛并没有按照传统道德剧的善恶对立思想,将基督徒塑造为美德的代表,而是借由马耳他总督对以巴拉巴斯为代表的犹太人群体的剥削,使基督徒的代表马耳他总督也成为反面角色。达默斯在谈及《马耳他的犹太人》与道德剧的关联时指出,马洛使用了一个完全负面的例子来进行说教[1]。以费尼兹为代表的基督徒对岛上的犹太人进行物质剥削,而犹太人群体内部也并不和谐。在巴拉巴斯质疑费尼兹的做法后,费尼兹没收了巴拉巴斯的所有财产,以一种极其专制的方式结束了一场商议问题的会议。巴拉巴斯抱怨自身的困境,却被同为犹太人的三位富商劝说,让他接受被剥削的结果。而基督徒对巴拉巴斯不公正的剥削导致了后者随后的行为。巴拉巴斯使用道德剧中"邪恶"角色惯常使用的欺瞒手段对他人进行报复,例如通过伪造信件挑起洛多威克(Lodowick)和马塞厄斯(Mathias)的决斗、伪装成法国音乐师向伊萨默尔(Ithamore)等人投毒。由于马洛赋予了巴拉巴斯的罪行以一个现实的动机——遭受政府剥削,因而有学者认为巴拉巴斯是一位堂吉诃德式人物,或是一位孤胆英雄[2]。但巴拉巴斯关于自己过往行为的一段经典独白则说明这一因果关系并不成立:

>年轻的时候,我研究过药剂,
>
>首先是在意大利人身上使用。

---

[1] Demers, Patricia. Christopher Marlowe and His Use of the Morality Tradition. Hamilton: McMaster University (Master Thesis), 1971: 50.

[2] 常远佳. 恶棍英雄:马洛的新型悲剧英雄. 长沙:湖南师范大学博士学位论文,2014:16; Demers, Patricia. Christopher Marlowe and His Use of the Morality Tradition. Hamilton: McMaster University (Master Thesis), 1971: 47.

第四章 伊丽莎白时代剧作家与中世纪道德剧

> 我用葬礼使得教士们更加富裕,
> 总让教堂司事的手臂忙个不停,
> 挖掘坟墓,敲响丧钟。
> 此外我还是个工程师,
> 在德法战争期间,
> 假借帮助查理五世,
> 设计杀死朋友和敌人。
> 我还是个放高利贷者,
> 利用敲诈、哄骗和罚没,
> 以及在动产交易中搞名堂。(《马耳他》2.3:184—195)

巴拉巴斯的自述表明他的邪恶品质由来已久,并且以作恶为乐,而非在受到费尼兹的压迫后,在现有的社会体系下无法保障自己权益方才走上危害他人的道路。相反,现实的动机更像是巴拉巴斯对自己的伪饰或是激发其邪恶行为的催化剂。在道德剧中,"邪恶"角色最突出的行动便是欺骗与巧妙的掩饰,"这种最简单的欺骗形式是使用一个善良的别名,有时伴随着身体上的伪装,通常是通过似是而非的论证来发展的"[1]。马洛对巴拉巴斯的刻画无疑受到了道德剧中"邪恶"这一形象的影响。他将巴拉巴斯刻画成一个十足的"恶棍",并赋予其现实动机,同时在现实语境中赋予其犹太人身份。

众所周知,在宗教改革前,英国对犹太人的态度并不友善。居住在英国的犹太人随时面临着被起诉、被剥夺财产的危险。这种情况在宗教改革后有所好转。宗教改革让英国成了一个新教国家,宗教宽容政策虽然也逐渐提高了人们对犹太人的接受程度,但社会中的反犹思想仍然存在。因此,该剧对犹太人受压迫的描绘显然是对当时社会现实的客观反映。道德剧的传统形象与现实因素在戏剧中的结合不可避免地产生了一定的矛盾,这种结合让传统道德标准在衡量巴拉巴斯的行为时失去了铁律的效用,对于这样一个纯粹的邪恶角色,人们很难做出同情或是谴责的道德判断。

---

[1] Cole, Douglas. *Suffering and Evil in the Plays of Christopher Marlowe*. New York: Gordian Press, 1972: 25-26.

同样，我们无法运用传统善恶分明的道德评价标准去评价剧中的其他人物。在戏剧的开场诗中，马洛借马基雅维利的口吻向观众传达了唯利是图的观点，这像是对巴拉巴斯的一种影射。尽管16世纪的人们对马基雅维利主义存在着相当的误解，将其与恶棍挂钩，但这番发言无疑是契合时代的。也正是由于开场诗的描述，我们便先入为主地认为巴拉巴斯是一名马基雅维利主义者，进而忽略其余角色。但事实上，马耳他的总督费尼兹比巴拉巴斯更接近马基雅维利主义者。巴拉巴斯邪恶的行为尚且有现实的动机得以支撑，而基督徒费尼兹并非善的化身，作为统治者，他强行命令犹太人和巴拉巴斯承担贡赋。马洛刻画的费尼兹对颠覆了道德剧中对基督徒的定位，他不再是美德的化身，这无疑是对道德剧中的传统道德评价体系的一种挑战。

学者冯伟曾将《马耳他的犹太人》称为一部道德缺席的"道德剧"，认为马洛通过道德剧的结构"重新思考、质疑既有的道德体系和标准，其貌似道德剧的外表之下，隐藏着巨大的颠覆意义"[①]。不论是对基督徒角色的刻画，还是让剧中所有人物都以负面形象登场的安排，马洛表达了对传统道德体系的思考与颠覆。但在颠覆之外，他或许更多地体现出一位怀疑主义者对道德的看法。巴拉巴斯的形象继承了道德剧中的"邪恶"角色，同时作为一名犹太人，他身上又具有一丝英雄色彩；基督徒原本具有正义与善的品质，但在戏剧中却同样邪恶。这些颠覆性的角色实际上暗示了一种道德的流动性与不可知性。尽管道德的未知在很大程度上来源于马洛将道德剧因素与现实的结合，他打破人们的固有印象，指出恶角与犹太人也有令人钦佩与同情之处，基督徒也并非完全善良，由此引发观众思考道德的意义。马洛既怀疑了过去的道德体系，也通过戏剧中不断的颠覆质疑了部分道德原则的普适性。同样，在舞台上演出一部几乎完全由负面人物构成的戏剧，本身也是对人本性的一种全面展示。它促使观众直面人性中的邪恶，并思考邪恶。

当然，巴拉巴斯最终得到了应有的惩罚，这又是对道德剧传统的一种回归。但费尼兹并没有得到惩罚，也没有进行忏悔。贝文顿称《马耳他的犹太人》"在开

[①] 冯伟. 从"帖木儿现象"谈起——论克里斯托弗·马洛对中世纪英国戏剧的扬弃. 解放军外国语学院学报，2010(3):114.

始的地方结束,没有在马耳他建立秩序,而只是恢复了费尼兹一直以来的统治方法"①。马洛在此或许同样向观众抛出了一个尚未解决的问题,但也可以认为是一种对待现实相对保守的态度。

三、《爱德华二世》:人性的弱点

《爱德华二世》围绕英国国王爱德华二世展开,讲述了以小莫蒂默(Martimer Junior)为核心的贵族集团与国王之间的冲突,在政治上具有深刻的现实意义。从道德层面上讲,《爱德华二世》也同样蕴含了中世纪的道德剧元素,乃至被认为是道德剧内容与世俗主题二者成熟融合的代表②。它同样继承了道德剧传统,通过对邪恶人物的塑造,不仅仅展现了善恶两大势力的冲突,而且展现了人性的软弱以及个人意志与现实之间的冲突。

作为一出历史悲剧,该剧展现了爱德华二世这一人物悲惨的一生。由于信任宠臣、荒废政务,爱德华在相继遭遇贵族与王后的背叛后在敌人的侮辱中结束了自己的一生,并被迫交出象征着王位的王冠,这一经历似乎与"王子的陨落"(the fall of princes)的悲剧传统十分契合。"王子的陨落"既是一个政治概念,也同样是一个伦理概念:身处高位者的堕落。这一传统被16世纪的作家与演员继承,影响了伊丽莎白时期悲剧的创作③。在马洛的戏剧中,可以说《爱德华二世》最为典型地体现了这一概念。相较于外部原因,剧中爱德华二世的堕落更多源于个人意志与现实的冲突以及人性的弱点。爱德华的软弱、小莫蒂默等人对权力的欲望逐渐瓦解了戏剧最初呈现的社会秩序,马洛为观众展现了这一瓦解的过程以及在这一过程中爱德华所遭受的折磨,而小莫蒂默等邪恶人物的衬托彰显出爱德华的苦难。正如科尔所说的,"强调个人意志冲突中涉及的情感而不是这种冲突的政治影响,其结果之一是将注意力集中在个人对人类苦难和道德罪

---

① Bevington, David. *From Mankind to Marlowe: Growth of Structure in the Popular Drama of Tudor England*. Cambridge, MA: Harvard University Press, 1962: 231.
② Bevington, David. *From Mankind to Marlowe: Growth of Structure in the Popular Drama of Tudor England*. Cambridge, MA: Harvard University Press, 1962: 234.
③ Bushnell, Rebecca. The Fall of Princes: The Classical and Medieval Roots of English Renaissance Tragedy. In Bushnell, Rebecca (ed.), *A Companion to Tragedy*. Malden: Blackwell Publishing, 2009: 292.

恶的责任上"①，马洛为观众呈现出了爱德华本人矛盾的情感。

爱德华二世对待王权与王位的态度或许可以成为了解其软弱人性的切入口。戏剧伊始，马洛便将剧中人物划分成国王与贵族两大阵营，他们的对抗主要围绕爱德华偏爱宠臣加维斯顿（Gaveston）展开，这也是马洛赋予贵族集团随后推翻国王行动的一个现实动机。甫一开场，兰开斯特伯爵（Earl of Lancaster）便有这样的表述：

> 我的大人，你为什么如此恶对你的同辈贵族，
> 他们天生地热爱和拥戴你，
> 只是为了那个卑鄙下贱的加维斯顿？（《爱德华》1:98—100）

由于爱德华二世偏爱宠臣，荒废朝政，其执意召回加维斯顿的要求遭到贵族集团的强烈反对。爱德华只是名义上的国王，在大部分情况下都处于被动的境地。在戏剧的前期发展中，爱德华绝大多数时候都沉溺于自身的欲望之中，对贵族短暂的妥协也只是为了满足自己的私欲，最终目的是"和我亲爱的加维斯顿一起嬉戏快乐"。相比于王权，爱德华更看重对个人情感的追求，这极大地淡化了他的政治身份。对观众而言，他更多的是一个为国王身份所困而无法满足自己心愿的普通人，从而对其产生怜悯。爱德华多次表达对国王权力范围的不满与质疑，如在与坎特伯雷主教交谈后，他质问说：

> 为什么一个国王要服从于一个教士？
> 傲慢的罗马，孕育了如此飞扬跋扈的家伙，
> 你迷信的烛火为这些人燃烧，
> 为此你反基督的教堂将起火。（《爱德华》4:96—99）

爱德华显然不满罗马教廷对自身国王权力的限制，这让爱德华在某种程度上成了一名反抗者。就内部而言，爱德华的权力受到贵族的牵制，而在外又受到

---

① Cole, Douglas. *Suffering and Evil in the Plays of Christopher Marlowe*. New York: Gordian Press, 1972: 186.

教会的掣肘,无法完全行使国王的权力。但显然,爱德华对自身权力受到限制的认知十分片面,它并非源于对政治权力的渴望,而仅仅停留在满足自身欲望的层次上。宗教改革后的英国脱离了罗马教廷的统治,也再度确认了国王的权力,爱德华的两难处境极易唤起观众的怜悯。而造成戏剧中爱德华悲剧结局的,除了本身受限的权力,更源于他自身的软弱。在随后的情节发展中,爱德华显然无法掌握自己的命运,也缺少与贵族对抗的能力,是一位几乎没有英雄气质又十分软弱的国王。爱德华沉溺于自己的感情中,逃避贵族的进谏与指责。同样的,戏剧也缺少对爱德华反抗的具体描写,而是大量铺垫贵族的阴谋,这体现出爱德华缺少一位理想的国王应有的智谋。在交出王冠后,爱德华失去了自己的社会身份,沦为贵族的阶下囚,最后更是被折辱至死。作为曾经的国王,他无力反抗,只能选择痛苦地表达自己的悲惨。失去王冠与随后遭受的折磨、在贵族面前完全被动的地位让爱德华成了戏剧中完全的受害者形象。

爱德华的受害者形象在很大程度上源于其个人意志与现实的冲突以及自身性格的软弱,与此同时,小莫蒂默则是造成爱德华困境的外在动因。从人物形象的塑造上看,小莫蒂默可以被认为是道德剧中"邪恶"形象在《爱德华二世》中的延续。同《马耳他的犹太人》类似的是,马洛一开始便赋予了小莫蒂默等人一个现实的动机,随着剧情的发展,小莫蒂默显然已经被权力腐化,他的言行显示其已不再满足于驱逐加维斯顿或是另立新王。在临死之前,小莫蒂默的发言令人深思:

> 卑鄙的命运之神,现在我看出你的轮盘上
> 有一个点,当人们爬到这个地方,
> 就会头朝下栽下来。我触到了这个点,
> 既然没有更高的地方可以攀爬,
> 那我为什么还要对自己的坠落感到悲哀?(《爱德华》26:59—63)

与爱德华相比,小莫蒂默对"命运之轮"的说法似乎更加符合马洛式英雄的风格,而小莫蒂默在前期也确实充当了戏剧中的英雄,民众的立场可以证实这一点。最初,加维斯顿询问爱德华为何不将小莫蒂默关进伦敦塔,爱德华称"因为

民众爱他"(《爱德华》6:234)。随着小莫蒂默逐渐实现最初的目的,他开始声称"国王必须死,否则莫蒂默就将完蛋。/平民百姓现在开始同情他"(《爱德华》24:1—2),并雇佣莱特伯恩(Lightborne)杀害爱德华。戏剧"把小莫蒂默与这些情节直接联系在一起,使他比早期的外表显得更加残忍与可恨,马洛把小莫蒂默的这种粗鄙与日益大胆的表达和野心相比较,提出了人们熟悉的权力腐化的主题"[1]。在为贵族谋利的过程中,获得权力的快感逐渐激发出小莫蒂默的邪恶本性。同巴拉巴斯类似,小莫蒂默最终回归了道德剧中邪恶人物的结局。

王后伊莎贝拉态度的转变同样暧昧。剧中,由于爱德华的刻意冷淡与言语侮辱,伊莎贝拉最初是一个被人同情的受害者形象。但随着剧情的发展,伊莎贝拉逐渐与小莫蒂默一同充当了剧中的邪恶形象。事实上,伊莎贝拉与小莫蒂默的关系在剧中早有铺垫。加维斯顿曾对伊莎贝拉说:"讨好莫蒂默去,和他,下贱的王后——"(《爱德华》4:147)尽管伊莎贝拉多次否认自己与小莫蒂默的关系,但二者的关系随着剧情的发展也证实了加维斯顿的说法。和传统道德剧的"邪恶"角色一样,伊莎贝拉通过欺瞒手法为自己谋求利益。正如贝文顿所说的,马洛在描述伊莎贝拉的个性时依赖于道德传统,她的忠诚与谦逊同时是她欺骗敌人与观众的武器[2]。

总之,《爱德华二世》再次探讨了更为复杂的人性。在戏剧中,爱德华二世不仅遭遇着精神痛苦,也在舞台上直接展示了肉体的折磨。因此冯伟将《爱德华二世》称为"残酷戏剧"[3]。个人的软弱、对权力的欲望以及个人意志与现实之间的冲突是造成爱德华悲剧的重要原因,同时小莫蒂默、伊莎贝拉等邪恶人物的当道加速了这一悲剧。后者同样也展示了人性的复杂。因此,与其说《爱德华二世》描绘的是一段英国历史,不如说戏剧展现的是苦难、邪恶与人性。与巴拉巴斯相比,《爱德华二世》中的邪恶不再是基督教概念中的恶,不管是小莫蒂默逐渐被权力腐化的过程,还是爱德华二世的懦弱与无能(这也可以被认为是一种邪恶)都

---

[1] Cole, Douglas. *Suffering and Evil in the Plays of Christopher Marlowe*. New York: Gordian Press, 1972:178.

[2] Bevington, David. *From Mankind to Marlowe: Growth of Structure in the Popular Drama of Tudor England*. Cambridge, MA: Harvard University Press, 1962:241.

[3] 冯伟. 从"帖木儿现象"谈起——论克里斯托弗·马洛对中世纪英国戏剧的扬弃. 解放军外国语学院学报,2010(3):114.

向观众表达着:人性中的各类弱点不可避免,也无法回避,而品质上的缺陷并非永远让人厌恶,也同样可以唤起人们的怜悯之心。如此复杂的情绪感受正源于人性本身的复杂,它有着美德,也同样存在着缺憾。

四、《浮士德博士的悲剧史》:新科学与传统基督教信仰的冲突

在马洛的所有戏剧中,可以说《浮士德博士的悲剧史》具有最为明显的道德剧色彩。该剧不仅出现了"好天使"(Good Angel)、"坏天使"(Evil Angel)、魔鬼靡非斯特菲勒斯(Mephistopheles)以及七宗罪的寓意化人物,而且整部戏剧展现了浮士德的"心灵之战",他在坚信自己终将堕入地狱与向上帝忏悔之间频繁摇摆。该剧通过浮士德这一形象的描绘,还表达了鲜明的道德教诲主题,正如剧作收场诗所言:

> 浮士德死去了。好好思考他的堕落,
> 他那惨痛悲哀的命运警告
> 那些对于歪门邪道感到好奇的智者,
> 因为这些奥秘引诱聪明才俊
> 去从事上天所不允许的事情。(《浮士德》收场诗:4—8)

收场诗暗示着马洛希望观众能从浮士德的故事中获得一些对现实生活有益的指导,他称浮士德所追求的是"邪门歪道",是"上天所不允许的事情",似乎浮士德在戏剧中所扮演的是一个受魔鬼引诱的负面例子,而戏剧的目的则是劝说人们服从上帝。但实际上,《浮士德博士的悲剧史》并非宣传基督教教义或是歌颂上帝的作品,而是表达了此时期的人们在宗教改革、加尔文主义、人文主义等多种因素影响下再次面对传统基督教信仰时的迷茫与彷徨。

剧中,浮士德作为接受了新科学与新知识教育的博学之士,依然无法对人类的救赎与最终归宿做出解答,甚至陷入更深层次的迷茫之中。学者邓亚雄将浮士德称为求知神话的终结者,认为浮士德反叛旧学,用伊壁鸠鲁的唯物论探索宇宙的构成与神性的存在,并且利用元素这一科学话语解构了基督教神学的知识

英国中世纪道德剧研究:人性、人生与戏剧

体系,是一位普罗米修斯式的人物[1]。在浮士德身上,普罗米修斯式的精神清晰可见,但与其将浮士德定义为旧学的反叛者,不如将其视为种种矛盾交替之下的探索者和"求知者"。

尽管《浮士德博士的悲剧史》具有十足的道德剧色彩,但马洛在写作时对道德剧元素进行了新的处理。剧作开始,浮士德同样面临邪恶势力的引诱和善良势力的劝解。但与传统道德剧不同的是,这里的"善"更多的是传统基督教信仰的化身。"好天使"在初次登场时的发言足以让人认为其是一名基督教信仰的维护者:

噢,浮士德,把那该死的书放下,
不要看它,以免它诱惑你的灵魂,
把上帝的雷霆震怒堆在你的头上!
要读,就读《圣经》。那该死的书是亵渎上帝。(《浮士德》1:73—76)

"好天使"的劝说并没有让浮士德回归宗教传统,相反,浮士德在翻开魔法书前便已经表现出对神学的质疑。他质疑神学对人原罪的定义:

那么,好像我们一定有罪,
结果,我们必须死去。
哎呀,我们必须死去,永不复活。
你这是什么教义?(《浮士德》1:46—49)

随后浮士德抛弃了神学,转向了所谓的魔法。在"好天使"与"坏天使"的第一次争辩中,"坏天使"的说法显然更切合浮士德的心意,它从知识而非宗教的角度出发,劝说浮士德选择魔法,并称魔法会帮助浮士德了解大自然的奥秘,让他成为"所有元素的支配者和主人"(《浮士德》1:80)。这些劝说一方面是以知识的方式对浮士德进行引诱,另一方面也体现了知识的价值和意义,这无疑与浮士德

---

[1] 邓亚雄. 追求知识神话的终结者——评马洛的戏剧人物浮士德. 外国文学评论,2005(4):120.

第四章　伊丽莎白时代剧作家与中世纪道德剧

的想法契合。在选择魔法后,浮士德再次贬低神学,称自己的脑袋里此刻仅有巫术,而神学是"无趣、刻薄、可鄙、恶劣"的(《浮士德》1:112)。但在浮士德选择魔法、抛弃神学之后,他却进行了多次周期性的忏悔,乃至一反此前对原罪的质疑,不断在忏悔、赎罪与继续跟随魔鬼的摇摆中坚信自己的命运已经被诅咒。

从宗教的角度来看,《浮士德博士的悲剧史》无疑是马洛所有戏剧中最具宗教色彩的一部。尽管上帝没有在戏剧中直接出现,但戏剧中的各类暗示说明了上帝的无处不在。在与魔鬼签订契约后,浮士德进行了大约三次忏悔,这让观众意识到浮士德并非完全背离上帝,相反,上帝更像是作为浮士德无法摆脱的恐惧存在于其内心之中,而在戏剧开篇浮士德对人生来有罪这一说法的耻笑则成了对自己的嘲讽。这种在死亡与拯救之间的反复摇摆与忏悔在道德剧中也有迹可循[①]。显然,浮士德越是选择魔鬼、背弃上帝,他的内心便经受着越多的挣扎,而远非他所想象的快乐。这似乎是浮士德所犯的第一宗罪,也是他堕落的开始。在每次周期性的忏悔发生时,"好天使"与"坏天使"便会轮番登场,"好天使"劝诫浮士德"悔罪吧,上帝会怜悯你","坏天使"则引诱浮士德称"你是幽灵,上帝不会怜悯你的"(《浮士德》7:10—14),这像是对浮士德心灵之战的具象化。

尽管浮士德在每次忏悔后都选择了魔鬼,但每一次的选择都加强了他对自己将要进入地狱的想法,而最终浮士德也在恐惧中堕入了地狱。因此,与其说浮士德面临的是背叛上帝的恐惧,不如说是良心的挣扎,这类挣扎让戏剧充满了希望与绝望之间的冲突,"希望将他再次引向上帝,而绝望将使他远离救赎,这构成了该剧的悬念"[②]。魔鬼与邪恶在戏剧中几乎无处不在,浮士德的徘徊增添了绝望的氛围。

马洛热衷于探讨人性的弱点与邪恶因素。在《浮士德博士的悲剧史》中,七宗罪曾在路西法的召唤下依次出现在浮士德面前,这是该剧道德剧元素的最直接体现。在传统道德剧中,七宗罪通常会作为恶的代表诱人堕落,而在《浮士德博士的悲剧史》中,七宗罪是人性弱点的象征,他们诱导浮士德选择地狱与魔鬼。

[①] Potter, Robert. *The English Morality Play: Origins, History and Influence of a Dramatic Tradition*. London and Boston: Routledge & Kegan Paul, 1975: 198.

[②] Campbell, Lily B. *Doctor Faustus: A Case of Conscience. PMLA*, 1952, 67(2): 223-224.

在浮士德试图向上帝寻求救赎后,路西法召唤了七宗罪为浮士德进行表演。看完表演的浮士德似乎已经被七宗罪迷惑,他声称"这些让我感到精神满足"(《浮士德》7:161)。尽管浮士德也曾一度忏悔,但他始终追寻着七宗罪,直到最后在靡非斯特菲勒斯的威胁下再次确认契约,并献出自己的灵魂。戏剧不仅一再强调忏悔,而且以大篇幅刻画魔鬼以及浮士德的"心灵之战"。恶魔之所以在戏剧中无处不在,是因为其代表着黑暗与混乱,而浮士德对救赎的渴求、多次试图忏悔,则反映出人对黑暗与混乱的恐惧[①]。

重新回到戏剧开篇,再度理解浮士德选择与魔鬼签订契约的原因或许可以解释为何他在上帝与魔鬼之间反复徘徊。浮士德在回顾医学时,曾说"然而,你仍只不过是浮士德,一个凡人,/如果你能够让人永生不死,/或者让死者重新获得生命,/那么这个职业才值得尊重"(《浮士德》1:24—27)。正如现有的医学无法让人起死回生,浮士德实际上意识到了现有知识乃至人类的局限性,正是由于他有意识地想要超越人类的局限性,才导致了后期的痛苦。"坏天使"初次登场时的发言对浮士德无疑有着巨大的诱惑,他以对知识乃至世界的掌控权为诱饵,称魔法中有着"大自然所有的奥秘"(《浮士德》1:78),这魔法指向的乃是新科学与新技术。浮士德以追求知识为初衷,但在与魔鬼签订契约后,显然遇到了更多如天国与地狱般知识无法回答的问题,与魔鬼讨论天文学的行为也像是对自己的一种暗示,但最终他受到魔鬼的引诱,沉溺于自我欲望的满足中。浮士德的迷茫与徘徊正是因为他在求索过程中意识到了更多的未知,现实利益更像是一种面对众多未知时的麻醉剂,而浮士德也在这过程中逐渐迷失自我。"更复杂的是,他认为那些天赋异禀的人,相信自己已经掌握了人类所有已知学习领域的人,恰恰是最缺乏真正的自我认识的人,最容易受到非法诱惑的伤害。"[②]

作为一名知识的追求者,浮士德在与魔鬼签订契约后依然保持着一定的探索精神。在与靡非斯特菲勒斯的对话中,有一段关于天文学的探讨最为突出地体现了新科学对浮士德的影响。由于哥白尼日心说的提出,天文学成为这一时

[①] Kaula, David. Time and the Timeless in *Everyman* and *Dr. Faustus*. College English, 1960, 22(1): 11.

[②] Kaula, David. Time and the Timeless in *Everyman* and *Dr. Faustus*. College English, 1960, 22(1): 11.

期人们热衷于谈论的话题。马洛选取天文学作为二者之间讨论的议题,加之浮士德的学者身份,可以说浮士德的确受到了新科学的影响。他认为世界万物可以用科学的思想进行解释,于是向魔鬼求证未知的话题,其中包括天国与地狱的位置。与靡非斯特菲勒斯签订契约后,浮士德最先尝试的便是试图获得有关天国与地狱的解答,而魔鬼的回答含糊其词,只是强调浮士德注定下地狱的结局。而魔鬼对浮士德结局的强调让浮士德更为惧怕堕入地狱这一结局的到来,此后他便开始了第二次忏悔。但浮士德的周期性忏悔提醒着读者,浮士德在新科学的影响下对自身的信仰始终握有主动权。

该剧还与一部16世纪的加尔文主义戏剧《良心的冲突》(*The Conflict of Conscience*,1572)密切相关。《良心的冲突》主要讲述主人公意大利新教徒斯皮拉(Spera)在宗教裁判所的压力下成为一名叛教者的过程,戏剧充满了关于忏悔和救赎可能性的辩论[①]。《浮士德博士的悲剧史》则是《良心的冲突》的延续,"它从加尔文主义传记戏剧《良心的冲突》的结尾开始,探索一个信徒的思想,他认为上帝是可怕的,但也是公正的,对不满足的人是无情的"[②]。《浮士德博士的悲剧史》一剧中对上帝无处不在的刻画以及浮士德本人所接受的暗示和最终堕入地狱的结局,似乎更说明了《浮士德博士的悲剧史》是一部与《良心的冲突》类似的加尔文主义戏剧。加尔文主义坚信人生来邪恶,因此生来便有着负罪感,但人若只处于负罪的状态却依然是不敬虔的,若忽视了上帝而美化自身则在伦理上同样败坏。浮士德在戏剧伊始便对人生来有罪提出怀疑,戏剧中他命运的发展像是对其最初亵渎上帝的一种惩罚。同样的,在加尔文主义的观点下,上帝对所有事物都有着直接和绝对的主权,这种主权是一种"恩典"[③]。剧中,浮士德的个人命运及其对上帝的看法,确实有着加尔文主义的色彩。由此可以看出,该剧是一

---

① Potter, Robert. *The English Morality Play: Origins, History and Influence of a Dramatic Tradition*. London and Boston: Routledge & Kegan Paul, 1975: 121.
② Potter, Robert. *The English Morality Play: Origins, History and Influence of a Dramatic Tradition*. London and Boston: Routledge & Kegan Paul, 1975: 129.
③ 谢志斌. 恩典、文化与发展——一种加尔文主义文化观的阐释. 世界宗教文化,2012(5): 80-81.

出后宗教改革时期的戏剧①。

《浮士德博士的悲剧史》继承了道德剧的众多元素,包括个人的堕落、魔鬼与七宗罪的形象以及最后的教育意义。当然,浮士德是16世纪新时代的产物。作为一名求知者,他追求学识,但由于意识到知识的有限性而陷入迷茫与痛苦中;作为一名文艺复兴与宗教改革背景下的人物,浮士德既体现了人对自我命运的掌握(尽管是无力的),也体现了一定的加尔文主义色彩。通过对道德剧元素的利用,马洛为读者展示了一位学者在信仰与科学之间的彷徨,以及人在矛盾现实面前的无力。

总之,通过分析马洛四部戏剧中蕴含的道德剧元素,我们窥见了中世纪道德剧在16世纪所焕发出的崭新生命力。在马洛的戏剧中,不论是道德剧的整体结构,还是人物形象的刻画,都蕴含着道德剧的元素。这些元素或被用来表现对个人力量的张扬,或是表现对人性的思考,或是表达这一过渡时期人们迷茫的精神。我们当然可以将马洛的戏剧认为是大胆的创新,但也可以将其认为是传统的延续。

第二节 莎士比亚与道德剧

1569年,斯特拉福镇的镇长约翰·莎士比亚(John Shakespeare)下令支付费用给到镇上演出的女王剧团和沃瑟斯特伯爵剧团,具体演出的剧目现已不得而知,而后其他剧团也常巡演至莎士比亚的故乡小镇。② 从16世纪保留下来的剧目材料来看,当时的剧团表演的大多是"后期道德剧"(late moral plays)③。因

---

① Kaula, David. Time and the Timeless in *Everyman* and *Dr. Faustus*. *College English*, 1960, 22(1): 11.
② 格林布拉特. 俗世威尔:莎士比亚新传. 辜正坤,邵雪萍,刘昊,译. 北京:北京大学出版社,2007:5-7.
③ "后期道德剧"的概念由学者阿兰·C. 德森(Alan C. Dessen)提出,他将伊丽莎白女王统治前半期(即马洛和莎士比亚的青少年时代)创作、出版及演出的各类型具有道德剧传统特征的戏剧统称为"后期道德剧"。详见:Dessen, Alan C. *Shakespeare and the Late Moral Plays*. Lincoln and London: University of Nebraska Press, 1986: 2.

此,青少年时期的莎士比亚极有可能到场观看过这类戏剧。等到他开始为伦敦剧院编写剧本时,脑海中关于这类剧的记忆或许会被反复唤醒,或许它也从未远离过这位伟大戏剧家、诗人的创造性心灵[①]。其中道德剧的"心灵之战"主题、"邪恶"角色、U形结构以及"诗之正义"的文学功能等内容都被他借鉴、改造以融入自我创作中。可以说,莎士比亚借用了道德剧的"羽毛",助长了自我的诗学想象,反过来,他也为这些陈旧的戏剧材料注入新的时代活力,赋予其前所未有的价值。

一、莎士比亚悲剧与"心灵之战"

众所周知,莎士比亚十分擅长描绘人物内心世界的冲突,这尤其体现在《哈姆莱特》《麦克白》《李尔王》《奥赛罗》四部后期悲剧中。一百多年前的莎学专家A. C. 布雷德利(A. C. Bradley)认为,相较于剧中不同人物或集团间构成的"外部冲突",角色个人心灵的"内部冲突"更令人难以忘怀,同时也彰显了莎氏悲剧的非凡之处。[②] 长期以来,评论者们从人物性格、外部影响、来源以及现代性的角度解读悲剧主角的心灵冲突现象。如布雷德利指出主角的内心冲突是人物性格的表现[③];黑格尔则将心灵冲突视为不同理念在人物内心出现的敌对状态的结果[④];马尔科姆·希伯伦(Malcolm Hebron)强调主人公的内心冲突是现代个人意识上升的体现[⑤];J. W. 坎利夫(J. W. Cunliffe)则将古罗马戏剧家塞内加笔下的自省性人物视作哈姆莱特等人内心冲突的影响来源[⑥]。上述研究视角独特,解读深入,但少有学者从人性认知的角度对莎剧中人物内心的冲突做出解释。因此本节结合中世纪道德剧"心灵之战"的书写传统,对人物内心冲突反映的"善恶二重"人性本质及人无法避免堕入邪恶的悲剧性处境进行解读。莎士比

---

① 格林布拉特. 俗世威尔:莎士比亚新传. 辜正坤,邵雪萍,刘昊,译. 北京:北京大学出版社,2007:5-10.
② 布雷德利. 莎士比亚悲剧. 张国强,朱涌协,周祖炎,译. 上海译文出版社,1992:14.
③ 布雷德利. 莎士比亚悲剧. 张国强,朱涌协,周祖炎,译. 上海译文出版社,1992:15.
④ 黑格尔. 美学(第一卷). 朱光潜,译. 北京:商务印书馆,1996:264-272.
⑤ 希伯伦. 文艺复兴时期文学的核心概念. 上海:上海外语教育出版社,2016:104.
⑥ Cunliffe, John W. *The Influence of Seneca on Elizabethan Tragedy: An Essay*. New York: G. E. Stechert & Co., 1907:16-17.

亚在剧中对人性的探讨并不局限于个人层面,而是将其置于个人—国家—宇宙的整体秩序中进行认知——当个人本性的秩序失衡时,国家及宇宙秩序也会随之发生混乱。莎士比亚通过"认知自我"的方式恢复个人的心灵秩序,结束由"心灵之战"引发的外界多方混乱,从而实现其维护个人、国家及宇宙秩序和谐的人文主义理想。

(一)"心灵之战"与"善恶二重"的人性

哈姆莱特、麦克白等悲剧人物常常在关键行动实施之前陷入左右摇摆的内心冲突中,他们通过自我对话或向其他角色倾诉的方式表达内心正经历着的灵魂战争。正如哈姆莱特在戏剧终幕所说:"在我的心里有一种战争,使我不能睡眠;我觉得我的处境比套在脚镣里的叛变的水手还要难堪。"(《哈》:388)[①]他在复仇的过程中多次经受内心冲突的折磨,"他的心灵好像绑在拷刑板上向不同的方向分裂开来"[②]。

同样的,心灵冲突的"难堪"处境在其他悲剧主角身上也经常出现。比如在《麦克白》中,主角关键的弑君行动在开场第二幕就已完成,但莎士比亚除了集中地描绘他弑君前的内心冲突外,还对其犯下诸多罪行后的内心冲突进行细致的呈现。具体来看,麦克白第一场内心之战发生在第一幕第七场,他反复思索杀还是不杀国王邓肯的问题;第二场内心战争则作为暗线始终贯穿于犯罪后的麦克白心中。而奥赛罗的内心冲突主要集中于戏剧最后两幕,他听信伊阿古的谎言怀疑苔丝狄蒙娜不忠,想着"嗯,让她今夜腐烂、死亡、堕入地狱吧"(《奥》:478)[③],却又在转念间觉得杀死心爱的妻子于心不忍,觉得"可惜"。等奥赛罗真正下定决心杀害苔丝狄蒙娜时,他再次陷入内心的挣扎中。他既不愿意将苔丝狄蒙娜杀死,又立刻为自己的杀人行动找到正当理由——"可是她不能不死,否则她将要陷害更多的男子"(《奥》:500)。李尔王的心灵之战较之前三者来说最

[①] 莎士比亚. 莎士比亚全集(五). 朱生豪,译. 南京:译林出版社,2016. 后文所用该剧本引文均出自该书,不再另注,仅随文标明剧本简称《哈》和页码。
[②] 杨周翰. 莎士比亚评论汇编(上). 北京:中国社会科学出版社,1985:312.
[③] 莎士比亚. 莎士比亚全集(五). 朱生豪,译. 南京:译林出版社,2016. 后文所用该剧本引文均出自该书,不再另注,仅随文标明剧本简称《奥》和页码。

第四章 伊丽莎白时代剧作家与中世纪道德剧

为漫长,几乎贯穿戏剧始终——从戏剧开场他的错误选择到带着悔恨与痛苦的心情寻找科迪利娅。另外,莎士比亚还在第三幕第三场刻意设置了李尔王在荒野中受暴风雨侵袭的场景,这场自然界的暴风雨是李尔王激烈的内心之战的隐喻[①]。由此可见,无论处于何种情境中,主人公的内心冲突引发的心灵震颤都是他们无法避免的困境。尤斯塔斯·蒂利亚德(Eustaue Tillyard)曾对这一现象做出解释,他指出,"伊丽莎白时期英格兰的新教徒将保罗列出的精神战争加工成他们自己最鲜活的神话……他们乐意揭露人的所有相互矛盾之处,尤其是极尽可能地描绘人在兽与天使之间的摇摆,给了旧有的(理性和激情)古老交锋以新的力度"[②]。简而言之,莎士比亚描绘灵魂左右摇摆的状态是对传统基督教的精神之战主题的继续发展,人物内心冲突的困境实质上展现了人性"善恶二重"的本质。

作为人文主义者,莎士比亚深入探索人的内心世界,通过人灵魂深处的冲突,将人性"善恶二重"的本质面貌在哈姆莱特、麦克白等人身上进行呈现。比如当麦克白意图弑君时,自身的野心催促着他赶快展开谋杀行动,从而尽早享受坐上王位的快乐;但同时,其理性百般劝阻,防止他堕入欲望的世界。从表面上看,麦克白与三女巫的两次会面表明主角是听信谗言才导致堕落,但实际上麦克白是受到自身恶本性的指引才走向毁灭[③]。奥赛罗经历的"心灵之战"也深刻体现了戏剧家对人本身的"善与恶"或是"高贵和兽性"对立本性的探讨[④]。理智与情欲作为奥赛罗内心战斗的双方不断产生冲突,最终在他杀害善良的苔丝狄蒙娜之后得以平息。奥赛罗十分清楚导致自己犯下罪行的并不是伊阿古,而是自己灵魂中的恶:"只是为了一个原因,只是为了一个原因,我的灵魂!……只是为了这一个原因……"(《奥》:500)至于李尔王一开始之所以会偏听偏信长女里甘和次女戈纳瑞,甚至驱逐小女儿科迪利娅,都是因为长女和次女"美丽的语言"满足

---

① Campbell, Oscar J. The Salvation of Lear. *ELH*, 1948, 15(2): 104.
② 蒂利亚德. 伊丽莎白时代的世界图景. 裴云, 译. 北京: 华夏出版社, 2020: 101-102.
③ Creeth, Edmund. *Mankynde in Shakespeare*. Athens: The University of Georgia Press, 1976: 73.
④ Spencer, Theodore. *Shakespeare and the Nature of Man*. New York: The Macmillan Company, 1961: 124.

了他的虚荣心,由此导致他错误地选择了恶的虚假阵营而忽略了善的真理[1]。而哈姆莱特虽然对善恶问题进行苦思,但邪恶的本性也使这位"高贵的王子"心中"充满了报复与仇恨的念头"[2]。

莎士比亚通过人物内心战争呈现人性的方式可以在中世纪晚期的道德剧中找到源头。莎士比亚借鉴道德剧的戏剧技巧,围绕主人公灵魂深处的激烈冲突构思剧本[3],将好、坏天使在"人类"灵魂中的争战变成哈姆莱特、麦克白等主人公个人的"心灵之战",借此呈现善与恶共同存在于人类本性中的事实。此外,由于两者不断地产生纷争,人陷入了自我心灵的冲突与混乱中。

在不断探究人内心世界的文艺复兴时期,曾主导着希腊悲剧发展的外在命运观已不足以让已抵达人类内心世界并找寻自我力量的人们信服。莎士比亚在剖析人的内心世界的过程中,发现了人类灵魂中固有的冲突与混乱,逐渐认识到人性"善恶二重"的本质,从而为在"人的发现"的语境中全面认识人本身、尊重人的价值提供认知前提。

(二)"心灵之战"的结局:无可避免的恶

苏联戏剧批评家阿尼克斯特(Anikst)曾指出,"文艺复兴时代的人文主义是从肯定人性本善开始的。到了莎士比亚时代,人文主义者对性善说产生了怀疑……"[4]莎士比亚与同时代的作家在人的身上发现了撒旦的因素,他已经通过主人公共同经历的"心灵之战"呈现出他对人本性的认知——人性中善恶并存,两者相互斗争、势均力敌,但这只是他对人性轮廓的初步描绘。在四部悲剧中,无论是最终走向毁灭的哈姆莱特与麦克白,还是临终时获得灵魂救赎的奥赛罗与李尔王,戏剧家都让他们在历经深思熟虑的"心灵之战"后做出了恶的选择。无法避免的罪恶在莎士比亚笔下的这些人物身上尽然显露,其意在于进一步揭露人性的真实本质,直指其中令人忧虑的一面,对以赞美人性为传统的人文主义进行反思。

---

[1] Creeth, Edmund. *Mankynde in Shakespeare*. Athens: The University of Georgia Press, 1976: 120.

[2] 肖四新. 论莎士比亚的人性观. 宁夏大学学报(人文社会科学版),2007(1):105.

[3] 格林布拉特. 俗世威尔——莎士比亚新传. 辜正坤,邵雪萍,刘昊,译. 北京:北京大学出版社,2007:10.

[4] 阿尼克斯特. 莎士比亚的创作. 徐克勤,译. 济南:山东教育出版社,1985:385.

第四章 伊丽莎白时代剧作家与中世纪道德剧

莎士比亚通过奥赛罗呈现了恶逐渐膨胀并最终蚕食人的意志的全过程。一开始奥赛罗以完美的形象出场,凭借卓越的战功为自己赢得荣誉与名声,与此同时,他对待爱人也温柔坚定。但在伊阿古恶意的暗示和他自己的疯狂想象中,猜忌的本性逐渐占据他的灵魂,藏匿于心中的巨大怀疑全都转化成怨恨。奥赛罗在灵魂的十字路口选择了邪恶本性,致使强大的情欲控制了理性,最终导致他对苔丝狄蒙娜的解释置若罔闻,在疯狂中扼喉杀妻。埃德蒙·克里斯(Edmund Creeth)曾经指出,奥赛罗的肤色实际上象征其人性本质中与野兽相似的部分(恶),与苔丝狄蒙娜象征美德的白皙肤色形成鲜明对比,因此堕落至邪恶是他必然的宿命。① 由此可见,人类本性中的恶一旦被选择就会不断膨胀,最终使得人的灵魂逐渐迷失,直至堕落。

在《麦克白》中,莎士比亚不仅以加速的方式呈现了高贵人性如何堕落的经过,还对人陷入罪恶后恶的无限发展进行暴露。如果说麦克白经历的第一场"心灵之战"是因本性中固有的善恶冲突而引发的痛苦,那么他经历的第二场漫长的灵魂冲突则是他明知故犯成为罪人后,灵魂必须经受的折磨。在完成弑君、顺利登上王座等系列行动后,麦克白意图通过犯下更多的罪行使自己"内心坚硬",从而变得铁石心肠以杜绝忏悔。但充斥内心的恶并不能将麦克白人性中固有的善取代,因此,麦克白再次面临的内心战争可以理解为是善的本性对恶的不断"谴责"②。麦克白在一次选择恶之后决定彻底奔赴罪恶,他坚信"以不义开始的事情,必须用罪恶将使它巩固"(《麦》:151)③。麦克白对恶的选择以及巩固证明人性的罪恶不存在极点,恶一旦开始就会把人不断推向恶之深渊。

克里斯认为李尔王是表现人类虚荣心的君主典型④。他人性中的恶在戏剧开场就得以呈现,他制定了亲情之爱可以换取财富与权力的规则,由此展开一场

---

① Creeth, Edmund. *Mankynde in Shakespeare*. Athens: The University of Georgia Press, 1976: 74.
② Cunningham, Dolora G. *Macbeth*: The Tragedy of the Hardened Heart. *Shakespeare Quarterly*, 1963, 14(1): 43.
③ 莎士比亚. 莎士比亚全集(六). 朱生豪,译. 南京:译林出版社,2016. 后文所用该剧本引文均出自该书,不再另注,仅随文标出剧本简称《麦》和页码。
④ Creeth, Edmund. *Mankynde in Shakespeare*. Athens: The University of Georgia Press, 1976: 113.

"测试"。李尔王高傲地说:"我要看看谁的天性之爱最值得奖赏,我就给她最大的恩惠。"(《李》:6)[1]此时,狂妄任性的李尔王既认不清楚自己是谁,也体会不到事物的本质。前两位女儿极尽奉承的回答都令他的虚荣心得到了极大的满足,他在灵魂的十字路口已经表现出跟从邪恶本性的倾向。随后当科迪利娅遵循自我理性给出并不顺他心意的回应时,李尔王的愤怒便倾泻而出。他在瞬间听从恶之本性的指引,痛斥科迪利娅,并将她驱逐出去。愤怒的情绪将李尔王头脑中的正义、判断与智慧一扫而空,导致他做出愚蠢、邪恶的行为[2]。事实上,李尔王分割国土的方式也并不符合自然法则,刚愎自用的君主根据自己骄傲的意志恣意妄为,最终给个人、家庭甚至国家都带来巨大的灾难。

莎士比亚在《哈姆莱特》中揭露了诸多现实的罪恶,他借哈姆莱特之口评价世界"只是一大堆污浊的瘴气的集合"(《哈》:317)。但实际上作为"人伦的典范",哈姆莱特虽然一方面思考着人为什么会变恶的问题,另一方面也受着自我邪恶人性的支配。有学者指出哈姆莱特对奥菲利亚毫无道理的嘲弄和羞辱正是其人性中恶的表现[3]。他向无辜的非报仇对象肆意发泄愤怒与怨恨也是其残忍心理借以表现的形式,是绝对强者对绝对弱者肆无忌惮地蹂躏[4]。剧中,哈姆莱特曾这样评价自我,"我很骄傲、使气、不安分,还有那么多的罪恶,连我的思想也容纳不下……"(《哈》:331)尽管这段话常被视作疯话,以为哈姆莱特的美好形象开脱,但其中的自我描述一定程度上也的确道出哈姆莱特本性中存在恶的事实。复仇王子在维护和实现自我所追求的伦理理想时,也确实做出了一些残酷的行动。诸如他在疯狂中错杀波洛涅斯却不以为意,内心充满报复与仇恨念头的哈姆莱特逐渐失去理性,在复仇的过程中表现出了野兽般的行为。学者坎贝尔指出,哈姆莱特沉浸于不受理性控制的激情,一味地沉浸于悲伤之中,由此导致了

---

[1] 莎士比亚. 莎士比亚全集(六). 朱生豪,译. 南京:译林出版社,2016. 后文所用该剧本引文均出自该书,不再另注,仅随文标明剧本简称《李》和页码。
[2] Campbell, Oscar James. The Salvation of Lear. *English Literary History*,1948,15(2):100.
[3] 孟宪强. 中国莎学年鉴(1994). 长春:东北师范大学出版社,1995:79.
[4] 海涅. 莎士比亚笔下的女角. 温健,译. 上海:上海译文出版社,1981:65.

世界的灾难①。无可避免的人性之恶在哈姆莱特身上全然暴露,即便他拥有着美好的德行、行正义之事,却也无法脱离陷入罪恶的处境。

哈姆莱特、麦克白、奥赛罗和李尔王共同表现了人性恶必然存在的事实,并且表明不同形式的恶支配着人的命运最终使人陷入悲剧性的处境。正如布雷德利所说:恶是莎士比亚悲剧故事的根源,尽管他曾将人物"心灵之战"的产生归因于性格,但是他也进一步确认悲剧主角性格中的缺陷就是邪恶,邪恶使主角遭受苦难并自我糟蹋。②人自由意志中的欲念使人性中的罪恶产生,这是人自身有限性的体现。在《罗密欧与朱丽叶》中,神父劳伦斯已经道明四位悲剧主角的命运:"草木和人心并没有不同,各自有善意和恶念争雄;恶的势力倘然占了上风,死便会蛀蚀进它的心中。"(《罗》:123)③事实上,在莎士比亚创作悲剧的时期,他对人本身及其处境的理解始终笼罩着巨大的乌云④。他一改前期对人的可爱之处的书写,转而在哈姆莱特等悲剧人物身上展现了一幅幅人性之恶的图景,真实地呈现了人类善恶的本来面目。尽管善恶两者等量地共存于人类的本性之中,但人会受自我自由意志中欲念的影响,顺其自然地堕入恶之中。莎士比亚借此警示,如果随心所欲地解放人性,那么人不可避免地会堕落到罪恶中,这是由人性的本质决定的。

(三)"心灵之战"与秩序

莎士比亚通过悲剧主角的"心灵之战"展现了其对人性的两方面认知:善恶共存于人性中;人在凭借自由意志进行选择时,罪恶无法避免。另外,通过细读文本不难发现,莎士比亚对于人性的理解不仅局限于对个人本身善恶的探讨,还在个人—国家—宇宙三者联系的整体视域中展开。当哈姆莱特、麦克白等人因"心灵之战"引发个人的本性失序时,国家及宇宙的秩序也出现了相应的混乱状

---

① Campbell, Lily B. *Shakespeare's Tragic Heroes: Slaves of Passion*. New York: Cambridge University Press, 1930:147.
② 布雷德利. 莎士比亚悲剧. 张国强,朱涌协,周祖炎,译. 上海译文出版社,1992:32.
③ 莎士比亚. 莎士比亚全集(五). 朱生豪,译. 南京:译林出版社,2016. 后文所用该剧本引文均出自该书,不再另注,仅随文标明剧本简称《罗》和页码。
④ Spencer, Theodore. *Shakespeare and the Nature of Man*. New York: The Macmillan Company, 1961:93.

况。莎士比亚在《特洛伊罗斯与克瑞西达》(Troilous and Cressida)中已借俄底修斯之口表达了他对三个领域内秩序问题的看法：诸天星辰只有恪守秩序、各安其位，才能使太阳高拱中天、彪炳寰宇；国家需要遵守秩序，才能保证尊卑等级分明，社会井然有序；个人若将秩序扼杀就会被欲望吞噬，无法明辨是非，无以安身立命；总之，如若"把纪律的琴弦拆去"，各个领域便会发出"刺耳的噪音"，陷入混乱之中。(《特》:294)[1]在文艺复兴时期，个人、国家及宇宙常被视作相互联系、彼此影响的整体，因此，无论其中哪一方出现破坏秩序法则、逾越本分的现象都会导致其余领域发生相应与相似的连锁灾祸。蒂利亚德指出，文艺复兴时期的人们认为，万事万物都被包含在"存在之链"中，并且人在其中处于特殊的位置：天使之下，野兽之上[2]。所以，人不仅拥有与天使相似的高级理性，也有着与野兽相似的低级兽性。哈姆莱特、麦克白等人因内心的善恶之战导致自身两种本性不安其位，出现混乱现象。在四部戏剧中，因个人本性的失序而引起国家、宇宙发生混乱的现象被戏剧家细致地呈现出来。

在《李尔王》中，个人与国家、宇宙秩序的联系最为直观。与莎士比亚在历史剧中反复探讨的主题（君主的心灵秩序与国家政治之间的关系）一样，李尔王作为不列颠的最高统治者，其个人本性的失序势必影响社会安定，导致国家陷入战争的动乱中。全剧展现了两种类型的战争：一类是支持李尔王的人与现行统治者之间的内战；另一类是英法之间的国家战争。[3]而两类战争发生的根本原因都可追溯至李尔王愤怒的情感。在戏剧开场，即将逊位的李尔王在盛怒中分封国土、驱逐幼女，这一"任性"的非理性行为将为之后国家战争的爆发埋下隐患。长女里甘与次女戈纳瑞因忌惮李尔王的权威，于是通过削减其扈从的方式进行夺权，以消除戒心。而因不满她们的残酷对待以及疯狂夺权的行为，肯特等人与她们形成对立之势，杀戮、背叛随之发生，致使国内政治陷入动荡中。此外，通过奥本尼在出征前所说的话可知，长女和次女掌握新权后在国内实行"苛政"，愤愤不平之声早已此起彼伏，国家已然呈现出分裂的态势。因此，可以说李尔王作为

---

[1] 莎士比亚. 莎士比亚全集(五). 朱生豪，译. 南京：译林出版社，2016. 后文所用该剧本引文均出自该书，不再另注，仅随文标明剧本简称《特》和页码。
[2] 蒂利亚德. 伊丽莎白时代的世界图景. 裴云，译. 北京：华夏出版社，2020:48.
[3] 娄林. 莎士比亚的"战争论"——以《李尔王》为例. 江汉论坛，2018(9):68.

第四章 伊丽莎白时代剧作家与中世纪道德剧

国家之首,因未能管理好本性秩序而做出错误的行动,从而直接影响了国家秩序的安定。至于法国对英国"掀动干戈"也并非出自法国"非分的野心",而是在科迪利娅领导下师出有名的拯救行动——她希望通过战争拯救在英国受苦的父亲并恢复他应有的权力,但李尔王如今的落魄处境也是由于自己先前的行为造成的。值得注意的是,由李尔王本性乱序引发的国家动乱现象也在宇宙天象中映射出来,葛罗斯特在第一幕中就已经说明。他指出最近日食月食的异象频发,"大自然被接踵而来的现象所祸害"(《李》:17),他所说的祸害大自然的现象正是指"城市发生暴动,国家发生内乱,宫廷发生叛逆"等社会秩序混乱的状况。由此可见,李尔王自我人性秩序的问题不仅关乎个人道德,还与国家社会的稳定以及宇宙自然天象存在牵一发而动全身的关联。

如果说李尔王是俄底修斯蜂房之喻中的"蜂王"[①],其能否维护好个人心灵秩序对国家而言具有举足轻重的影响,那么麦克白则是其中的"工蜂",其若因本性失序不分等级、"各自为政",势必也会破坏社会良序,造成国家动乱。剧中,麦克德夫在见到国王邓肯的尸体后,一语道破麦克白弑君行为的本质——"混乱已经完成了他的杰作"(《麦》:140),这句话可理解为麦克白因自我本性混乱而被欲望引导,做出了破坏伦理纲常的事,由此导致的后果便是大大危害了国家秩序的稳定。事实上,麦克白的弑君行动必然会使苏格兰陷入内忧外患之中。一方面,因邓肯早已将长子马尔康立为王储,尽管他在国王被谋杀后逃往英格兰,但他作为真正合法的君主必定会与新王麦克白形成对立之势。而后他在麦克德夫等人的协助下借英格兰的军队讨伐麦克白,战争在所难免,国家也因王位争夺陷入动乱。另一方面,麦克白在登上王位后为巩固王权展开疯狂的杀戮行动,如谋杀班柯父子以绝后患、肆意屠杀无辜之人、残杀麦克德夫满门,这些暴行早已引起众人的不满。更何况麦克白作为新君无治国之能,他在苏格兰推行暴政统治,导致贵族们惶恐不安,百姓苦不堪言。民众对麦克白的反感情绪已达顶峰,抗争分裂的态势一触即发。同样的,由麦克白的失序之心引发的混乱在宇宙自然领域也产生了连锁反应。在邓肯王被杀的夜晚,自然界异象频发:狂风大作,大地发热

---

① 在《特洛伊罗斯与克瑞西达》中,俄底修斯将军队比喻成蜂房,大将就像是蜂房中的蜂王,而士兵则是采蜜的工蜂,最终要把采得的粮食献给蜂王,只有遵循严格的等级秩序、履行好自我的职责才得以酿得佳蜜。

颤抖,可怕的怪鸟整夜鸣叫。第二天,时钟上已然显示白昼的时辰,但黑夜却依旧将大地笼罩。甚至麦克白本人也明确表明自己所行之事的本质是破坏国家及宇宙秩序的行为:"可是让一切秩序完全解体,让天地一起遭受灾难吧。"(《麦》:150)因此,也就不难理解为何马尔康将自己起兵讨伐麦克白的行为称为"匡正",此场战争的目的不仅是为父报仇、夺回王位,更是恢复因麦克白的失序之心而陷入混乱的国家及宇宙的秩序。

在《哈姆莱特》中,王子的"弑君"之举不像麦克白出于个人的野心和欲望,而是一场经过理性思考的正义复仇。哈姆莱特将此视作重新恢复"混乱颠倒的时代"秩序的行动。但在漫长的复仇过程中,复仇王子的理性并非总处于主导之位,悲伤和暴怒的"感觉"将其操控,导致他犯下诸多伤害自我与他人的罪行。但个体的本性之乱不仅使哈姆莱特本人陷入了痛苦的处境,更引起了国家政局动荡,甚至导致国家主权移交异国的结局。事实上,无论是克劳狄斯对王位的继承还是其婚姻都得到了丹麦群臣的允许与支持,尽管众人是处于被蒙蔽的状态下才认可新王的合法性,但克劳狄斯在掌权后的确已经建立起新的国家秩序,他甚至还阻止了一场迫在眉睫的战争的发生,维护了国家的和平与安定。而随着哈姆莱特复仇计划的推进,国内形成了两派势力——支持新王的波洛涅斯等朝臣以及与王子同一阵营的霍拉旭等人,这一对立之势为宫廷陷入动乱埋下隐患。此后,哈姆莱特在疯狂状态中错杀老臣波洛涅斯,致使雷欧提斯发生叛变,企图"弑君"并另立为王,由此使得整个国家陷入真正的混乱中。此外,哈姆莱特在经历漫长的延宕后终将复仇之剑刺向克劳狄斯时,其身边大部分人都因卷入复仇事件而丧命,厄耳锡诺城堡血染宫墙,丹麦国的王冠最终落在了挪威人的手中[1]。由此可见,哈姆莱特的复仇原是"重整乾坤"的义举,但在此过程中因其未能规范好自我本性的秩序而给国家招致了诸多灾祸。此外,国家之乱的现象也在宇宙自然中呈现,丹麦国内重大变故的征兆屡屡发生——"星辰拖着火尾,露水带血,太阳变色,支配潮汐的月亮被吞蚀得像一个没有起色的病人"(《哈》:282)。

相较于上述人物而言,因奥赛罗个人本性的混乱引发对其他领域秩序的影响并未在剧中直观呈现,但莎士比亚在剧中留下诸多线索用以引导读者将个人

---

[1] 彭磊. 莎士比亚戏剧与政治哲学. 马涛红,等译. 北京:华夏出版社,2011:220.

第四章 伊丽莎白时代剧作家与中世纪道德剧

的本性与国家、宇宙整体秩序建立联系。比如奥赛罗在处理凯西奥与蒙太诺的争端时表明此时的塞浦路斯并不安定:虽然土耳其带来的战争隐患已经消弭,但在这个新遭战乱的城市,"秩序还没有恢复,人民的心里充满了恐惧"(《奥》:443)。所以,一旦民众得知在治安守卫处发生了争吵与斗殴,就必然会"扰乱岛上的人心"。奥赛罗作为小岛的总督,对保卫城市的和平、稳定民心有着义不容辞的责任。但当疯狂的嫉妒之心占据奥赛罗的大脑并使他内心的稳定秩序被打乱时,奥赛罗无心顾及城市安定,一心只想杀死苔丝狄蒙娜,也同意伊阿古谋杀凯西奥。那么,可以想象奥赛罗的疯狂杀戮行为势必会造成比此前斗殴事件更恶劣的影响,从而引发塞浦路斯民众的巨大恐慌,影响国家秩序。另外,苔丝狄蒙娜对于奥赛罗而言,不仅是他内心秩序的象征,也是其与威尼斯的重要联结。奥赛罗在剧中多次表明,妻子如天使般维护他内心秩序的稳定,假如当他不爱苔丝狄蒙娜时,内心世界便会归于混沌。而从现实层面看,奥赛罗作为外邦人,只是威尼斯的一名"雇佣兵",与苔丝狄蒙娜的结合可以使他真正"嫁接到威尼斯共同体中"[①]。而奥赛罗因本性之乱杀害苔丝狄蒙娜,一方面证实其已彻底倾覆本性秩序;另一方面,这场具有"僭越"意义的谋杀也必定会引起威尼斯朝野的震惊与愤怒,奥赛罗也因此被撤下兵权,这也意味着威尼斯失去了最得力的维护国家安定的战士。事实上,奥赛罗在谈话中常提起天体的意象,他要求自己必须沿着恒常的轨道进行,不受欲望的影响。当他犯下杀妻恶行时,奥赛罗为自我的失序之心感到痛苦,同时也认为他的堕落行径引起了天象的异常变化:"不幸的时辰!我想现在日月应该晦暗不明,受惊的地球看见这种非常的灾变,也要吓得目瞪口呆。"(《奥》:504)至此,奥赛罗自我本性的混乱现象也在其余两个领域呈现出相应的状况。

总之,莎士比亚通过四位主人公的"心灵之战"呈现了其对人性的认知,不仅回应文艺复兴时期"人的发现"潮流,还对人性本质以及无可避免的悲剧性处境进行反映。戏剧家借此反思16世纪的"人性解放"主张,以期在人文主义危机和个人主义陷阱中找到人合理的存在方式。此外,戏剧家将个人的人性与国家、宇宙秩序相联系,强调人对自我人性的关怀不仅关乎个体,更担负着与生存的外在

[①] 彭磊.莎士比亚戏剧与政治哲学.马涛红,等译.北京:华夏出版社,2011:57.

领域牵一发而动全身的责任。莎士比亚通过主角的"心灵之战"在个体与整体两方面对人性进行观照与规范,是其实现个人、国家及宇宙三者秩序和谐的人文主义理想的有效实践。

二、莎士比亚戏剧中的"邪恶"形象

长久以来,莎士比亚笔下的恶角形象一直广受读者的喜爱与学界的关注。与前文探讨的"心灵之战"主题一样,对邪恶角色的描绘在古希腊戏剧中也处于缺席状态,正如英国学者海伦·加德纳(Helen Gardner)所言,在希腊戏剧中"只有具有罕见之美和英雄美德的人物,他们无论在何种意义上都'比我们强'……看不到不可理喻的巨大邪恶和极度的恶意"[1]。因此,莎士比亚塑造恶角的灵感并非源于古希腊戏剧,实际上,已有学者将莎氏的恶角书写溯源至古罗马戏剧家塞内加创造的邪恶人物[2];也有人指出该类形象受到同时期剧作家马洛笔下恶棍角色的影响等[3]。但值得注意的是,莎士比亚塑造的恶角身上呈现出独有的"无动机的恶"与狂欢化特性,这些显然是对本土戏剧道德剧中"邪恶"一角的继承与创造性发展。

我们可以在戏剧中直观地看到,莎士比亚沿用古老道德剧中的名字寓意法为"谣言"(Rumor)、"迟钝"(Dull)等角色命名,营造了人如其名的效果。另外,他对核心角色"邪恶"进行改造,塑造出两类极为精彩的人物:无动机的恶棍与丑角。前者有伊阿古、理查三世、艾伦、唐·约翰等恶角形象;后者则是福斯塔夫、试金石、费斯特、贡扎罗等人物。值得关注的是,这些邪恶群像共同呈现出的"无动机的恶"的特征以及狂欢化的人物美学,使得他们在莎士比亚"平衡与对比"的戏剧设置原则中呈现出了独特的戏剧效果,富有深刻的哲学意味。

---

[1] 加德纳. 宗教与文学. 沈弘,江先春,译. 成都:四川人民出版社,1989:45.
[2] Arkins, Brian. Heavy Seneca: His Influence on Shakespeare's Tragedies. *Classics Ireland*, 1995, 2: 6-10. https://doi.org/10.2307/25528274.
[3] Boyer, Clarence V. *The Villain as Hero in Elizabethan Tragedy*. London: George Routledge and Sons, 1914: 103.

第四章 伊丽莎白时代剧作家与中世纪道德剧

本部分内容试图以莎剧中"第一位大恶棍"——摩尔人艾伦[①]为例探究莎士比亚如何在文艺复兴的新语境中改造道德剧传统中的古老的邪恶角色。戏剧家不仅将"邪恶"角色的"无动机的恶"的本质特征与"黑皮肤"组合,还让恶角艾伦担当剧中最主要的"幽默家"身份,由此形成这部悲剧严肃与欢乐混合的特征。莎士比亚在善与恶、严肃与欢乐的对照框架中塑造出的邪恶的艾伦形象不仅发挥着其古老的布道说教功能,而且通过该角色呈现出现代早期的人们如何认知、构建邪恶。

(一)"美德"的对立面

我们知道,莎士比亚惯用"平衡与对比"的方式塑造戏剧人物,诸如《理查三世》中的恶魔君主葛罗斯特与基督教式君主里士满形成对照,《李尔王》中卑劣罪恶的艾德蒙与高贵善良的埃德加构成对比等。同样的,《泰特斯·安德洛尼克斯》(*Titus Andronicus*)中的艾伦与泰特斯也作为邪恶与正义的代表形成对比,构成戏剧冲突[②]。摩尔人艾伦是个不折不扣的恶棍形象,与理查三世、伊阿古等邪恶角色一样都是中世纪道德剧中的"邪恶"角色在文艺复兴时期的翻版[③]。在剧中,他无恶不作,集七宗罪中的诸多罪恶于一身。艾伦抵触宗教,藐视上帝,毫无谦卑之心,犯傲慢之罪;他与皇后塔摩拉不顾人伦苟合,是色欲的俘虏。另外,艾伦还有着强烈的报复之心,带着预谋的恶念胡乱发泄憎恨、残杀他人,这是愤怒之罪的体现[④]。也正因如此,作恶多端的艾伦遭受着剧中其他人物的厌恶与痛恨,他被泰特斯等人咒骂为"恶魔的化身""狠恶的恶虎""可恨的魔鬼""没有人心的狗";甚至先前与之沆瀣一气的狄米特律斯和契伦在得知母亲和他的奸情后

[①] 艾伦与理查三世两位恶棍形象创作时间的先后顺序在学界有所争议,笔者认同 RSC 版《莎士比亚全集》的编者乔纳森·贝特(Jonathan Bate)的观点,将艾伦视作莎士比亚笔下的第一位恶角形象。参见:贝特,拉斯马森. 莎士比亚全集(英文版). 北京:外语教学与研究出版社,2008:1618.

[②] Price, H. T. The Authorship of "Titus Andronicus". *The Journal of English and Germanic Philology*, 1943, 42(1): 70.

[③] Spivack, Bernard. *Shakespeare and Allegory of Evil*. New York: Columbia University Press, 1958: 2.

[④] 刘城. 中世纪西欧基督教文化环境中"人"的生存状态研究. 北京:北京师范大学出版社, 2012:29.

也大肆辱骂他是"丑货"和"该死的恶狗"。由此可见,剧中艾伦的形象是16—17世纪基督教文化语境中的反面人物,他是典型的罪孽深重者,无视、排斥宗教伦理,以"美德"的对立面的形象呈现。

尽管艾伦与塞内加、马洛笔下恶角形象有相似之处,因为依据学者克拉伦斯·V.波伊尔(Clarence V. Boyer)的观点来看,恶棍是"肆意并且故意违反观众或者普通读者认同的道德标准的人"①,但通过细读文本可知,艾伦身上呈现出的"无动机的恶"是"邪恶"一角的本质特征,该形象也的确可以看作"邪恶"这一道德剧的角色在文艺复兴时期继续发展的产物。"邪恶"是中世纪道德剧中极为重要的人物,其作为恶的代表与善形成对照,用以呈现人类心灵冲突的问题。在《坚韧的堡垒》中,以七宗罪中的各类罪命名的邪恶角色为艾伦的形象提供了先例。他们践行诸如"傲慢""贪婪"等名字赋予的罪恶属性,与七美德组成的善阵营相互对立,并利用诡计引诱主角"人类"堕落至罪恶的处境。莎士比亚无须将"邪恶"这一名称照搬照抄进自己的戏剧作品中,艾伦对泰特斯等人的构陷,正是道德剧中邪恶角色实施残忍的阴谋的表现②。而作为剧中主要的阴谋家与诡计策划者,艾伦为塔摩拉等人献计陷害泰特斯众人,究其行恶的缘由,野心与复仇的动机都不足以解释他在计谋得逞后感到"浑身通泰"的病态快感,以及他在临死之际还对所做恶事不尽已愿的抱憾之心③。事实上,艾伦在剧中的存在就像"邪恶"一样代表着与"美德"相对的恶的力量,本身便代表着巨大的恶意,他的罪恶行为与泰特斯等人代表的善形成对照,由此呈现了莎士比亚对人性善恶本质的认知。

此外,莎士比亚塑造的艾伦形象较之该剧的原型故事——《泰特斯·安德罗尼克斯悲剧史》(*The Tragical History of Titus Andronicus*)有大幅改动。莎氏呈现的恶棍是"所有基督教美德的对立面"④,是中世纪道德剧中邪恶角色在

---

① Boyer, Clarence V. *The Villain as Hero in Elizabethan Tragedy*. London: George Routledge and Sons, 1914:8.
② 格林布拉特. 俗世威尔——莎士比亚新传. 辜正坤,邵雪萍,刘昊,译. 北京:北京大学出版社,2007:10.
③ 赫勒. 脱节的时代——作为历史哲人的莎士比亚. 吴亚蓉,译. 北京:华夏出版社,2020:216.
④ Bullough, Geoffrey (ed.). *Narrative and Dramatic Source of Shakespeare* (Volume Ⅵ). London: Routledge and Kegan Paul, 1966:21.

16世纪舞台上的再现。学者杰弗里·布洛(Geoffrey Bullough)指出,艾伦在来源故事中只是一个附庸于王后的无名摩尔人,而莎士比亚不仅赋予他独立的名字,还将其塑造成全剧邪恶阵营的主导者[1]。在戏剧中,他与塔摩拉之间的私情描写被削弱,而其如何步步展开残忍阴谋的情节有所增加并且被细致呈现[2]。更重要的是,在原型故事中,无名氏是受到塔摩拉的"怂恿"后才开始设计阴谋的,可以说为情人复仇是他行恶的主要目的。但艾伦在莎剧中一出场就显示出极大的野心与恶意,他明确宣称作恶是自我主观的意愿,复仇只是他犯罪缘由的冰山一角。正如艾伦本人在初次登场时所说,他并不是"伺候"塔摩拉,而是和这位女王调情,使她成为自己爱情的俘虏。艾伦还渴望制造痛苦与引起国家政治的混乱:"她将要迷惑罗马的萨特尼纳斯,害得他国破身亡。"(《泰》:22)[3]艾伦是个"根本恶之人",奉行邪恶的准则,明知故犯地作恶,从不自我忏悔也不求宽恕,绝对地自我封闭[4]。不信神明、抵制宗教的艾伦依据自己的邪恶意志行动,与泰特斯等人代表的善之秩序形成对照,他代表着巨大的恶意,在莎士比亚的舞台上扮演着传统道德剧中的邪恶角色。

(二)严肃的消解

莎士比亚不仅在善与恶的对照中展现了艾伦这一邪恶角色的"无动机的恶"的根本特征,还在其严肃与欢乐混合的编剧原则中表现了传统邪恶角色身上的幽默与滑稽的喜剧性特征。剧中的艾伦一面设计着害人性命的阴谋,一面又以轻松的语言、行为缓解全剧的严肃气氛。正如20世纪莎学专家哈罗德·布鲁姆(Harold Bloom)所言,艾伦是一个极为精彩滑稽的角色[5]。

---

[1] Bullough, Geoffrey (ed.). *Narrative and Dramatic Source of Shakespeare (Volume Ⅵ)*. London: Routledge and Kegan Paul, 1966: 20.
[2] 李伟昉.《泰特斯·安德罗尼克斯》:素材来源与推陈出新. 郑州大学学报(哲学社会科学版),2021(3):97.
[3] 莎士比亚. 莎士比亚全集(五). 朱生豪,译. 南京:译林出版社,2016. 后文所用该剧本引文均出自该书,不再另注,仅随文标明剧本简称《泰》和页码。
[4] 赫勒. 脱节的时代——作为历史哲人的莎士比亚. 吴亚蓉,译. 北京:华夏出版社,2020:216.
[5] Bloom, Harold. *Shakespeare: The Invention of the Human*. New York: Penguin Putnam, 1998: 79.

作为剧中最主要的幽默家和阴谋家，罪孽深重和狂欢化的特征在他身上同时呈现。艾伦常用恶作剧的方式捉弄和谋害他人，正如他设计的第一场阴谋，即怂恿、引导塔摩拉的儿子在森林中对拉维妮娅实施强暴，在艾伦看来，计划这场惨无人道的犯罪就如同安排一场娱乐游戏般轻松。随后，他预谋残害巴西安纳斯，设计在树旁埋下金袋，制造有人谋财害命的假象，艾伦在此过程中自得其乐："聪明的人看见我把这许多金子埋在一株树下，自己将来永远没有享用它的机会，一定以为我是个没有头脑的傻瓜。让这样瞧不起我的人知道，这一堆金子是要铸出一个计策来的，要是这计策运用得巧妙，可以造成一件非常出色的恶事。躺着，好金子，让那得到这一笔从皇后的银箱里搬出来的布施的人不得安宁吧。"（《泰》:27）此外，艾伦欺骗泰特斯父子砍手的场面更是清楚地表明艾伦将残害他人的恶行当作一场场取乐的恶作剧，一面是泰特斯父子三人悲壮地争相献出自己的手拯救家人，另一面是艾伦冷眼旁观、幸灾乐祸，为自己"绝佳的阴谋"暗喜甚至"觉得浑身通泰"。艾伦以闹剧般的方式设计了包含强暴、截肢、谋杀等惨无人道的阴谋，戏剧家借此凸显了恶角艾伦身上毫无人性的邪恶本质，但也让恶角在这场"残酷戏剧"中以滑稽的狂欢化方式消解了戏剧的严肃性与悲剧性，使得戏剧呈现出亦悲亦喜的美学风格。

事实上，艾伦身上呈现出的罪恶与欢乐并存的特性在道德剧"邪恶"角色的身上早有呈现。在《人类》中，"新的伪装""现在""零"以及"恶作剧"等邪恶角色担当着剧中诙谐气氛制造者的身份，他们随心所欲地策划各种诡计，只为将"人类"引诱到罪恶之中。在戏剧一开场，"恶作剧"以戏谑的方式对"慈悲"关于上帝拯救世人的布道进行嘲弄[①]，此后，"恶作剧"又以轻松、自满的语气说出他犯下的桩桩罪行："我挣脱了锁链，杀了狱卒，/在角落强暴了他的妻子，/啊，她秀美的嘴唇是如此甜蜜。/当我这样做时，我是自己的主人，/我还顺走了他们的晚餐/对我来说已经足够，为了一顿美好的盛宴。/这是一个赚钱的新招。"(Mankind：644—650)"恶作剧"此番对自我恶行自满夸耀的态度也在艾伦身上得到了再现，他用轻松和得意的口吻将对拉维妮娅截肢的暴行称为"装扮"。《人类》中，当"人类"因愧对"慈悲"而试图自杀赎罪时，邪恶角色们异常兴奋地把树装扮成绞刑

[①] 郭晓霞. 英国中世纪戏剧流变研究(5—15世纪). 北京:中国社会科学出版社，2022：213.

架,还教导"人类"如何将绳索套脖子上完成自缢。在"邪恶"们的眼中,"人类"的生死只是供他们取乐的普通事件。无独有偶,艾伦残害他人的种种恶行都是他自娱自乐的行为,他在这些残酷犯罪游戏中获得了极大的快感与满足。

学者利亚·史克瑞格(Leah Scragg)曾经指出,邪恶角色作为道德剧中"出色而巧妙"的引诱者与伪善者具备的三大基本特征:欢乐的形象,无忧无虑的阴谋家,与观众的亲密关系。[1]《人类》中邪恶角色一出场就表明了他们的目的——捉弄"人类",给他设置困难,引诱他放弃劳作,并且在欺骗"人类"的过程中,他们还邀请现场观众一同参与,形成同盟。这些邪恶的角色作为戏剧中的滑稽者和阴谋者,通过旁白和独白直接向观众表达和展示自己愚弄"人类"的狡猾手法,并且用诸多语言和舞台技巧取悦观众,从而表明自我行动的寓言起源与动机[2]。同样的,与观众建立这种独特的"亲密关系"也是艾伦最为拿手的把戏。事实上,较之泰特斯,艾伦与观众的关系更为亲近。在剧中,艾伦的独白与旁白经常出现,因此观众对他的诡计与事件的真相一清二楚,他们在台下直接目睹舞台上的无辜者被蒙骗、被谋杀的全过程。因此,在舞台上设计种种阴谋与犯下罪行的艾伦与在台下观看戏剧的观众们产生了类似"共谋"的戏剧效果。

(三)邪恶的本质与自我塑造

综观全剧,莎士比亚在艾伦这个角色的身上实践着他对古老的"邪恶"角色的复兴,无论是其借"无动机的恶"表明艾伦行恶的本质,还是让艾伦拥有阴谋家与幽默家的双重身份,从而呈现这位宗教的反叛者与处于"美德"对立面的恶角所特有的人物美学,本质上都是戏剧家借以认知与建构"邪恶"的方式。事实上,剧中恶角艾伦离经叛道的行为在现代读者的眼中可能获得赞许,认为其以一种反叛精神进行着文艺复兴时期流行的认知与探索"自我"的积极实践,布鲁姆就将艾伦称为剧中最有自我意识和自得其乐的角色[3]。正如 19 世纪的文化史家

---

[1] Scragg, Leah. Iago Vice or Devil? *Shakespeare Survey*, 1968, 21: 54.
[2] Spivack, Bernard. *Shakespeare and Allegory of Evil*. New York: Columbia University Press, 1958: 148.
[3] Bloom, Harold. *Shakespeare: The Invention of the Human*. New York: Penguin Putnam, 1998: 77.

雅各布·布克哈特(Jacob Burckhardt)在《意大利文艺复兴时期的文化》(*The Civilization of the Renaissance in Itay*)一书中为文艺复兴时期"人的发现"的潮流营造了一种全新、积极的氛围。他指出,当时的人们揭去了由宗教信仰、毫无根据的幻想和先入为主的成见织成的中世纪式的旧面纱,开始认知自我,相信自己是精神个体并由此获得巨大的精神力量。[①] 但艾伦身上呈现出的"自我"本质上是一种利己主义。与莎氏同时代的思想家培根曾在《谈利己之道》中论述:"过于自爱的人必定有害于公众,过于将自己看作行动的中心或只为一己的幸福的表现都是恶行。"[②]艾伦反对宗教秩序,将自己标榜为异类的"邪恶"实质上是"自爱"的表现,根本原因在于他不想受到基督教强调的"良心"的制约,由此纵容自己可以肆无忌惮地设计阴谋、杀人作恶。这一动机从他要求路歇斯立誓的举动中便可了然,艾伦本人十分清楚在虔诚的基督教徒心中会"有一件叫'良心'的东西",因此,只要路歇斯向他信仰的神明许下誓约,这位虔诚的信徒必定不会违约。但艾伦对虔诚信仰带来的束缚感到厌恶,于是他抵制宗教,通过反对善以摆脱宗教约束,从而达成依照自我意志过肆意妄为的作恶生活的目的。至此,艾伦并不像马洛创造的巴拉巴斯或帖木儿大帝那样,拥有以恶之名实现超越个人局限性的崇高理想,他们的恶最终可以上升到善[③],而艾伦的作恶只为一己之私,只为证明他是恶本身,因此,他只能是恶棍而无法被赋予英雄的美称[④]。艾伦从一系列的作恶行动中获得快感,为自我"邪恶"身份的"容器"倾注更多不义的内涵,全然不顾他人的性命与利益。尽管艾伦在一定程度上面对当时人们对摩尔人的种族偏见时呈现出了反抗精神,但他用邪恶定义自我,所以其对他者的反抗实际上也只是利己主义的呈现。艾伦并不够格被冠以英雄之名,只是莎士比亚塑造的以个人为中心的恶棍形象。

事实上,在文艺复兴时期人们的认知中,艾伦还是一个破坏秩序的绝对恶者。16—17世纪,人们对"自我"的理解与现代社会存在巨大差异。如学者希伯

[①] 布克哈特. 意大利文艺复兴时期的文化. 何新,译. 北京:商务印书馆,1979:7.

[②] 培根. 培根随笔集. 蒲隆,译. 上海:上海译文出版社,2012:89.

[③] 常远佳. 哪种"恶棍"式主角更具悲剧意义?——塞内加与马洛悲剧之比较. 西安外国语大学学报,2020(4):119.

[④] Boyer, Clarence V. *The Villain as Hero in Elizabethan Tragedy*. London: Georg Routledge and Sons, 1914:109.

第四章 伊丽莎白时代剧作家与中世纪道德剧

伦所说,早期现代的"自我"是指一个人在群体中的身份或者在万物秩序中的位置,因此,雅典德尔斐神庙中"认识你自己"的古老神谕在莎士比亚时代的解读是"认识自己在造物秩序中的位置"[①]。所以说,艾伦充满反叛性质的"自我"叙述在当时人们的眼中并不是正面的范例,反之,他的行为实质上是在破坏秩序,艾伦对抗宗教、社会和内心秩序的行为等同于作恶。蒂利亚德指出,在伊丽莎白时期的世界图景里,人都存在于秩序之中,在世间所有造物中拥有特定的位置——居于天使之下,野兽之上[②]。人也可以通过自由意志进行选择,可以上升如天使,也可堕落至如野兽的处境。剧中的艾伦常常自诩为"魔鬼",这一行为表明他选择了堕落至如野兽的处境,他与摩塔拉一样背叛了人应该所处的恰当位置,自甘堕落过野兽般的生活。而此番邪恶的抉择,不仅会给艾伦自我的内心带来伤害,甚至会引起罗马的混乱,带来毁灭性的灾难。艾伦在开场的自我宣告中就已明确其秩序破坏者的身份,他不仅要摒弃奴隶的等级秩序,还要破坏罗马刚安定的国家秩序。路歇斯在戏剧结尾处的一番话也证实了艾伦破坏秩序后带来的巨大社会危害:"那该死的摩尔人艾伦,必须加以严惩,我们的一切惨剧都是由他而起;以后要好好治理国家,类似的事情永不许它复发。"[③]艾伦搅乱了自然的秩序,使人不安其位;颠倒宗教的秩序,使恶主导善;将自我本性中低级的兽性凌驾于如天使般的高级本性之上。艾伦塑造的"自我"是孤立的存在,他以排斥一切社会群体和破坏既有秩序塑造"自我"的方式并不是真正实现"精神个体"的积极实践。艾伦对自我的塑造似乎表明,文艺复兴时代的人们不断强调"自我"的过程也许并不是对新主体自信的表现,而是呈现出了对立面——对人的身份危机的焦虑[④]。

总之,莎士比亚是在"平衡与对比"原则下塑造了恶角艾伦,他被定位成与善对立的邪恶力量,是对中世纪"邪恶" 角的创造性呈现,因此在他身上呈现的"自我"反映出剧作家本人对人性善恶本质的审慎认知与反思。

[①] 希伯伦. 文艺复兴时期文学的核心概念. 上海:上海外语教育出版社,2016:105.
[②] 蒂利亚德. 伊丽莎白时代的世界图景. 裴云,译. 北京:华夏出版社,2020:89-92.
[③] 此处引用的戏剧原文来自梁实秋版的译文,参见:莎士比亚. 莎士比亚全集:泰特斯·安庄尼克斯(第27册). 梁实秋,译. 北京:中国广播电视出版社,2001:193.
[④] Dollimore, Jonathan. *Radical Tragedy: Religion, Ideology, Power in the Drama of Shakespeare and His Contemporaries*. 3rd. New York: Palgrave Macmillan, 2004:175.

三、莎士比亚戏剧与道德剧的 U 形结构

我们知道,中世纪道德剧对个人的一生进行戏剧化演绎,其情节结构趋于程式化,每部剧作都以表现人类的基本困境为主要叙述框架,整体展现了人从出生到堕落再到获救的全过程,这一过程具有喜剧的性质:纯真的人类因自由意志和受欲望的引诱陷入困境之中,但神的恩典终会拯救人类,使人获得救赎和重生,整体上传达出一种基督教的乐观精神。学者罗伯特·波特在此基础上认为这样的情节发展遵循了"生—死亡—重生"的模式,即"人类"在经历肉体的死亡后,在神的拯救下获得了超自然意义上的复活,这一过程再现了冬天和春天的战斗、冬天的消亡以及春天复活的生育仪式的基本模式。因此,他将道德剧称为"原始生育仪式的基督教后裔"(the Christianized descendant of primitive fertility ritual)[①],认为这类戏剧的表演是对生命仪式的表达,呈现了生命的循环序列。达文波特则从戏剧主角自我认知的角度入手分析道德剧的情节模式,指出道德剧情节的发展也呈现了"人类"经历"无知(ignorance)—经验(experience)—领悟(realization)"的过程[②]。总而言之,无论是从宗教仪式抑或是个人认知角度对道德剧的情节发展轨迹进行解读,都可看出该类戏剧的情节结构在整体上呈现出《圣经》的 U 形结构,呼应《圣经》三段式的人类历史景观,既呈现了"神与人之间的关系:人神合—人神分—人神再合,也象征性地表述了人从天真失落到苦难流离再到悔改皈依的普遍命运"[③]。道德剧对 U 形结构这一《圣经》原型"传统代码"的生动演绎启发并影响了莎士比亚。

(一)喜剧与 U 形结构

莎士比亚创作的 13 部喜剧大多遵循着程式化的情节模式:误会—陷入冲突—解除误会—大团圆。我们以《无事生非》(Much Ado About Nothing)为例,

---

[①] Potter, Robert. *The English Morality Play: Origins, History and Influence of a Dramatic Tradition.* London: Routledge & Kegan Paul, 1975:15.

[②] 此处的经验通常是负面的经验或是恶的经历,诸如宗教语境中的堕落。详见:Davenport, W. A. *Fifteenth-Century English Drama: The Early Moral Plays and Their Literary Relations.* Cambridge: D. S. Brewer, 1982:5.

[③] 金丽. 圣经与西方文学. 北京:民族出版社,2007:239.

可以一窥莎氏喜剧情节发展的基本模式。该剧五幕戏的内容遵循着上述程式化的情节模式展开：第一幕是故事开端的展示阶段——克劳狄奥钟情于希罗，他请求彼德罗在之后的舞会上帮忙示爱；第二、三、四幕主要讲述反面角色唐·约翰如何在克劳狄奥求爱的过程中使用诡计，使其与希罗间产生误会，导致婚礼泡汤，希罗受辱，最终不得已假死；最后一幕是恶人的仆人供出真相，误会解除，希罗"复活"，始作俑者受到惩罚，情人缔结婚姻。从该剧情节发展模式来看，从一开始产生误会、陷入冲突直到最后误会解除，冲突平息，和谐局面恢复，戏剧情节的深层本质正是依照 U 形结构的模式不断推进、发展。同样的，在莎士比亚其余的喜剧中，虽然讲述的故事、涉及的人物各不相同，但剧情的主要情节也都依据着 U 形轨迹发展。

莎士比亚在最后一个十年阶段创作的四部传奇剧的情节发展轨迹与道德剧 U 形发展模式同样存在许多相似之处。当代学者贝文顿指出，世俗浪漫剧的典型模式，即离别、流浪和最终的团圆，恰好与道德剧中的"失宠、邪恶的短暂发迹和最终神圣的和谐"这一公式相对应[①]。从具体的文本来看，《泰尔亲王配瑞克里斯》(Pericles, Prince of Tyre)的主角配瑞克里斯因避难在异乡安顿、娶妻生子—回乡路上遭意外、与妻女分离四十余载—最终与女儿偶遇、寻得妻子重新团聚；《辛白林》(Cymbeline)中伊摩琴的爱情遭父亲反对、被迫与情人分离—被爱人误解、女扮男装流浪、假死以及参军—误会解开，家人重逢大团圆；《冬天的故事》(The Winter's Tale)中列昂特斯疑心妻子不忠、与好友决裂、囚禁皇后、抛弃女儿—得知真相、忏悔十六余年—与女儿重逢、王后死而复生、全家团聚；《暴风雨》(The Tempest)中普洛斯帕罗被其弟篡位陷害、与女儿流亡荒岛十二余年—在荒岛上使用魔法作弄、惩罚仇家—仇恨化解、有情人终成眷属，众人离开荒岛。从上述戏剧情节概述可知，四部传奇剧主角因个人或外界的恶陷入悲惨处境，在经过一段时间后破镜重圆，走向最终和谐的结局。尽管也有学者将这样的情节走向归纳成一个倒放的"V"字[②]以及"合—分—合"的封闭式结构[③]，但

[①] 转引自：特拉斯勒. 剑桥插图英国戏剧史. 刘振前，李毅，译. 济南：山东画报出版社，2006：43.
[②] 成立. 莎士比亚传奇剧情节结构探析. 西华师范大学学报（哲学社会科学版），2009(5)：24.
[③] 张泗洋，徐斌，张晓阳. 莎士比亚引论（下）. 北京：中国戏剧出版社，1989：15.

这两类描述都存在一定的缺陷,前者的倒"V"字并未呈现出传奇剧前半段悲剧性的向下走向,以及后半段由分裂走向和谐的喜剧性质,而后者"合—分—合"的封闭式结构也未能准确体现莎士比亚通过和谐结局将人"引导至比现实更合情合理的世界"的创作目的①,因为传奇剧中的 U 形结构准确地表明了主角在经历一系列悲剧性事件后并不是回归原点,形成封闭的循环,而是在大和解的结局中不断上升,直至另一个开放性的新世界。

另外,值得关注的是,四部传奇剧在呈现 U 形结构模式的过程中都强调了"时间"这一关键概念,时间是将悲剧性的过去变成喜剧性未来的重要转折点。这一点与道德剧契合。道德剧呈现了一个人的生命发展史,悲、喜剧性质的命运处境对于个人来说并非在短时间内交替发生,而是散布在人类漫长的生命史中并且逐渐发展变化。在道德剧《坚韧的堡垒》中,U 形的情节发展模式也在"时间"的背景中展开。主角"人类"在出场时是刚刚降生的婴儿形象,处于茫然无措的无辜状态,随后在年轻时反复受到诱惑、堕落,与恶的阵营为伍,等"人类"再次回到舞台时已是老年,而后"死亡"来临,"人类"开始忏悔,最后灵魂被拯救。莎剧在强调时间的同时,又对其进行了加速处理,诸如《冬天的故事》中"十六个春秋早已默无声息地过渡"的表述。

我们知道,道德剧的 U 形结构模式是戏剧创作者用来对观众进行伦理指导的重要载体,其本身有着深刻的教诲功能。其中,在经历 U 形结构的前半段(下降阶段)时,将人引诱至堕落处境的通常是七宗罪或者魔鬼,而后"人类"的命运开始进入向上的回升阶段,在上帝或者是圣母玛利亚的恩典下得到救赎。而综观莎士比亚的喜剧与传奇剧,虽然惩恶扬善依旧是戏剧的核心内容之一,但莎士比亚将 U 形结构置于世俗的情境中。诸如造成主角"堕落"从而导致其到达自我命运最低处的力量由罪恶变成了不公正的法律、自我不可控的激情或是一位暴君式父亲的意志,而之后引导主角走向圆满结局的也不再是神的救赎,而是一些恰到好处的喜剧发现,例如某个角色社会身份的发现。总之,莎士比亚在文艺复兴的新语境中继续沿用 U 形结构,但其目的不是宗教教诲,而是借此结构框架表达他对人性真善美的美好期望以及宽恕和解的人文主义思想。

---

① 弗莱. 伟大的代码:圣经与文学. 郝振益,等译. 北京:北京大学出版社,1997:222.

(二)悲剧与 U 形结构

道德剧是莎士比亚悲剧的叙事原型之一,U 形结构的情节发展模式以及其中蕴含着的诱惑与自我认识这两个基本观念几乎在每一位悲剧的主角身上都有所呈现。但与道德剧不同的是,《麦克白》《裘力斯·凯撒》(*Julius Caesar*)等悲剧中无辜之人在堕落至命运的最低处后便无法回头[1]。诺思洛普·弗莱(Northrop Frye)将这样的情节走向称为倒置的 U 形结构,他提出 U 形是喜剧的典型形态,与其相反的倒置的 U 形才是悲剧遵循的叙事结构——它向上达到命运或环境的"突变"或者是行动的颠倒,然后向下直落堕入"结局"[2]。实际上,布雷德利在分析莎士比亚悲剧情节的发展轨迹时,也与弗莱的观点不谋而合。他提出麦克白不顾自我内心的抵抗,杀害邓肯、篡夺王位的过程是其自我命运的上升阶段,但在一切都顺利达到目的后,麦克白迎来了命运转折点,其事业逐渐走向下坡路,最终毁灭。[3] 但是,弗莱在以 U 形结构阐释喜剧时又提出了另一个重要的观点:"基督教认为悲剧是神的喜剧这一赎罪和复活的大结构中的插曲。"[4]换句话说,悲剧可以被看作不完整的喜剧形态,悲剧的情节结构只发展到了喜剧 U 形结构的前半部分,只展现了"无罪—受引诱—堕落"的内容,不具备后半段的忏悔以及神的救赎,也没有喜剧性发现与大团圆的结局。

就李尔王、科迪利娅等角色都在舞台上走向死亡结局而言,《李尔王》是一部毋庸置疑的悲剧。但从李尔王的个人生命史来看,他的命运轨迹走完了 U 形结构的全过程:李尔王先是因自我骄傲陷入罪恶的处境,到达命运的最低点,长久处于该状态之后,他在戏剧的结尾走向自我命运的回升,获得了精神上的复活。在剧中,李尔王向下沉沦的过程发展得很快,于第一幕第一场就已完成。戏剧家通过一场"爱的测试"暴露出李尔王自身的罪恶。此后,无论是他与两个女儿的争辩、与弄人等角色的对话还是经受暴风雨的侵袭都是他处于命运最低点的种种经历。而在戏剧第四幕的结尾,他与科迪利娅重逢以及两人的相继死亡则可

---

[1] Mangan, Michael. 莎士比亚悲剧导读. 北京:北京大学出版社,2005:73-74.
[2] 弗莱. 伟大的代码:圣经与文学. 郝振益,等译. 北京:北京大学出版社,1997:228.
[3] 布雷德利. 莎士比亚悲剧. 张国强,朱涌协,周祖炎,译. 上海:上海译文出版社,1992:45.
[4] 弗莱. 批评的剖析. 陈慧,等译. 天津:百花文艺出版社,1998:265.

以看成李尔王经历命运上升阶段的过程。

与《坚韧的堡垒》《每个人》这两部道德剧一样,《李尔王》以主角的死亡为结局,但是在肉体消亡后,他们在上帝的救赎中获得了精神上的永生。李尔王与科迪利娅在戏剧最后部分的重逢十分短暂,却成为萦绕该剧的永恒存在,死亡之苦成为不朽幸福的外在,使这部悲剧变成一定意义上的喜剧①。罗伯特·波特认为《李尔王》是"莎士比亚最伟大、最形而上学、最另类的道德剧"②,他将其称作"莎士比亚的《每个人》戏",因为李尔王与《每个人》中的主角"每个人"一样都在经历个人生命的朝圣之旅。就李尔王的戏剧行动而言,他是"每个人"的修改版。《每个人》中的"每个人"在受到"死亡"的召唤之后,渐渐脱离了他原本在尘世间最为在意的"财富""亲属""美丽"等朋友,同样的,李尔王在种种经历后也逐渐明白君主的权威以及以此换来的爱正是他需要"褪去"的东西。戏剧结尾,善的力量得到了复活,希望取代绝望,李尔王与"每个人"一样在"自我清算"的过程中追求到了真正和永恒的精神价值③。但值得关注的是,莎士比亚沿用道德剧的 U形叙事结构并不是将这部悲剧简化成一部道德教化剧,而是在其中增加了复杂的政治情节,李尔王的悲剧性个人经历以逐渐丧失最初的显赫以及统治能力为代价,却在最终收获了智慧④。

与 U 形结构模式在喜剧与传奇剧中的运用一样,莎士比亚在悲剧中重复道德剧的 U 形结构时,也赋予该模式更多现实的意义。在莎士比亚笔下,悲剧主人公的救赎已摆脱神学意义上的拯救,而呈现了个体在世俗意义上自我对灵魂的关注以及规范。此外,如何拯救自我已不再是戏剧家或是观众们关注的重点,人们在犯下罪行之后的痛苦处境以及在通往幸福的过程中会犯的错误在戏剧中被更细致地呈现出来。

---

① Milward, Peter. *The Mediaeval Dimension in Shakespeare's Plays*. New York: The Edwin Mellen Press, 1990: 136.
② Potter, Robert. *The English Morality Play: Origins, History and Influence of a Dramatic Tradition*. London: Routledge & Kegan Paul, 1975: 152.
③ Campbell, Oscar James. The Salvation of Lear. *English Literary History*, 1948, 15(2): 94.
④ 坎托. 李尔王:智慧与权力的悲剧性分裂. 黄兰花,译. 跨文化研究,2019(1):62.

第四章　伊丽莎白时代剧作家与中世纪道德剧

(三)历史剧与 U 形结构

长久以来,已有多位学者提出莎士比亚历史剧的源头来自中世纪晚期的道德剧[1]。也有学者认为莎士比亚所有的历史剧在整体上都在论述一个"罪与罚"的故事,描绘了"罪行—惩罚—赎罪"的过程,从理查二世被篡位的罪过开始,直到最后理查三世的败落都在讲述着惩罚和赎罪的故事[2]。而事实上,无论是剧中具有寓言功能的角色还是情节的结构模式都有着深刻的道德剧痕迹[3]。就情节结构而言,道德剧与莎士比亚历史剧之间的相似性具体呈现在两个方面:一是戏剧主角在两种对立力量之间的抉择;二是主角人物的命运遵循 U 形轨迹发展。前一种借鉴模式在各部历史剧中的呈现状况大同小异,常常是主人公——君主——在持有两种主张或代表两股势力的党派间进行选择;后一种 U 形结构则是莎氏历史剧谋篇布局的基本模式,借此呈现了英格兰多位君主迥然相异的政治生涯与个人沉浮。其中,尤其值得关注的是,莎士比亚不仅利用 U 形结构展现君主的个人德行与王权间的关系,也展示逊位君主的个人命运,从而表达其对君主本质的思考。

蒂利亚德在其专著《莎士比亚的历史剧》(*Shakespeare's History plays*)中分析了道德剧的结构在《亨利四世》(*Henry IV*)中如何被莎士比亚创造性地应用[4]。他指出在上篇戏剧故事中莎氏描述了哈尔王子在军事或骑士精神方面的美德经受考验的过程,"像道德剧那样,他必须在懒惰或虚荣与骑士精神之间作出选择,坏同伴将他引向前者,父亲和兄弟则把他导向后者"[5]。其中,戏剧家在哈尔王子选择行动的全程中精彩地化用了 U 形结构模式,以其"从放纵胡闹到

---

[1] 持该观点的学者如蒂利亚德、欧文·里布纳(Irving Ribner)、多弗·威尔逊(Dover Wilson)等,参见:蒂利亚德. 莎士比亚的历史剧. 牟芳芳,译. 北京:华夏出版社,2016:102; Ribner, Irving. *The English History Play in the Age of Shakespeare*. London: Methuen & Co., 1965:123; Wilson, John D. *The Fortunes of Falstaff*. Cambridge: Cambridge University Press, 1961:60.
[2] 刘小枫,陈少明. 莎士比亚笔下的王者. 北京:华夏出版社,2007:5.
[3] Milward, Peter. *The Mediaeval Dimension in Shakespeare's Plays*. New York: The Edwin Mellen Press, 1990:4.
[4] 蒂利亚德. 莎士比亚的历史剧. 牟芳芳,译. 北京:华夏出版社,2016:294.
[5] 蒂利亚德. 莎士比亚的历史剧. 牟芳芳,译. 北京:华夏出版社,2016:295.

痛改前非的转变为中心"展开人生轨迹,最终哈尔王子选择了骑士精神。U 形结构在该剧中的运用为读者呈现了一个"浪子回头"式的君主形象。从具体的文本来看,哈尔王子一开始与福斯塔夫等人为伍,过着"懒惰而虚荣"的生活。他明白福斯塔夫是作恶之徒,甚至将他叫作"邪恶先生,孽障老头,恶棍爸爸,虚荣的爷爷"(《亨》:50)①。但哈尔王子依旧选择以游戏人生的方式与福斯塔夫等人混迹于野猪头酒馆,参与打劫行动。国王亨利四世对哈尔王子大失所望,认为他已被"放荡和荒唐污染"。随后,莎士比亚又通过两个场景的对比呈现出哈尔王子"不务正业"的堕落生活,一面是宫廷内国王正与烈火骑士发生争执,叛乱迫在眉睫,随后场景一转,哈尔王子正饶有兴趣地参与一场胡闹般的抢劫。另外,当王子听闻国王派遣大臣来谈话时,他直接回应,"补他个差价,让他从'贵族'变成'至尊',然后打发他去见我死去的妈"(《亨》:45),并且同意福斯塔夫将使臣打发走。从上述内容可见,尽管哈尔王子曾解释称自己将自我放浪形骸的行径当作一种手段,要人们对他的改恶从善感到震惊,从而使众人对其刮目相看;但从他实际的所作所为来看,王子的自证之言更像是一个年轻人的"美好幻想"以及为自我开脱的一番说辞。至第三幕开场,通过哈尔王子与亨利四世的对话可以发现,王子的命运轨迹已经开始遵循 U 形结构模式,从最底端呈现向上发展(恢复其王室子孙的伟大)的趋势。面对亨利四世的苦口婆心,哈尔王子真诚悔过:"我也希望真心承认一些由于自己年事尚轻、误入歧途而犯下的错误,并获得宽恕。"(《亨》:62)他向国王承诺不会重蹈理查二世的覆辙,为往事忏悔,决心重新恢复自我的荣誉与荣光。而后,哈尔王子奔赴战场为自己的荣耀而战,为自己"骑士的价值"正名。这样的情节发展模式在下篇中再次被戏剧家应用。事实上,莎士比亚在亨利五世的身上进行了界定一个完美君主的诸多尝试,亨利五世一定程度上体现出莎士比亚对最理想的国王类型的深思②。可以说,莎氏在塑造亨利五世形象时之所以采用 U 形的情节发展模式,一方面是其对哈尔王子知错能改、逐渐明辨是非的良好品质的彰显,另一方面是对君主成长的关注:明君并非天生的,而是可以通过自我规范与约束逐渐形成的。

---

① 莎士比亚. 莎士比亚全集(四). 朱生豪,译. 南京:译林出版社,2016. 后文所用该剧本引文均出自该书,不再另注,仅随文标明剧本简称《亨》和页码。
② 蒂利亚德. 莎士比亚的历史剧. 牟芳芳,译. 北京:华夏出版社,2016:300.

第四章 伊丽莎白时代剧作家与中世纪道德剧

理查二世的人生轨迹也被戏剧家以 U 形情节模式加以呈现,表达了戏剧家对国王本质的另一番思考。理查二世是莎士比亚笔下失德君主的代表形象之一,他与波令勃洛克(即后来的亨利四世)在剧中形成对照,呈现出两类君主形象以及两种国王的生成方式。在剧中,莎士比亚以 U 形结构模式将理查二世乱政、退位以及死亡的人生轨迹完整呈现。理查二世代表的是传统继承制君主的形象,他是黑王子爱德华的儿子,是君主之位的正统继承者。戏剧第一幕,他在群臣的拥护下,理所当然地将自己视作"上帝在人间的代理人",并且理查二世始终奉行着君权神授的观念,把自己的君主权力看作绝对的权威。于是他先是运用君主至高无上的权力中断毛勃雷和波令勃洛克之间的决斗,任意地给予二者轻重不同的处罚,这是他随心所欲行使君主权力的表现之一。事实上,这位少年君主与老年的李尔王一样,都是刚愎自用的昏君形象。在国家政务方面,理查二世主张苛捐杂税,他穷奢极欲,搜刮天下财产为己所用,甚至在听闻刚特即将老死的消息后就企图侵占他的财产。通过毛勃雷和波令勃洛克在放逐之前的话可以知道,理查二世命运向下堕落的迹象已然开始显现。

戏剧第二幕由旁人对理查二世失德的评论展开,从刚特与约克的对话中可知国王是一个年轻气盛,亲小人远贤臣,"轻狂、乖戾、鲁莽、轻佻"的暴君形象。此时,国家处于暴乱一触即发的状况之中,理查二世早已民心尽失。"普通百姓遭他横征暴敛,早已心怀不满;贵族们也因为旧仇宿怨受到罚款处分,跟他离心离德。"(《理》:518)[①]等到波令勃洛克班师回朝时,原先簇拥在理查二世身旁的宠臣们纷纷卖主自保,军队的士兵也都因听到国王已死的谣言作鸟兽散。此时理查二世拥有的"来自上帝赋予的绝对权威"在现实世界中已经瓦解,如同"被逐出伊甸园而失去神佑的老亚当一样,开始滑向其悲剧命运"[②]。正如索尔兹伯里伯爵的悲号:"啊,理查!我眼看您的荣耀有如流星掠过苍穹,落到卑下的地面,心情好不沉重。"(《理》:529)此时,理查已经历 U 形结构的前半段,到达了自我命运的最低处。

但伴随着波令勃洛克轰轰烈烈地带来新世界的同时,莎士比亚让大势已去

[①] 莎士比亚. 莎士比亚全集(三). 朱生豪,译. 南京:译林出版社,2016. 后文所用该剧本引文均出自该书,不再另注,仅随文标明剧本简称《理》和页码。
[②] 秦露.《理查二世》:新亚当与第二乐园的重建. 国外文学,2007(1):81.

的理查也迎来自我命运的回升。当然,此处命运重新向上发展并不是指理查二世在夺权过程中保住了君主之位,或者在世俗意义上恢复了国王的身份,而是他开始逐渐脱离国王的身体回归到"可朽的凡人的身体",逐渐明白自我存在的意义。进入此阶段的理查正如学者阿格尼斯·赫勒(Agnes Heller)所说的,"它也标志着作为人的理查的新生,他成了忧患之子……另一个伟大的理查出现在我们面前"[1]。事实上,现实世界中处于遭人背叛、民心尽失处境中的理查必定败落,但理查二世已无意于上帝赋予的国王身份,正如他重新上台后对依旧捍卫自己的臣子发表的系列言论所言:"你们都戴上帽子吧!不要用庄严的仪式来嘲弄我这血肉之躯……我和你们一样靠面包生活,一样有欲望,有悲伤,需要朋友:既然如此,你们怎么能对我说我是国王?"(《理》:537)理查二世像道德剧中的人类角色一样,在到达自我命运最低处后也开始走向自我的革新之旅,像道德剧中的主角一样开始进行严肃的死亡之思,从而追寻灵魂永恒的祝福。另外,理查二世起初也与李尔王一样傲慢、骄纵,但现在他也与心甘情愿受暴风雨侵袭的李尔王一样"脱去了灵魂和思想中君王的华服"[2],变成了一个"小型的基督"[3],只为实现自我精神上的复活。之后,理查自知无法避免被谋杀的结局,但他已然获得平静,在逐渐认知自我的过程中获得另一意义上的永恒存在。此时的理查就像他和胜利者波令勃洛克一同骑马游街时呈现出来的样子:"他又带着淡淡的哀伤把泥土晃掉,眼泪和微笑在他的脸上交战,标志出他的忍耐与哀伤。"(《理》:564)

总而言之,U形结构在莎士比亚各种类型的戏剧中被精彩再现。但正如所有古老思想在新时代语境中都会被破坏与适应一样,尽管在某些剧作中,经过莎士比亚改造的U形结构模式一定程度上或许依旧保留着道德剧强调的神学意味,但总体上已经进入了世俗的语境,传递出戏剧家对人性、国家政治的诸多思考。

---

[1] 赫勒. 脱节的时代——作为历史哲人的莎士比亚. 吴亚蓉,译. 北京:华夏出版社,2020:242-243.

[2] 赫勒. 脱节的时代——作为历史哲人的莎士比亚. 吴亚蓉,译. 北京:华夏出版社,2020:248.

[3] 杨周翰. 莎士比亚评论汇编(下). 北京:中国社会科学出版社,1981:56.

第五章　20世纪现代剧作家与中世纪道德剧

进入20世纪以后,中世纪宗教剧开始在西方国家重新演出,其中道德剧《每个人》是首先进行复演的戏剧。1902年年初,《每个人》在伦敦的圣乔治大厅上演,同年6月,随着爱德华七世国王加冕典礼的庆祝活动开始,剧组应大批无法入场的公众的要求,搬到了位于威斯敏斯特的帝国剧院进行了几个下午的演出。1902年7月7日,《每个人》在帝国剧院完成了为期四周的精彩演出[1]。这部戏剧的成功复演在西方现代艺术界和文化界掀起了巨大波澜。受其影响,萧伯纳(Bernard Shaw)创作了哲理喜剧《人与超人》(*Man and Superman*, 1903),并依照《每个人》中的"每个人"一角,塑造出一个具有普遍和隐喻意义的"每个女人"(Everywoman),即女主人公安(Ann)的形象。爱尔兰剧作家叶芝于1902年观看了威廉·普尔(William Poel)导演的《每个人》后创作了著名的象征主义戏剧《沙漏》,该剧在人物设置和剧情安排上都与《每个人》极其相似。此后,随着《坚韧的堡垒》《人类》等其他中世纪道德剧的先后复演,约翰·高尔斯华绥(John Galsworthy)创作了戏剧《小伙子》(*Little Man*, 1915)、T. S. 艾略特创作了《大教堂凶杀案》等,由此掀起了一股"现代道德剧"的创作热潮。本章重点探讨英国中世纪道德剧对爱尔兰剧作家叶芝和英国作家T. S. 艾略特文学思想和艺术创作的影响。

---

[1] Potter, Robert. *The English Morality Play: Origins, History and Influence of a Dramatic Tradition*. London and Boston: Routledge & Kegan Paul, 1975: 222.

第一节　叶芝与道德剧

一提到叶芝,最广为人知的就是他的象征主义诗歌,但鲜少有人关注到这位著名的爱尔兰文艺复兴运动领袖在戏剧创作方面的成就。他的戏剧理论作为象征主义理论不可或缺的一部分,与其诗论一起开创了现代主义思潮的先河。在现代文学浪潮的影响下,叶芝不仅热衷于浪漫主义与象征主义,更将一生都投入神秘主义研究中。叶芝的诗歌与戏剧中蕴含了大量神秘主义色彩,通过对超自然世界的呈现批判了物质世界的庸俗,指引人们探寻精神世界的天堂。

爱尔兰文艺复兴运动一直受到欧洲现代主义的影响,尤其是象征主义美学。众所周知,叶芝创造的象征主义戏剧具有大量的现代化元素,但很少有人关注到戏剧中现代化元素的源头。中世纪宗教剧(尤其是道德剧)对叶芝的创作观念产生了不可小觑的影响,同时促成了叶芝前后期创作思想的变化。20世纪初,道德剧《每个人》的复演对叶芝触动极大,在该剧复演的第二年,叶芝就创作出了著名的《沙漏》一剧。该剧在形式、结构、寓意和人物等方面深受道德剧影响,同时在新的时代语境下,传达了新的道德观念,被认为是新时代的道德剧。

一、叶芝象征主义文学主张与道德剧

1899年,叶芝的朋友阿瑟·西蒙斯(Arthur Symons)在《文学中的象征主义运动》("The Symbolist Movement in Literature")一文中把叶芝称为法国象征主义的主要继承人,叶芝也在后世被公认为象征主义大师。西蒙斯和叶芝二人曾一同拜访法国象征主义诗人斯特凡纳·马拉美(Stéphane Mallarmé)和保罗·魏尔伦(Paul Verlaine),因此,许多学者认为叶芝的象征主义主张很大程度上受到了法国象征主义的影响,其实不然。叶芝本人并不承认自己受到了法国象征主义的诸多影响,他在晚年致一位牛津学者的回信中明确提出:"我不认为我真的受到了法国象征主义的许多影响。我们的发展是不同的,但是那种发展的性质我觉得无法解释,或者甚至会招人敌视……我的象征主义来自自称为'秘术

学者'的社团里,来自我的朋友或我自己所做且经常讨论的实际灵视实验。"[1]事实上,早在叶芝接触法国象征主义之前就已经有了成功的象征主义作品。因此,"叶芝的象征主义体系拥有着自己独特的特点,主要体现为叶芝的秘宗思想和宗教意识"[2]。秉承爱尔兰民族文化的叶芝离不开宗教的召唤。叶芝曾说,"没有宗教他就无法生活"[3]。叶芝信仰的宗教是一种包含基督教在内又富含多种神秘主义思想的"新宗教",是吸取众多宗教学说而诞生出的宗教体系。"如果叶芝是在一种宗教环境中长大的,那也可能只是19世纪新教版本的基督教之一。但事实上,他从未充分理解基督教信条,以至于难以真正相信或不相信它们。他的祖先是爱尔兰国教会的成员,他的父亲虽是牧师的儿子,也是牧师的孙子,但在很小的时候就拒绝了所有传统的基督教信仰。"[4]叶芝的父亲受到达尔文、赫胥黎等人的进化论思想的影响,奉行实证主义哲学,他的思想也对叶芝的宗教观产生了极大的影响,妨碍了叶芝对基督教全身心的信任。此外,叶芝从年幼时便熟知许多鬼怪、精灵的故事,在学校结识乔治·拉塞尔(George Russell)等人,使他进一步踏入了秘术与魔法世界。"叶芝从爱尔兰神话故事和民间传说,基督教著作,东方宗教,神秘主义者的著作,秘宗协会,以及象征主义诗人那儿得到了秘宗知识,找到了自己的宗教和信仰"[5],这如同他在爱尔兰神话中找寻到异教诸神的象征体系:"其中包括凯尔特太阳神卢赫以及'妲奴部族'的护身符——鼎、石、剑、矛。这所谓凯尔特四宝构成一套四隅象征,后来又通过太洛纸牌和普通纸牌的象征体系与快乐、力量、勇气和知识这四德相联系"[6]。秘宗知识的学习使叶芝相信存在着一个超自然的神秘世界,这种神秘主义不仅给他提供了精神上的慰藉,深刻影响着他的世界观,促使他形成自己的宗教体系,也对其文学创作有着至关重要的影响。

在20世纪,戏剧发展的趋向之一就是回归宗教思维。将戏剧与宗教思维结合起来也是叶芝戏剧中常见的写作模式。叶芝认为,"除了宗教情感之外,没有

---

[1] Tuohy, Frank. *Yeats*. Dublin: Gill and Macmillan, 1976: 84.
[2] 刘立辉. 叶芝象征主义戏剧的伦理理想. 外国文学研究, 2005(2): 67.
[3] Yeats, W. B. *Autobiographies*. New York: Macmillan, 1927: 25-26.
[4] Allt, Peter. Yeats, Religion, and History. *The Sewanee Review*, 1952, 60(4): 624.
[5] 刘立辉. 叶芝象征主义戏剧的伦理理想. 外国文学研究, 2005(2): 67.
[6] 傅浩. 叶芝的象征主义. 国外文学, 1999(3): 44.

其他情感像民族情感一样对大众有着如此大的影响。今天,在爱尔兰各阶级中,民族情感比本世纪(20世纪)任何时候都更为广泛地传播着"[1]。他的诗歌和戏剧创作总是糅合着爱尔兰民间传说、神话、魔法、基督教教义、神秘主义等多种元素。"他的思想是或多或少合乎逻辑地制造出来的宗教体系的一部分;而把思想整理有序可以为他的创作提供新的框架和模式。"[2]秘密法术为他的创作提供了大量象征与隐喻,这也使他作品中的神秘主义变得难以解读。"叶芝的爱尔兰戏剧描绘了一个世界,这个世界位于爱尔兰精神领域(包括基督教和前基督教)与现实层面(包括历史和当代)的交汇之处。它们为观众和读者呈现了各种戏剧形式,其灵感来自中世纪道德剧、日本幻影能剧和20世纪问题剧等不同类型。"[3]如早期的《凯瑟琳·尼·胡里汉》(Cathleen Ni Houlihan)和中期的《沙漏》、《骸骨之梦》(The Dreaming of the Bones)等。

20世纪伊始,道德剧《每个人》在欧洲众多剧场上演,引起了西方文学艺术界众多作家和文人的关注。身为剧作家的叶芝自然对该剧也抱有巨大热情。叶芝很可能是在1902年3月或5月在帝国剧院观看了复演的《每个人》。6月13日,也就是《每个人》在帝国剧院成功上演3天后,他写信给格雷戈里夫人(Lady Gregory)[4],声称自己将要完成《愚人与智者》的初稿,也就是后来被更名为《沙漏》的剧本。道德剧的象征寓意结构与叶芝秉承的象征主义戏剧理念存在大量吻合之处,这也使叶芝不得不将兴趣和目光投向中世纪的道德剧。

叶芝的创作观也在道德剧的影响下产生变化,他提出,自己时代的戏剧"大部分将是遥远的、精神的和理想的"[5]。正如我国著名作家、翻译家茅盾先生所指出的,"在他作为剧作家的整个职业生涯中,他似乎缺乏一种表达这些信念的

---

[1] Frayne, John P. & Johnson, Colton(eds.). *Uncollected Prose by W. B. Yeats (Volume II)*. London: Macmillan, 1975: 140.
[2] 傅浩. 叶芝的神秘哲学及其对文学创作的影响. 外国文学评论, 2000(2): 19.
[3] Székely, Éva. Plays of a Spiritual Anguish: An Analysis of Three of W. B. Yeats's Most Representative Irish Plays. *Confluente: Texts and Contexts Reloaded*, 2016(1): 56.
[4] Potter, Robert. *The English Morality Play: Origins, History and Influence of a Dramatic Tradition*. London and Boston: Routledge & Kegan Paul, 1975: 229.
[5] Potter, Robert. *The English Morality Play: Origins, History and Influence of a Dramatic Tradition*. London and Boston: Routledge & Kegan Paul, 1975: 228.

形式。正是在这里,他受到了复兴的道德剧的短暂影响"①。叶芝的作品渐渐由早期的民族风格转变为对神秘思想的探寻以及对精神世界的追逐,这极可能是受道德剧的影响。叶芝期望在原始状态的宗教环境下反思英国思维方式的超前性,质疑理性与科学。他后期的作品往往不直接描绘现代社会,而是巧妙地运用符号化的神话体系和象征手法来阐释理性与信仰的主题,如通过时间的古今穿梭而具有历史纵深感的《基督重临》(The Second Coming)等。在这些宗教戏剧中,叶芝超越了狭隘的宗教范畴,认为宗教争论都是毫无意义的。也正是在引导观众回归原始宗教思维的过程中,叶芝提醒爱尔兰人找到思考宗教的新方式。

事实上,叶芝《沙漏》剧本的创作确实受到了道德剧《每个人》在20世纪复演的影响。"除了共享一个情境的前提——突然来临的死亡,《沙漏》和《每个人》在很多方面具有相似之处,如它们在时间和空间的设置上同样含糊不清,人物的塑造也以道德剧的形式呈现,根据他们与智者的关系构思全剧。就像'每个人'一样,智者定义了这部剧并体现了该剧的意义和主题。"②同时,《沙漏》还是一部新时代的"道德剧"。

二、一部"道德剧"——《沙漏》

叶芝于1902年完成了《沙漏》的手稿,该剧的副标题是"一部道德剧",次年由爱尔兰民族戏剧剧团在伦敦演出,并在十几年间被反复修订。叶芝在该剧创作之前曾写信给格雷戈里夫人说:"我有一个计划,要写一个只有一幕的小宗教剧。"③这表明叶芝有意识地将《沙漏》创作成一个宗教剧。1927年,《沙漏》首次被茅盾译为中文,刊登在《东方杂志》第17卷第6期上,后收录在《茅盾译文全集(第6卷 剧本一集)》里。茅盾在译作前简要介绍了《沙漏》这部剧作:

> 《沙漏》一篇,是表象主义的剧本,是在一九〇一年旧道德剧《每个人》

---

① 茅盾.茅盾译文全集(第6卷 剧本一集).北京:知识产权出版社,2012:133.
② Potter, Robert. *The English Morality Play: Origins, History and Influence of a Dramatic Tradition*. London and Boston: Routledge & Kegan Paul, 1975: 229.
③ Phillips, C. L. The Writing and Performance of *The Hour-Glass*. In Gould, Warwick (ed.). *Yeats Annual No. 5*. London: Palgrave Macmillan, 1987: 84.

(Every Man)复活时的产物,但有极浓的夏脱气加在里面。夏脱主义是不要那诈伪的,人造的,科学的,可得见的世界,他是主张"绝圣弃智"的(参看《近代文学的反流》);他最反对怀疑,他说怀疑是理性的知识遮蔽了直觉的知识(rational knowledge obscure intuitive knowledge)的结果。理性只求可得见的世界,那便是不真(unreal)的世界,真的是不可得见的。[1]

茅盾将《沙漏》与道德剧联系起来,表明两者存在密不可分的关系。然而,不能将《沙漏》简单理解为是旧道德剧简单复制再现的产物;它在借用旧道德剧的结构和技巧时融入了更多非理性思想等现代因素,体现了叶芝独特的神秘主义思想,展现了新旧两个时代的交流碰撞。

《沙漏》以传统道德剧为基础,蕴含了丰富的神秘主义思想,全剧充满了象征意味。戏剧情节十分简单,短小精练,主要讲述的是主人公智叟(Wise Man)在反复受挫后,从唯理性主义者转变为信仰上帝的人,他的肉体虽然死去,但灵魂得到了救赎。戏剧布景极为简单:一个大房间、一张书桌、一把椅子、一个镜架,镜架上放置一个沙漏,另外还有几条板凳。戏剧大致可以分成两个部分,第一部分主要讲述天使给智叟带来了象征生命倒计时的沙漏。智叟是一位传授科学知识的教师,眼中只有看得见的世界,从不相信上帝与天堂。愚公(Fool)与之相反,他虔诚地信仰上帝并劝诫智叟,但智叟并不相信愚公所言,因为他认为世上不可能有天使。在智叟又一次向学徒传授科学知识时,天使突然降临,带给智叟一个消息:"你将死,在这个钟头里沙漏的最后一粒沙落下后,你将死。"(《沙漏》:138)[2]智叟得知这全是自己教授他人不信上帝的缘故,在他下跪求饶之际,天使提醒他只要能在一小时之内找到一个信徒并且此后自我忏悔便可进入天堂。

第二部分是受到死亡威胁的智叟开始急忙寻找信教之人,在死前终于悔悟,避免了下地狱的惩罚。智叟分别召唤了自己的学生、妻子和孩子,试图找到一个信仰上帝的人,然而学生以为老师只是在用一种新的方式考验他们,妻子和孩子都说自己牢记智叟之前的教导,并不相信天堂与上帝。最后关头,智叟只好请求

---

[1] 茅盾. 茅盾译文全集(第6卷 剧本一集). 北京:知识产权出版社,2005:133.
[2] 茅盾. 茅盾译文全集(第6卷 剧本一集). 北京:知识产权出版社,2005:138. 本书所用《沙漏》剧本引文均出自该书,不再另注,直接在文中标明剧本名称"《沙漏》"和页码。

愚公帮忙。愚公说出了天使对自己说过的话:"愚公铁牛,不要忘却那三种火:罚的火,洗心的火和灵魂永久快乐的火!"(《沙漏》:146)此话一出,愚公便作为信教之人拯救了智叟。此时,沙粒也马上就要落完了。智叟在死前醒悟:"一个人终究归到上帝;我们不能见真理;上帝见真理即在我们。"(《沙漏》:146)。他承认了上帝的存在,并劝告愚公给其他人一个具有象征意味的记号或信物,以指引人们坚定信仰,让人们的灵魂得救。这个记号或信物就像智叟嘴里的白色蝴蝶,最后天使取走这个白色蝴蝶,从而表明智叟的灵魂得到了救赎。全剧以众人下跪结束。

从该剧与道德剧的关联来看,首先,该剧运用了道德剧的寓意结构,符合中世纪道德剧常见的人类必然要经历的"无罪—堕落—获救"过程。全剧唯一的悬念就是智叟能否找到信教之人,然后进入天堂,这体现了道德剧中个体如何得到上帝拯救这一主题。该剧的智叟不同于其他道德剧人物之处是他没有被引诱,他一出场就是一个"智者"形象,拥有理性知识的他不相信上帝与天堂。但同样的,唯理性主义的人必然在某些方面体现着无知,即在神秘主义方面是无知的。在给学生讲课的过程中,智叟声称用7种学科可以推翻别人的世界,分别是雕刻术、音乐、语法(文法)、算学、修辞学、伦理学与辩论:

> 用雕刻术,我将他们的多云天的堡垒给遮住了;用了音乐,——那是凶暴行星的女儿,头发常在火上的——和文法——那是月球的女儿,我把他们听天乐和安琪儿说话的耳朵,给闭住了;我又用算学来做作战方式,将天的军队打个大败。但是,修辞学和论理学啊,你们是从明星内发出,从可爱的星内发出,你们是我的长枪兵,是我的飞石车!呵!我的飞快的马队!呵!我的大胆的尖利的辩论!我全靠了你,才能够打倒那些愚事的军队!(《沙漏》:137)

智叟沉浸在科学实证主义的王国里,殊不知自己正慢慢接近地狱的陷阱。智叟所相信的科学并没有打败神学,随后天使马上就出现了,智叟大惊失色。在天使眼中,智叟是一个不信仰上帝神学的堕落之人,天使声称智叟一定会进入地狱,除非他能在沙漏中的沙粒流完之前找到信教之人。叶芝对智叟这样一个实证主义者进行了嘲讽。其一,愚公向智叟讨要便士,智叟的冷漠与其该有的高尚品质不符,显现出智叟虚伪的一面。其二,智叟虽名中含"智",却在愚公和天使的威胁下丑态百出,一看见真的天使出现,就在死亡的预言下改变了自己以往认定的真理,分别向学生、妻子、孩子推翻了自己一向引以为傲的知识,转而相信只有信仰上帝才能获得真理。智叟的话在一定程度上也体现了中世纪的宇宙模型[①],(如在中世纪模型中,语法对应月亮,逻辑学对应水星,修辞术对应金星,算术对应太阳,音乐对应火星[②])表现了叶芝对神智学、神秘学、唯灵论和占星术的兴趣。"愚公"与"智叟"形成鲜明的对比,愚公虽穷困潦倒,但依然可以生存。起初,他给智叟送去了劝诫,却没有得到采纳。但有意思的是,最终智叟依然要依靠愚公的信仰才得以进入天堂,这暗示了愚公才是真正的智者,智叟才是愚者。至此,属于智叟的"救赎"便得以完成。

其次,该剧也符合道德剧人物形象充满深刻寓意的特点。智叟没有自己的名字,这一人物显然是一个高度普遍化的类型,隐喻着所有拥有理性知识的人。从智叟与天使博弈的结局可以看出,叶芝讽刺了智叟这一类唯理性主义、科学实证主义、怀疑主义的人。愚公同样是一个高度普遍化的类型,隐喻着所有拥有直觉知识和非理性主义的人。学者翟月琴认为,"叶芝刻画的几位人物,颇具象征意义,饶有意味地讽刺了智者之愚,赞美了愚者之智"[③]。愚公看似穷困潦倒,实则蕴含智慧,他身上的特殊信仰能与精神世界建立联系;智叟虽懂得许多科学知识,但他没有找到精神信仰的归属,最终屈于天使的威力,承认了上帝的存在。除了主要人物的象征意味外,该剧的其他人物也分别具有象征含义。智叟的学生没有名字,统一用"青年"指称,孩子也没有名字,被称为"第一孩"和"第二孩"。智叟的学生、妻子、孩子都象征着听信他人,没有自己主见的愚昧之人。

事实上,早在戏剧开场,乞丐写在巴比伦墙上的一句话就已经暗示了理性主义与神秘主义二者的对立:"人居之邦有二,一可见,一不可见。此邦为冬则彼邦

[①] 指中世纪人将自己的神学、科学和历史整合成一个关于宇宙的复杂却又和谐的思想模型。

[②] 路易斯. 被弃的意象:中世纪与文艺复兴文学入门. 叶丽贤,译. 北京:东方出版社,2019:7—8.

[③] 翟月琴. 探寻"理想的实在":茅盾与叶芝戏剧的译介. 文化艺术研究,2019(4):40.

为夏。吾人之地,朔风起时,彼邦正乳羊放牧时也。"(《沙漏》:134)"可见"象征理性主义,"不可见"象征神秘主义,"夏"与"冬"的对比也象征了理性主义与神秘主义二者不可调和的相反立场。愚公讨要便士时讽刺智叟"学得的聪明",实则是"暗示唯理性主义使人愚笨堕落"①。愚公要便士而不要吃食,表明"理性只能解决事情表面的问题,只有直觉能产生无数可能"②。叶芝善于在戏剧中刻画符号化人物,在一定程度上是受了中世纪道德剧的影响。除了《沙漏》,在《凯瑟琳·尼·胡里汉》、《三月的满月》(*A Full Moon in March*)、《炼狱》(*Purgatory*)等戏剧作品中具有不同象征含义的符号化人物比比皆是。

除了寓意结构和寓意人物以外,《沙漏》的舞台设计也具有强烈的寓意性。首先,"沙漏"作为一个不可或缺的象征物出现在戏剧中,反映出叶芝对寓意性道具的使用。"沙漏是世俗生命之短暂的传统象征,在戏剧的语境中,它也暗示了灵魂生命与之迥异的永恒。"③当天使放置沙漏后,属于智叟的沙漏便开始了生命的流沙运动,沙子从高处流往低处,象征着智叟的地位由高向低转变。同时,沙漏高低的位置暗示着智叟的智慧之沙向愚蠢之沙流动,他的言行越来越愚蠢。起初,愚公向智叟乞讨便士,最终,智叟反过来向愚公请求救赎。在沙漏最后一粒沙落完之际,智叟的生命宣告终结,愚公的信仰拯救了智叟,使其免于死后入地狱,象征着具有信仰的灵魂是永恒的,而缺乏信仰的"智慧的"唯科学论者终究败于愚昧。叶芝用简洁清晰的沙漏符号塑造了戏剧中对立的价值观,并鲜明地表明了自己对两种价值观截然不同的态度。

智叟最后终于找到信仰上帝的愚公,但沙漏里的沙粒也快落完了,他在死前终于醒悟,并告诫愚公:"该给他们一个记号,趁活着的时候救他们的灵魂。"(《沙漏》:146)在智叟死去之后,愚公回应说:"他请求一个记号,叫你们都可以得救。"(《沙漏》:146)"记号"也是一个具有浓烈象征意味的符号,它具有"交流和预言的功能。它可以与幽灵交谈,通向神秘的未来"④,"记号"一词在叶芝文论、书信中也经常出现。智叟死后,嘴里飞出了"一件生翅的小东西……一件有亮光的小东

---

① 马慧. 叶芝戏剧文学研究. 北京:人民出版社,2017:59.
② 马慧. 叶芝戏剧文学研究. 北京:人民出版社,2017:59.
③ Yeats, W. B. *The Collected Plays of W. B. Yeats*. New York: Macmillan, 1953:211.
④ 翟月琴. 探寻"理想的实在":茅盾与叶芝戏剧的译介. 文化艺术研究,2019(4):41.

西"(《沙漏》:146),天使取走了这件东西。这件东西虽然在茅盾译本中没有明指,但在1914年叶芝修改的结尾中被明确改为"白色的蝴蝶"(white butterfly),与爱尔兰民间传说《牧师的灵魂》(The Priest's Soul)中出现的白色蝴蝶一致。白色的蝴蝶同样被赋予象征意味,寓意着能将犯错但及时醒悟的人从地狱带入天堂,使戏剧充满神秘梦幻的氛围。

1903年首次上演的《沙漏》的舞台布景与戏剧文本基本保持一致:一间敞开的大房间,房门、桌椅、镜架、沙漏等。布景静中有动,房间的布置构成静态的舞台空间,沙漏则通过沙漏的流动构成动态空间。约瑟夫·霍洛威(Joseph Holloway)描述了《沙漏》首次演出的场景:"非常简单,绿色的背景中没有其他颜色的装饰,入口也是同样的颜色;一张粗糙的桌子上放着一本厚重的书,有一个拉铃(有时被拉动也不会响),一个支撑着沙漏的小型支架,所有的道具都与背景协调——只有'天使'和'愚公'穿着有一点温暖色调的衣服。"[1]他认为这种方案在这样一部作品中"增强了效果并牢牢吸引了观众的兴趣……结果是非常令人印象深刻的!"[2]全剧只有真正信仰上帝的天使与愚公穿上了温暖色调的衣服,象征着他们是缺乏信仰之人的救赎者。只有两三种色彩的舞台设置符合叶芝的象征主义理念,《沙漏》舞台的布景很少依赖颜色,而更多依赖舞台中不同区域的光线对比变化。叶芝认为色彩的使用"要么与背景协调,要么故意与背景形成对比,使整个剧目脱离时间和地点,进入仙境的领域"[3]。舞台布景的设计刻意营造出朦胧神秘的氛围,使观众获得脱离现实世界的视觉感受。

1909年,高顿·克雷格(Gordon Craig)为《沙漏》设计布景和服装时提倡使用面具,因为面具能使演员避免使用一系列琐碎的表情变化。根据角色个性的不同,面具也被赋予不同的象征含义。克雷格在为愚公设计面具时提到应该有

---

[1] Hogan, Robert & O'Neill, Michael J (eds.). *Joseph Holloway's Abbey Theatere: A Selection from His Unpublished Jowmal* "Impressions of a Dublin Playgoer". Carbondale: South Illinois University Press, 1967: 21.

[2] Hogan, Robert & O'Neill, Michael J. (eds.). *Joseph Holloway's Abbey Theatere: A Selection from His Unpublished Jowmal* "Impressions of a Dublin Playgoer". Carbondale: South Illinois University Press, 1967: 22.

[3] Phillips, C. L. The Writing and Performance of *The Hour-Glass*. In Gould Warwick (ed.). *Yeats Annual No. 5*. London: Palgrave Macmillan, 1987: 87.

"干净的额头和清澈的眼睛"以及"宽大的但不干瘪的嘴巴"[①]，象征着愚公接受信仰从而使灵魂处于充沛的状态。克雷格还计划将天使的面具塑造成金色的面罩，象征着天使的纯洁。关于愚公的服装设计，克雷格采用"更朴素的长袍、巨大的帽子形袋子和剪刀，使得该剧在外观上远离其爱尔兰民间传说的根源，朝着更具象征意义的道德方向发展"[②]。相较于传统道德剧舞台设计明显的寓言指向而言，《沙漏》更具有20世纪特有的非现实主义风格，通过简洁的服装与面具传达象征含义，需要读者通过舞台设计延伸戏剧的想象空间。

三、20世纪新时代背景下《沙漏》的道德寓意

通过以上将《沙漏》与道德剧特征进行比较分析，我们会发现《沙漏》在寓意结构、人物塑造、舞台设计等方面确实与道德剧有类似之处，但该剧并没有一味地宣扬拯救灵魂与信仰上帝的基督教理念，而是强调让人们找到适合自己的人生信仰，宣扬反世俗与超脱的神秘主义思想，展现了不同于中世纪的新时代内容。

田汉在《爱尔兰近代剧概论》中认为，《沙漏》是"单调的物质世界与自由的心灵世界的对比"[③]，智叟象征着物质世界，愚公象征着精神世界。剧本中智叟在临终前忏悔并真正信仰了上帝，所以即便他的肉体消散，他的灵魂却化作白色的蝴蝶通往天堂。田汉认为："剧本中所表现的思想是谓仅有理智的贤人实在是痴人，而虽是何等的痴人但凡不失掉直观与信仰之力，即是真正的智者。"[④] 与传统道德剧宣扬基督教教义有所不同，叶芝更强调直观、直觉的意义以及精神信仰、灵魂的重要作用，而精神信仰并不一定特指基督教。叶芝信仰的宗教是"融合了东方秘术、炼金术、藏传佛教、基督教的神秘主义"[⑤]。他在高中毕业时就阅读过通灵学著作《佛教密宗》(*Esoteric Buddism*)，又经受莫希尼·查特基(Mohini

---

① Phillips, C. L. The Writing and Performance of *The Hour-Glass*. In Gould Warwick (ed.). *Yeats Annual No.5*. London: Palgrave Macmillan, 1987: 91.
② Phillips, C. L. The Writing and Performance of *The Hour-Glass*. In Gould Warwick (ed.). *Yeats Annual No.5*. London: Palgrave Macmillan, 1987: 92.
③ 田汉. 爱尔兰近代剧概论. 上海：东南书店，1929：17.
④ 田汉. 爱尔兰近代剧概论. 上海：东南书店，1929：18.
⑤ 马慧. 叶芝戏剧文学研究. 北京：人民出版社，2017：37.

Chatterjee)等人印度教教义的影响,"在佛教和印度教教义的影响下,叶芝认识到神秘主义哲学乃是一切真理中至为重要的,认为可以通过切身体验,寻求永恒世界的证明,与未知世界建立直接联系"[①]。神秘主义也成为叶芝一生的追寻。

罗伯特·波特在《英国道德剧:起源、历史和对戏剧传统的影响》中指出:"叶芝强调灵性,并不是在宣扬传统的基督教,而是在努力表达他自己神秘的爱尔兰灵性。"[②]《沙漏》中并没有出现真正的基督教教义,运用更多的是与天主教相关的神秘与超自然的话语。"《沙漏》中的主题倾向体现的并非表面上对天主教和上帝的忠诚和虔信,而是对理性知识的厌弃,对直觉世界的认可以及对灵魂等超自然世界的崇拜。"[③]叶芝的这一理念反映了20世纪不同于中世纪的非理性思潮,具有鲜明的时代特征。

叶芝极度重视人精神世界的建构,并坚持通过直觉的方式来理解世界的本质。此外,他坚信灵魂和灵异事件确实存在,并试图通过一些神秘仪式探访"灵界"。在《魔法》("Magic")一文中他提出三条教义:"(1)我们心灵的边界是游移不定的,众多心灵似乎能互相交流并创造或揭示出一个单一的心灵,一种单一的能量。(2)我们记忆的边界也是游移不定的,而且我们的记忆是一个大记忆——自然本身之记忆的一部分。(3)这个大记忆和大心灵可以通过象征符号被召唤出来。"[④]这类神秘主义思想也体现在他中期的戏剧作品中。《沙漏》即是一部纯粹象征性质的戏剧,表现了"理智的、唯物主义的思考与直觉、幻想式的思维的区别"[⑤]。剧中,叶芝将智叟与愚公置于鲜明对比中,呈现了唯理性主义与直觉主义的对立,愚公的最终胜利表明叶芝对直觉主义与非理性主义的推崇以及对唯理性主义、怀疑主义的批判。

[①] 傅浩. 叶芝. 成都:四川人民出版社,1999:24.

[②] Potter, Robert. *The English Morality Play: Origins, History and Influence of a Dramatic Tradition*. London and Boston: Routledge & Kegan Paul, 1975: 228.

[③] 马慧. 叶芝戏剧文学研究. 北京:人民出版社,2017:58.

[④] 叶芝. 叶芝文集(卷三):随时间而来的智慧:书信·随笔·文论. 王家新,编选. 北京:东方出版社,1996:206.

[⑤] Yeats, W. B. *Later Articles and Reviews*. Johnson, Colton(ed.). New York: Scribner, 2000: 83.

第五章 20世纪现代剧作家与中世纪道德剧

戏剧开场,愚公向智叟讨要便士之前描述了一些堕落和娱乐的场景,说过这样一句话:"当我问是什么不幸带来了这些变化时,他们说这不是不幸,而是他们从你的教导中学到的智慧。"① 使他们变得懒惰、堕落的正是唯理性主义。智叟让愚公找自己的妻子要食物,但没有施舍便士,愚公就说:"可吃的吃了便没有了。我要的是便士,藏在袋儿里。待到太阳光微弱时,我好向铺子里买腌肉,向市场上买干果,向市头买酒。"(《沙漏》:135)这段话暗示着直觉知识能够产生无数可能性,更具有价值,而理性知识只能解决一时的问题。智叟代表着伴随着唯理性主义出现的怀疑主义。在与天使的对话中,他承认了自己的怀疑主义:"我果然否认一切,并且教人否认。我除却我感觉到的,没有一事相信的。"(《沙漏》:138)智叟在慌忙找寻信仰上帝之人而不得时又说"只有那些有理性的才有疑心"(《沙漏》:144)。智叟深受奥古斯特·孔德(Auguste Comte)、赫伯特·斯宾塞(Herbert Spencer)等人实证主义哲学的影响,只相信看得见、摸得着的东西。然而,天使的出现彻底打破了他以往信奉的教义,他随后所做的努力也几乎付之东流,这表明了理性与科学最终败给了精神信仰。"叶芝倾向于将理性和物质主义相联系,因为理性是建立在经验唯物主义之上的。西方近代史显示出理性并未拯救人类,而是使物质主义盛行。叶芝重精神轻物质,这更使得他对理性的作用持怀疑的态度,认为世上最神秘的事物乃是最真实的。"② 智叟宣扬的科学知识并没有使学生们形成自己的思想与信仰;他们只是被动的接受者,甚至在老师要求他们承认信仰的时候依旧不敢说出自己真实的想法,因为他们的老师拥有话语权力。

叶芝通过这个故事思考了唯理性主义与怀疑主义的功用问题,强调了智叟代表的实证主义哲学并不能解决生活中的所有问题,相反,很多问题需要换一种方式去思考,即用神秘主义的观念去看待生活和事物,运用想象与直觉的能力建立信仰,从而到达精神世界的自由。叶芝创造了一种美学、伦理和宗教的统一,一种对存在整体性的看法。但与威廉·詹姆斯(William James)和艾尔弗雷德·怀特黑德(Alfred Whitehead)不同的是,"他固执地摒弃了自然科学中不可

---

① Yeats, W. B. *The Hour-Glass*: A Morality. *The North American Review*, 1903, 177(562): 446.
② 刘立辉. 叶芝象征主义戏剧的伦理理想. 外国文学研究, 2005(2): 70.

简化和顽固的事实,而支持自己独立的主观性。他知道事实可能是伪造的,科学也缺乏基础,但他用自己心灵的理想化力量消解了一切"①。叶芝的思想与弗洛伊德(Freud)、尼采(Nietzsche)和亨利·柏格森(Henri Bergson)等人的非理性思想具有相似之处,后者身处思潮涌动的19世纪末期,在"上帝死了"引发的精神危机下见识到了长期居于西方哲学主导地位的理性主义所带来的弊端,19世纪下半叶非理性主义便逐渐成为西方哲学的发展主流。

在非理性主义思潮下,"叶芝对宗教神秘经验的热忱关注是有其伦理目的的,他试图用宗教来规范人们的伦理道德行为"②。叶芝创作的爱尔兰戏剧不仅充满了神秘氛围,也寄托了作者鲜明的道德伦理诉求。李·奥瑟(Lee Oser)将"现代主义道德工程"定义为通过艺术改变人性的工作③。现代主义虽然注重对科学技术的兴趣,但20世纪初的公众已经开始慢慢厌倦现实主义,转向对新奇事物的发掘与创新。普尔尝试用旧的戏剧形式上演《每个人》,并通过这种戏剧形式帮助解决现代社会的道德问题。后维多利亚时代的社会阶级矛盾冲突升级,工人阶级处于焦躁不安的状态,公众对人人平等、社会和谐的需求达到最高值。道德剧的复演面向所有人而不仅仅是知识精英,恰好满足了公众的道德需求。现代主义作家在改善人性的目标上是团结一致的,对物质现实的失望和对科学理性的质疑迫使现代主义作家思考通往精神天堂的新路径。生活、艺术与宗教应该是和谐统一而不是相互对立的状态,叶芝的《沙漏》通过讲述一个救赎的故事提醒人们只要做出正确的道德选择,每个人都有获得幸福的权利。他将精神世界诉诸物质世界之上,将戏剧看成提升人类灵魂的神秘仪式,试图用自己独特的宗教信仰规范人们的道德行为,洗涤被世俗污染的灵魂。

---

① Oser, Lee. *The Ethics of Modernism: Moral Ideas in Yeats, Eliot, Joyce, Woolf and Beckett*. Cambridge:Cambridge University Press,2007:43.
② 刘立辉. 叶芝象征主义戏剧的伦理理想. 外国文学研究,2005(2):71.
③ Oser, Lee. *The Ethics of Modernism: Moral Ideas in Yeats, Eliot, Joyce, Woolf and Beckett*. Cambridge:Cambridge University Press,2007:120.

第二节　T. S. 艾略特与道德剧

　　长久以来，T. S. 艾略特的诗歌作品受到了国内外学者的广泛研究，主要以《荒原》(*The Waste Land*)、《四个四重奏》(*Four Quartets*)为代表。但需要注意的是，除诗歌外，艾略特还积极投身于诗剧创作。1934年，艾略特受命为坎特伯雷艺术节创作了《大教堂凶杀案》，这是艾略特五部诗剧中的第一部，1935年6月首演后取得了意料之外的成功，在20世纪英国诗剧中占据着重要地位。

　　《大教堂凶杀案》取材自12世纪坎特伯雷大主教托马斯·贝克特(Thomas Becket)受难成仁的历史事件，该事件反映了当时教权与皇权之间的尖锐冲突。这场冲突导致贝克特于1170年12月29日殉难，并引发了英国最重要的圣徒崇拜，贝克特也因此成为中世纪最受欢迎的圣徒之一。但艾略特在剧作中对这一历史背景鲜少提及，20世纪观众仅可凭借留存的集体共同记忆来理解该剧。讲述历史并非艾略特的主要目的，可以说在该剧中，他将该事件的历史元素减少到了最低，更多地去强调殉道在当代的精神意义。为了表现殉道的主题，该剧沿袭了古老的英国道德剧的模式。该剧是一部诱惑的戏剧，就像许多道德剧一样，戏剧塑造了善与恶之间的斗争冲突。

一、T. S. 艾略特的戏剧艺术创新与道德剧

　　自从他的第一首诗作《阿尔弗瑞德·普鲁弗洛克的情歌》(The Love Song of J. Alfred Prufrock, 1915)问世以来，艾略特一直积极致力于现代艺术的创新，他的"声誉最初是建立在他的诗歌所采用的一系列破坏性策略之上的，这些策略使得人们很难理解或欣赏。他与埃兹拉·庞德(Ezra Pound)后来一起被称为自由诗的早期实践者之一。自由诗通过将诗意与韵律的技巧割裂，大大削弱了诗歌作为一种独特艺术形式的可理解性"[①]。然而，除了这些破坏已有语言模式的策略外，艾略特还探索了使艺术形式更为宏大的手段。最熟悉的例子是艾

---

① Wilson, James M. The Formal and Moral Challenges of T. S. Eliot's *Murder in the Cathedral*. Logos: *A Journal of Catholic Thought and Culture*, 2016, 19(1): 172.

略特在《荒原》的写作中使用了他自称的"神话方法"(mythical method)，即以古代神话作为当代叙事的模型，这是"一种控制、一种秩序，为当代无价值和无秩序状态的历史赋予形状和意义的方式"①。

据詹姆斯·马修·威尔森(James Matthew Wilson)所言，如果说"神话方法"是艾略特最为著名的形式原则，那么与此同时，他在日后的戏剧创作中尝试寻找另一种艺术创新的方式。这一时期，詹姆斯·弗雷泽(James Frazer)、尼采、吉尔伯特·默里(Gilbert Murray)、弗朗西斯·麦克唐纳·康福德(Francis MacDonald Cornford)等著名理论家经常讨论宗教仪式与戏剧起源的相互关联，尼采还在《悲剧的诞生》(*The Birth of Tragedy*)这本小册子中主张建立文化秩序、公共悲剧艺术和宗教仪式之间的基本联系②。受此影响，艾略特在撰写《尤利西斯、秩序与神话》(*Ulysses, Order, and Myth*)的同年就开始发表散文和评论，探讨戏剧的起源和性质。《大教堂凶杀案》可以说是艾略特为这一主张所做的一次勇敢尝试。

艾略特模仿约翰·德莱顿(John Dryden)的《戏剧诗歌随笔》(*An Essay of Dramatic Poesy*)的形式，创作了《戏剧诗歌对话》(*A Dialogue on Dramatic Poetry*, 1928)，借其中的一个发言者"E"之口论述了戏剧与宗教仪式之间的关系：

> 我认为，圆满、完美和理想的戏剧可以在弥撒仪式中找到。我认为……那部戏剧源于宗教仪式。……但是，当戏剧的范围扩大到我们今天的生活时，回归宗教仪式难道不是唯一的解决办法吗？我现在发现的唯一戏剧性的满足感存在于高质量表演中。……事实上，如果你考虑一年中教会的仪式，你就会看到完整的戏剧。弥撒是一部小剧，有戏剧的全部创作原则。③

---

① Eliot, T. S. *The Complete Prose of T. S. Eliot* (Volume 2): *The Perfect Critic, 1919—1926*. Cuda, Anthony & Schuchard, Ronald (eds.). Baltimore: Johns Hopkins University Press, 2014: 478-479.
② Eliot, T. S. *Selected Essays*. London: Faber and Faber, 1963: 49.
③ Eliot, T. S. *Selected Essays*. London: Faber and Faber, 1963: 47.

与这段话相呼应,《大教堂凶杀案》就是一部具有特定仪式节奏的戏剧：圣诞弥撒上的布道；一系列庆祝教会年的赞美歌，这是为贝克特本人的节日做准备；在贝克特被谋杀之前的《末日经》和最后结束这部戏剧的赞美歌。①

接着在1937年，艾略特在早期关于戏剧与仪式关系密切的观点之上提出了更为广泛的理论。他在《宗教戏剧：中世纪与现代》("Religious Drama: Mediaeval and Modern")的演讲中提出了当代宗教戏剧发展的纲领。艾略特将中世纪戏剧作为现代戏剧的典范和灵感，提倡一个广泛的原则："我们希望整个严肃戏剧都具有宗教背景，并以宗教原则为指导。"②他寻求戏剧和生活中宗教和世俗的重新融合，希望在理想情况下消除宗教戏剧和世俗戏剧之间的人为区分。艾略特认为：

> 我所反对的不仅仅是将宗教戏剧和世俗戏剧划分为完全各自独立的领域；我所提议的不仅仅是我们需要以几乎相同的精神去观看宗教戏剧或世俗戏剧。我反对一般生活的划分，反对我们宗教生活和日常生活之间的明显区分。③

他指出，"与其说是基督教信仰需要戏剧（因为它有传播福音的可能性），不如说戏剧需要基督教信仰。正如我要说的，我们需要的不是更多的宗教诗歌，而是诗歌中的更多宗教"④。戏剧本质上是一种公共艺术形式，通过这样的形式，艾略特希望表达对社会的关切，同时也描绘出对社会形态的美好希冀，他希望能追问出协调宗教权力与世俗权力、个人道德与宗教道德之间的方法。

---

① Robinson, James E. *Murder in the Cathedral* as Theatre of the Spirit. *Religion & Literature*, 1986, 18(2): 32.
② Eliot, T. S. Religious Drama: Mediaeval and Modern. *University of Edinburgh Journal*, 1937, 9(1): 11.
③ Eliot, T. S. *The Complete Prose of T. S. Eliot (Volume 5): Tradition and Orthodoxy, 1934—1939*. Javadi, Iman, Schuchard, Rohald & Stayer, Jayme(eds.). Baltimore: Johns Hopkins University Press, 2017: 710.
④ Eliot, T. S. Religious Drama: Mediaeval and Modern. *University of Edinburgh Journal*, 1937, 9(1): 10.

此外，艾略特对中世纪有着深刻的迷恋，这体现在他对赫伯特·格里尔森(Herbert Grierson)的《17世纪的形而上学抒情诗和诗歌》(*Metaphysical Lyrics and Poems of the Seventeenth Century*)的评论中。他争论说"感性的分离"(a dissociation of sensibility)在中世纪代表着欧洲意识的支离破碎，是社会精神凝聚力的对立面[①]。在《大教堂凶杀案》中，我们看到艾略特回到了中世纪以宗教为导向的社会中。正如他在《基督教与文化》(*Christianity and Culture*)一书中所说的："(我们需要的)不是恢复消失的文化，也不是在现代条件下复兴消失的文化，而是在古老的根源，即宗教传统上发展当代文化。"[②]艾略特的戏剧《大教堂凶杀案》以及其他作品的结构和主题，尤其是《荒原》和《四个四重奏》，均建立在这一理论基础之上。

二、作为道德剧的《大教堂凶杀案》

《大教堂凶杀案》的情节展现了贝克特在流亡法国七年后，回到英国光荣殉难的历史事件，戏剧的核心冲突是贝克特内心的挣扎。戏剧分为两部分，第一部分发生于大主教府邸，戏剧以合唱团的歌声开始，预示着即将到来的暴力事件。合唱团发表评论，在观众和角色行为之间建立了联系。四位诱劝者轮流登场，第一位诱劝者以人身安全相诱，第二位诱劝者以权力财富相诱，第三位提议与领主结盟抵抗国王，第四位则劝说他寻求殉道的荣耀，这也是他最大的弱点。第二部分发生于大主教府邸和大教堂，四位骑士听到国王谈到对贝克特的不满，认为这是杀死贝克特的命令。贝克特被带到大教堂，骑士闯入并杀死了他。戏剧结束时，骑士向观众发表讲话为他们的行为辩护。

从戏剧目的来看，《大教堂凶杀案》展示了一系列的布道仪式，具有传教的性质，与中世纪道德剧的目的相符。克里斯汀·理查森(Christine Richardson)和杰基·约翰斯顿(Jackie Johnston)认为，"任何道德剧背后的驱动力都是教导"，"道德剧作为现代评论家设计的一种类型，它似乎涵盖了那些通过使用拟人化的

---

① Eliot, T. S. *Selected Prose*. Kermode, Frank (ed.). New York: Farrar Strauss and Giroux, 1975: 266.
② Eliot, T. S. *Christianity and Culture*. London: Harcourt Brace and Company, 1939: 127.

戏剧角色以说教方式处理道德观念的戏剧"[①]。《大教堂凶杀案》体现的是一种虔诚的道德——从本质上讲,它是一种布道。布道是指传播宗旨和教义。该剧采用了基督教仪式的内容,并将观众纳入了敬拜仪式中。剧中,贝克特不仅向合唱队宣讲布道,还向戏剧观众宣讲,此外,四位骑士面向观众述说,这些进一步加深了台上、台下两个部分之间的亲密关系。不同于传统道德剧的道德说教,这部戏剧使观众加入布道仪式中,成为不自觉的参与者。布道的内容也不再是单纯的基督教教义,还融入了世俗道德。艾略特认为,一部好的宗教剧一定不能是纯宗教的。他反对宗教剧与世俗剧的严格区分,因为这意味着将宗教与世俗生活分割开来[②]。他认为一部好的宗教剧是将宗教剧与世俗剧相结合的戏剧。因此,即使该剧使用了宗教仪式,但它并未遵循古老的传统,而是将过去与现在进行了融合,所以它的"风格必须是中立的,既不拘泥于现在,也不拘泥于过去"[③]。艾略特反对世俗与宗教的严格划分,宗教剧的创作完全孤立于世俗生活是错误的。因此,他将宗教仪式在剧中进行了延伸,触及更为普遍的世俗生活。在剧中,贝克特成为热情和强大的宗教信徒,他将世俗的东西与禁欲主义的激情融为一体,在二者的对立统一中传达深层次的思考。

从戏剧形式上来看,本剧体现了道德剧的程式化特点。贝克特流亡后回到英国,之后来了四位诱劝者,前三位携物质和权力而来,皆铩羽而归。最后一位却成功动摇了他,他深深恐惧于自己会"为了错误的理由去做正确的事",最后成了为基督教献身的殉教者,此一系列动作正回应了道德剧的结构程式,即无罪—受引诱—堕落—忏悔—获救。此外,艾略特还加入了古希腊戏剧的合唱队,这一形式巧妙地融合在了布道的仪式中。合唱队作为底层民众的代言人,同时也承担了预言者的角色,带来了古希腊戏剧深沉的命运感。

从戏剧手法上看,艾略特借鉴了英国中世纪道德剧人物设置的寓意手法。剧中,贝克特化身为一个为基督教献身的殉道者。在诗剧的第一部分,与国王亨

[①] Richardson, Christine & Johnston, Jackie. *Medieval Drama*. New York: St Martin's, 1991: 97-98.

[②] Eliot, T. S. *The Complete prose of T. S. Eliot (Volume 5): Tradition and Orthodoxy, 1934—1939*. Javadi, Iman, Schuchard, Ronald & Stayer, Jayme (eds.) Baltimore: Johns Hopkins UP, 2017: 524.

[③] Eliot, T. S. *On Poetry and Poets*. London: Faber and Faber, 1957: 79.

利二世失和并流亡法国六年多的坎特伯雷大主教贝克特回到他的辖区,通过合唱队可得知,这一回归并非和平而欢愉的,而是危机四伏。贝克特刚到教堂,四位诱劝者便尾随而至。而四位诱劝者没有各自的名字,形象模糊不清,身份也未做明确的交代,因此,他们成为隐喻性人物。贝克特与诱劝者的对话构成了主要的信息来源,人物形象的模糊化、语言符号的指称性得到凸显。通过对话可知,前两位象征着欢愉和权力的诱惑,第三位鼓动他与贵族结盟,挑战王权,因此象征着人间的权力与财富的诱惑。前三位诱劝者或多或少与《马太福音》第 4 章 1—11 节中耶稣受到的诱惑相对应。最后一位未提及人间的诱惑,反而煽动贝克特的骄傲,鼓动他为基督殉道,死后便能在天上统领人间,由此可知,最后一位象征着人类的骄傲和野心。总体上看,前三者为物化和外化的引诱,而末者则代表精神上的挣扎。

  从情节发展来看,该剧也有一定的寓意性。由坎特伯雷的妇女组成的合唱队代表着底层人的信念与苦难,其态度的转变也体现了人们的信仰从无力自救的混沌步入光明至善的历程。当教士对贝克特的回归表示期待和欣喜时,合唱队却充满了对苦难的倾诉和悲观的预言,教士与合唱队构成了两种相反的戏剧情绪。面对贝克特的到来,合唱队表现出了变革来临时的恐惧,采取了在苦难中甘愿沉沦的姿态:"对于我们,穷苦的人,不会有行动,我们只会等待,只会见证。"[①](《大教堂》:6)随着戏剧情节逐步走向高潮,合唱队的思想在第二部发生转变,她们对苦难的感觉清晰了起来,意识到了自我精神世界的荒芜与濒危,最终成为寻求精神救赎的自觉战斗者:

> 现在只感到没着没落,闷闷不乐,备受屈辱,
> 顺从了自然的精神错觉,
> 服从了动物性的精神力量,
> 听凭主宰,由自我毁灭的欲念,
> 由最后那彻底的精神上的绝对死亡

---

① 艾略特. 大教堂凶杀案:艾略特文集·戏剧. 李文俊,袁伟,等译. 上海:上海译文出版社,2012:6. 后文所用该剧本引文均出自该书,不再另注,仅随文标明剧本简称《大教堂》和页码。

以及自我放纵与羞辱的最终狂喜,
哦,大主教大人,哦,托马斯大主教,原宥我们,
原谅我们,为我们祈祷以便让我们为您祈祷,
让我们脱离耻辱。(《大教堂》:48)

贝克特在剧中作为英雄形象出现,合唱队的态度与观点往往被贝克特的行动牵引,作为情绪的有力传达者,其与贝克特行为的联结尤为紧密,这也体现了世俗对贝克特的精神依赖,以及渴望获得其拯救的迫切性。

三、《大教堂凶杀案》中的道德冲突

对于现代观众来说,中世纪道德剧乍一看似乎与当下的时代有些距离,因为它们更加关注普遍和永恒的事物。这显然是对中世纪道德剧的误解。道德剧作家不仅仅是既定秩序的辩护者,他们还展示了对当时社会场景中各种观念的看法,并且他们不惧怕就当时的问题疾呼[①]。面对现代社会支离破碎的信仰,艾略特发现了中世纪道德剧中道德信仰的强大凝聚力,这也是《大教堂凶杀案》能够带来强烈反响的原因,它承载了艾略特对时代问题的思考。

《大教堂凶杀案》首先表现了个体道德与基督教道德的冲突。"上帝死了",众神出走,公共信仰成为不可赎回的失地。面对信仰危机,艾略特展现了悲天悯人的情怀,矛头直指人类精神的"荒原",也努力去填补人类精神的空缺。剧中,贝克特首先迎接了三位诱劝者,第一位代表着个人尘世的友情与欢愉,第二位代表着放弃精神领袖的位置,成为世俗国家权力下维护统治秩序的官僚,第三位则是与贵族结盟来对抗独裁的君主制,这三者对贝克特来说是容易舍弃的,因为三者均不能让他的自我价值得到最大化的呈现。艾略特在这里似乎也暗示了这些并非时代所面临的最紧迫的危险。而第四位诱劝者则抓住了贝克特心灵上的脆弱点,直击其心灵深处。他鼓励贝克特殉道,并这样说道:

永久追随于上帝左右的荣耀,

[①] Richardson, Christine & Johnston, Jackie. *Medieval Drama*. New York: St Martin's Press, 1991: 139.

>又有什么能够与之相比?
>与天堂荣光的辉煌相比,
>什么样的尘世光辉,国王或是皇帝的,
>什么样的尘世高傲,还不都显得寒酸?
>寻求殉难之道吧,让你自己处于世间的
>最底层,那可是高高地在天上翱翔。(《大教堂》:27—28)

这无疑是在煽动他的野心。殉道这一行为最终所带来的后果往往不会受到个人动机的必然影响,无论个人动机为何,其结果是难以预料的。但贝克特所寻求的是殉道这一行为绝对意义上的纯净,当然也包括殉道的动机在内。贝克特意识到了来自欲望深处的危险,声称不能"为了错误的理由去做正确的事情"(《大教堂》:32)。对于殉道,贝克特是这样说的:

>一次殉道,永远都是按照神的安排而形成的,是为了表示他对人们的爱,警告他们,引导他们,带领他们走回到他的路。一次殉道从来都不是人的谋划的结果;因为真正的殉道者是神的工具,他将自己的意志融入了神的意志,殉道者已不再有为自己的任何欲念,连当殉道者的荣耀的欲念都不再有。(《大教堂》:32)

殉道是上帝意志的体现,而并非来自个人欲望的驱使。个人欲望是个体道德的体现,而这与基督教道德发生了冲突。殉道一旦由个人欲望推动,便违背了上帝的旨意,使殉道这一行为沾染上了不洁。贝克特于是坚持自我意志的净化,让个人道德为基督教道德献祭,将他的意志浸没在上帝的旨意中,来成全后者的神圣性。

艾略特敏锐地嗅到了现代西方社会的精神危机,个人道德已经逐渐逼退公共道德边界,使其不断萎缩。他将世界想象成一片精神贫瘠的荒地。在这种情形下,人们似乎失去了信仰,全神贯注于商业和物质事务,以至于忘记了上帝和宗教。艾略特觉察到了这一"错误的理由"所带来的危险,他在一篇文章中攻击了这样一种观念——最好的自我不仅能够以某种方式取代国家和教会的权威,

第五章　20 世纪现代剧作家与中世纪道德剧

而且可以取代建立在对上帝的爱和敬畏之上的整个道德结构。这是一个所有公共道德权威都在萎缩的时代，因为我们不懈地追求解决关于个人良善的本质问题，大多数人所知道的最接近道德的东西，便是最好的自我，这是一种内部审视①。但是艾略特认为，个人道德并不能取代上帝的旨意，"人之所以为人，是因为他能认识超自然的现实，而不是因为他能发明它们。要么人的一切都可以追溯到下面（尘世）的发展，要么某些东西必须来自上面（上帝）。你必须要么是自然主义者，要么是超自然主义者，这样的选择是人类无法避免的困境"②。在个体价值多元化的当下，个体道德呈现差异化的特点，道德往往通过个体的内部审视获得，这会带来公共道德的萎缩，因此，对艾略特来说，真正完善的道德并非来自人类的内心深处，而是来自上帝。他主张消灭自我意志，将个体精神世界全部交给上帝。剧中贝克特经历了两次死亡，第一次是他克服了来自内心深处的欲望，杀死自我意志，第二次是被骑士杀死，将肉体献祭，他通过意志的净化和灵魂剥离肉体来完成神圣的殉道。

戏剧还指出了国家道德与基督教道德在西方民族国家统治中的冲突。戏剧在最后采取了新的形式，四位骑士以政治演说的方式直接面向观众，实际上是为了使观众接受以现代国家为核心的道德，这本质上同样是一种布道。他们的言辞充满了政治雄辩的说服力。"骑士三"强调他们杀死贝克特并非出于个人利益，他们只是在完成自己的"任务"，即国王的指令，但又提到国王"从来都无意让这样的事情发生"，这让人不得不怀疑他们话语的真实性，他们或许是为了在国王面前立功，从而选择去解决国王的"心头之患"。"骑士二"则直接指责贝克特不服从国王指令、辞去枢密官的职务，他认为"存在一种比国王的秩序更高一等的秩序……并且认为——理由只有上帝知道——这两种秩序是无法并存的"（《大教堂》：58），骑士的话意味着贝克特是一个反对国王统治的"叛国者"。在这里，艾略特将观众纳入戏剧表演中，使其成为沉默的参与者，"到目前为止，我知道列位对我的看法是赞许的，这从列位的面部表情上可以看出来"（《大教堂》：

---

① Eliot, T. S. *After Strange Gods: A Primer in Modern Heresy*. New York: Harcourt Brace and Company, 1934: 12; Eliot, T. S. *Christianity and Culture*. San Diego: Harcourt Brace and Company, 1976: 43.

② Eliot, T. S. *Selected Essays*. London: Faber and Faber, 1963: 397.

59）。骑士寻求观众的支持，并对结果充满自信，这反映出骑士话语中所体现的国家道德往往是得到个体认可的。剧中，贝克特坚持以基督教道德作为最高的统治力量，拒绝服从于世俗国家统治，这对于不愿意"行动"的普通民众来说意味着打破"稳定"，正如坎特伯雷妇女组成的合唱队所唱的那样："对于我们，穷苦的人，不会有行动，我们只会等待，只会见证。"因而从国家道德的角度，贝克特在挑战已有的国家权力机器。

毫无疑问，文明秩序显然是有益的，在看到人类贪婪、脆弱和残忍的每一个例子之后，我们都呼吁更加集中的行政管理和更高层次的官僚权力，以保障我们生活的安全、高效和稳定。但是艾略特发现，欧洲大陆上出现了极权主义势力。他在《大教堂凶杀案》上演的同年发表了一篇文章，该文章表面上处理"宗教与文学"的关系，实际上提出了一个晦涩的、也许出人意料的观点。他观察到，西方社会的道德很容易被文学改变，当一个社会的共同道德准则"脱离了它的神学背景"，并因此越来越成为一种习惯时，就会受到偏见和变化的影响。[①] 在这样一种自由漂浮的状态下，文学可以改变道德，而道德又以无舵和不确定的方式改变文学。艾略特暗示，自由主义社会中的道德是虚浮而没有根基的，它并不能证明自己的优越性，而只是证明自己不会受到任何超越自身的严肃原则的束缚。可以说，在自由主义社会中，对于自我的制约没有一成不变的标准。针对这一点，艾略特提出建立基督教道德的统治地位，作为整个社会道德的最高准则，他希望重塑中世纪强大的精神凝聚力，在那里，最高的真实是善。艾略特希望通过构建基督教社会来填补人类信仰的空洞，他在《基督教与文化》一书中表达了对基督教社会的理解：

> 对于基督教社会这个概念，我们既可以接受，也可以不接受。但是，只要我们准备接受，就必须对基督教怀有比平时怀有的大得多的理智上的尊重，必须把它看成对个人来说基本上是一个思想上的而非感情上的东西……因为基督教社会只是指，我们拥有这么一个社会，其中谁也不会因为

[①] Eliot, T. S. *The Complete prose of T. S. Eliot* (Volume 5): *Tradition and Orthodoxy*, 1934—1939. Javadi, Iman, Schuchard, Ronald & Stayer, Jayme (eds.). Baltimore: Johns Hopkins University Press, 2017: 218.

正式公开信奉基督教而遭受惩罚;然而,我们却掩盖了对我们自己赖以生存的真实价值的不愉快的认识。更有甚者,我们还掩盖了我们的社会与那些我们所憎恶的社会的相似之处。①

可见,这里的基督教社会并非披着宗教外衣的极端民族主义,而更多是一种理想的集体生活方式。艾略特也力求发挥戏剧的公共性作用,唤醒人们遥远的、逐渐消遁的集体精神认同,来努力构建基督教社会。贝克特殉道并非其传教的结束,民众的觉醒方才赋予殉道实质的价值。而民众的醒悟是贝克特殉道仪式的最后一环,同时又是艾略特意图构建的基督教社会的第一步。他反对西方"自由主义"社会的妄自尊大,希望通过唤醒西方社会的精神活力来解决其内部矛盾,这虽然呈现出保守主义的倾向,但仍能带给我们很多启迪。

---

① 艾略特. 基督教与文化. 杨民生,陈常锦,译. 成都:四川人民出版社,1989:4.

参考文献

阿部谨也. 中世纪星空下. 李玉满,陈娴若,译. 北京:生活·读书·新知三联书店,2011.

阿尼克斯特. 莎士比亚的创作. 徐克勤,译. 济南:山东教育出版社,1985.

艾略特. 基督教与文化. 杨民生,陈常锦,译. 成都:四川人民出版社,1989.

艾略特. 大教堂凶杀案:艾略特文集·戏剧. 李文俊,袁伟,等译. 上海:上海译文出版社,2012.

奥古斯丁. 恩典与自由:奥古斯丁人论经典二篇. 奥古斯丁著作翻译小组,译. 南昌:江西人民出版社,2008.

奥古斯丁. 论自由意志:奥古斯丁对话录二篇. 成官泯,译. 上海:上海人民出版社,2010.

奥古斯丁. 上帝之城. 王晓朝,译. 北京:人民出版社,2006.

贝特,拉斯马森. 莎士比亚全集(英文版). 北京:外语教学与研究出版社,2008.

伯克. 文艺复兴时期的历史意识. 杨贤宗,高细媛,译. 上海:上海三联书店,2017.

伯罗. 中世纪作家和作品:中古英语文学及其背景(1100—1500). 沈弘,译. 北京:北京大学出版社,2007.

布克哈特. 意大利文艺复兴时期的文化. 何新,译. 北京:商务印书馆,1979.

布雷德利. 莎士比亚悲剧. 张国强,朱涌协,周祖炎,译. 上海:上海译文出版社,1992.

布洛克. 西方人文主义传统. 董乐山,译. 北京:生活·读书·新知三联书店,1997.

蔡骐. 英国宗教改革研究. 长沙:湖南师范大学出版社,1997.

常远佳. 恶棍英雄:马洛的新型悲剧英雄. 长沙:湖南师范大学博士学位论文,2014.

常远佳. 哪种"恶棍"式主角更具悲剧意义?:塞内加与马洛悲剧之比较. 西安外国语大学学报,2020(4):117-121.

陈才宇. 古英语与中古英语文学通论. 北京:商务印书馆,2007.

成立. 莎士比亚传奇剧情节结构探析. 西华师范大学学报(哲学社会科学版),2009(5):23-27.

邓亚雄. 追求知识神话的终结者:评马洛的戏剧人物浮士德. 外国文学评论,2005(4):121-132.

蒂利亚德. 莎士比亚的历史剧. 牟芳芳,译. 北京:华夏出版社,2016.

蒂利亚德. 伊丽莎白时代的世界图景. 裴云,译. 北京:华夏出版社,2020.

杜丽燕. 爱的福音:中世纪基督教人道主义. 北京:华夏出版社,2005.

冯伟. 从"帖木儿现象"谈起:论克里斯托弗·马洛对中世纪英国戏剧的扬弃. 解放军外国语学院学报,2010(3):111-115.

傅浩. 叶芝. 成都:四川人民出版社,1999.

傅浩. 叶芝的象征主义. 国外文学,1999(3):42-50.

傅浩. 叶芝的神秘哲学及其对文学创作的影响. 外国文学评论,2000(2):14-24.

弗莱. 伟大的代码:圣经与文学. 郝振益,等译. 北京:北京大学出版社,1997.

弗莱. 批评的剖析. 陈慧,等译. 天津:百花文艺出版社,1998.

弗莱,等. 喜剧:春天的神话. 傅正明,程朝翔,等译. 北京:中国戏剧出版社,2006.

格林布拉特. 俗世威尔:莎士比亚新传. 辜正坤,邵雪萍,刘昊,译. 北京:北京大学出版社,2007.

龚蓉. "作为历史研究的文学研究":修正主义、后修正主义与莎士比亚历史剧. 外国文学评论,2017(3):190-226.

郭晓霞. 道德剧与英国中世纪后期的伦理寻求. 解放军外国语学院学报,2017(4):139-146.

郭晓霞. "这个新发现的大陆叫亚美利加"——《四种元素》中的美洲想象与帝国欲望. 国外文学,2019(1):90-98.

郭晓霞. 约翰·贝尔《约翰王》中的政治愿景. 国外文学,2021(2):116-125.

郭晓霞. 英国中世纪戏剧流变研究(5—15世纪). 北京:中国社会科学出版社,2022.

海涅. 莎士比亚笔下的女角. 温健,译. 上海:上海译文出版社,1981.

赫勒. 脱节的时代:作为历史哲人的莎士比亚. 吴亚蓉,译. 北京:华夏出版社,2020.

何其莘. 英国戏剧史. 南京:译林出版社,2008.

黑格尔. 历史哲学. 王造时,译. 北京:生活·读书·新知三联书店,1956.

黑格尔. 美学(第一卷). 朱光潜,译. 北京:商务印书馆,1996.

吉本. 罗马帝国衰亡史(上). 黄宜思,黄雨石,译. 北京:商务印书馆,1997.

吉林厄姆,格里菲思. 日不落帝国兴衰史:中世纪英国. 沈弘,译. 北京:外语教学与研究出版社,2013.

加德纳. 宗教与文学. 沈弘,江先春,译. 成都:四川人民出版社,1989.

姜德福. 论都铎王权与贵族. 东北师大学报(哲学社会科学版),2005(2):21-28.

金丽. 圣经与西方文学. 北京:民族出版社,2007.

坎托. 李尔王:智慧与权力的悲剧性分裂. 黄兰花,译. 跨文化研究,2019(1):62-78+258.

李赋宁,何其莘. 英国中古时期文学史. 北京:外语教学与研究出版社,2005.

李若庸. 亨利八世之离婚宣传战:《真相的镜子》的出版与官方宣传机制的成形. 成大西洋史集刊,2004(12):55-90.

李若庸. 编造王权:亨利八世政府对君王典故的新历史解释. 台大文史哲学报,2008(68):169-202.

李伟昉.《泰特斯·安德罗尼克斯》:素材来源与推陈出新. 郑州大学学报(哲学社会科学版),2021(3):93-100.

梁实秋. 英国文学史(第一卷). 台北:协志工业丛书出版股份有限公司,1985.

刘城. 中世纪西欧基督教文化环境中"人"的生存状态研究. 北京:北京师范大学出版社,2012.

刘建军. 欧洲中世纪文学论稿(从公元5世纪到13世纪末). 北京:中华书局,2010.

刘立辉. 叶芝象征主义戏剧的伦理理想. 外国文学研究,2005(2):66-73.

刘小枫. 沉重的肉身:现代性伦理的叙事纬语. 上海:上海人民出版社,1999.

刘小枫,陈少明. 莎士比亚笔下的王者. 北京:华夏出版社,2007.

刘新成. 英国议会研究:1485—1603. 北京:人民出版社,2016.

娄林. 莎士比亚的"战争论":以《李尔王》为例. 江汉论坛,2018(9):68-72.

陆扬. 欧洲中世纪诗学. 上海:上海社会科学院出版社,2000.

路易斯. 被弃的意象:中世纪与文艺复兴文学入门. 叶丽贤,译. 北京:东方出版社,2019.

马衡. 中世纪英语道德剧死亡观的圣经渊源. 圣经文学研究,2014(2):54-65.

马慧. 叶芝戏剧文学研究. 北京:人民出版社,2017.

马洛. 马洛戏剧全集. 华明,译. 北京:商务印书馆,2020.

茅盾. 茅盾译文全集(第6卷 剧本一集). 北京:知识产权出版社,2012.

孟宪强. 中国莎学年鉴(1994). 长春:东北师范大学出版社,1995.

摩根. 牛津英国通史. 王觉非,等译. 北京:商务印书馆,1993.

莫里斯. 约翰王:背叛、暴政与《大宪章》之路. 康睿超,谢桥,译. 北京:中信出版社,2017.

培根. 培根随笔集. 蒲隆,译. 上海:上海译文出版社,2012.

彭磊. 莎士比亚戏剧与政治哲学. 马涛红,等译. 北京:华夏出版社,2011.

钱乘旦. 英国通史·第三卷:铸造国家:16—17世纪英国. 南京:江苏人民出版社,2016.

秦露. 《理查二世》:新亚当与第二乐园的重建. 国外文学,2007(1):79-87.

丘吉尔. 英语民族史·卷二:新世界. 李超,胡家珍,译. 北京:新华出版社,2017.

莎士比亚. 莎士比亚全集:泰特斯·安庄尼克斯(第27册). 梁实秋,译. 北京:中国广播电视出版社,2001.

莎士比亚. 莎士比亚诗集. 辜正坤,曹明伦,译. 北京:外语教学与研究出版社,2016.

莎士比亚. 莎士比亚全集(三). 朱生豪,译. 南京:译林出版社,2016.

莎士比亚. 莎士比亚全集(四). 朱生豪,译. 南京:译林出版社,2016.

莎士比亚. 莎士比亚全集(五). 朱生豪,译. 南京:译林出版社,2016.

莎士比亚. 莎士比亚全集(六). 朱生豪,译. 南京:译林出版社,2016.

石敏敏. 古代晚期西方哲学的人论. 北京:中国社会科学出版社,2007.

斯特伦. 人与神:宗教生活的理解. 金泽,何其敏,译. 上海:上海人民出版社,1991.

宋宽锋,王瑞鸿. 感觉与理智之关系的希腊观念. 学术月刊,1999(4):51-56.

特拉斯勒. 剑桥插图英国戏剧史. 刘振前,李毅,译. 济南:山东画报出版社,2006.

田汉. 爱尔兰近代剧概论. 上海:上海东南书店,1929.

沃维尔. 死亡文化史:用插图诠释1300年以来死亡文化的历史. 高凌瀚,蔡锦涛,译. 北京:中国人民大学出版社,2004.

希伯伦. 文艺复兴时期文学的核心概念. 上海:上海外语教育出版社,2016.

锡德尼. 为诗辩护. 钱学熙,译. 北京:人民文学出版社,1964.

肖明翰. 英语文学传统之形成:中世纪英语文学研究(下册). 北京:社会科学文献出版社,2009.

肖明翰. 中世纪英语道德剧的成就. 解放军外国语学院学报,2011(1)84-90.

肖明翰. 英语文学中的寓意传统. 外国文学,2014(3):52-61.

肖四新. 论莎士比亚的人性观. 宁夏大学学报(人文社会科学版),2007(1):99-105.

谢志斌. 恩典、文化与发展:一种加尔文主义文化观的阐释. 世界宗教文化,2012(5):80-83.

雪莱. 基督教会史. 刘平,译. 北京:北京大学出版社,2004.

亚里士多德. 亚里士多德全集(第三卷). 苗力田,主编. 编译组成员,译.北京:中国人民大学出版社,1992.

亚历山大. 英国早期历史中的三次危机. 林达丰,译. 北京:北京大学出版社,2008.

鄢松波. 中世纪理智之争的根源及其内容. 哲学动态,2012(5):58-63.

杨慧林. 基督教的底色与文化延伸. 哈尔滨:黑龙江人民出版社,2002.

杨周翰. 莎士比亚评论汇编(上). 北京:中国社会科学出版社,1979.

杨周翰. 莎士比亚评论汇编(下). 北京：中国社会科学出版社,1981.

叶芝. 叶芝文集(卷三)：随时间而来的智慧：书信・随笔・文论. 王家新,编选. 北京：东方出版社,1996.

翟月琴. 探寻"理想的实在"：茅盾与叶芝戏剧的译介. 文化艺术研究,2019(4)：39-46.

张殿清. 英国都铎王朝宫廷建筑消费的一项实证考察：兼与 16 世纪中国比较. 历史教学(高校版),2007(12):44-48.

张殿清. 英国都铎宫廷炫耀式消费的政治意蕴. 史学集刊,2010(5):87-93.

张泗洋,徐斌,张晓阳. 莎士比亚引论(下). 北京：中国戏剧出版社,1989.

赵林. 中世纪基督教道德的蜕化. 宗教学研究,2000(4):70-76.

Adams, Barry B. (ed.). *John Bale's King Johan*. San Marino: The Huntington Library, 1969.

Alford, John A. "My Name is Worship": Masquerading Vice in Medwall's *Nature*. In Alford, John A. (ed.). *From Page to Performance: Essays in Early English Drama*. East Lansing: Michigan State University Press, 1995: 151-176.

Alison, Weir. *Henry VIII and His Court*. London: Jonathan Cape, 2001.

Allt, Peter. Yeats, Religion, and History. *The Sewanee Review*, 1952, 60(4): 624-658.

Altman, Joel. *The Tudor Play of Mind: Rhetorical Inquiry and the Development of Elizabethan Drama*. Berkeley: University of California Press, 1978.

Arkins, Brian. Heavy Seneca: His Influence on Shakespeare's Tragedies. *Classics Ireland*, 1995, 2: 1-16. https://doi.org/10.2307/25528274.

Axton, Richard (ed.). *Three Rastell Plays*. Cambridge: D. S. Brewer, 1979.

Baskervill, C. R. John Rastell's Dramatic Activities. *Modern Philology*, 1916, 13(9): 557-560.

Bates, Katharine L. *The English Religious Drama*. New York: Macmillan, 1893.

Beck, Ervin. Terence Improved: The Paradigm of the Prodigal Son in English

Renaissance Comedy. *Renaissance Drama*, 1973, 6: 107-122.

Bevington, David. *From Mankind to Marlowe: Growth of Structure in the Popular Drama of Tudor England*. Cambridge, MA: Harvard University Press, 1962.

Bevington, David. *Tudor Drama and Politics: A Critical Approach to Topical Meaning*. Cambridge, MA: Harvard University Press, 1968.

Bevington, David(ed.). *Medieval Drama*. Cambridge: Hackett Publishing Company, 2012.

Birringer, Johannes H. Marlowe's Violent Stage: "Mirrors" of Honor in *Tamburlaine*. *ELH*, 1984, 51(2): 219-239.

Bloom, Harold. *Shakespeare: The Invention of the Human*. New York: Penguin Putnam, 1998.

Boas, F. S. *An Introduction to Tudor Drama*. Oxford: Oxford University Press, 1950.

Borish, M. E. Source and Intention of the *Four Elements*. *Studies in Philology*, 1938, 35(2): 149-163.

Boyer, Clarence V. *The Villain as Hero in Elizabethan Tragedy*. London: George Routledge and Sons, 1914.

Brooks, Cleanth & Heilman, Robert B. *Understanding Drama: Twelve Plays*. New York: Holt, Rinehart and Winston, 1948.

Bullough, Geoffrey(ed.). *Narrative and Dramatic Source of Shakespeare (Volume Ⅶ)*. London: Routledge and Kegan Paul, 1966.

Bushnell, Rebecca. The Fall of Princes: The Classical and Medieval Roots of English Renaissance Tragedy. In Bushnell, Rebecca(ed.). *A Companion to Tragedy*. Malden: Blackwell Publishing, 2009: 289-306.

Byram-Wigfield, Ben(ed.). *The Play of Wit and Science by John Redford*. London: Ben Byram-Wigfield, 2004.

Campbell, Lily B. *Shakespeare's Tragic Heroes: Slaves of Passion*. New York: Cambridge University Press, 1930.

Campbell, Lily B. *Doctor Faustus*: A Case of Conscience. *PMLA*, 1952, 67(2): 219-239.

Campbell, Oscar J. The Salvation of Lear. *ELH*, 1948, 5(2): 93-109.

Cawley, A. C. (ed.). Everyman *and Medieval Miracle Plays*. London: J. M. Dent & Son, 1977.

Chambers, E. K. *The Mediaeval Stage (Volume I)*. Oxford: Oxford University Press, 1903.

Chambers, E. K. *The Mediaeval Stage (Volume II)*. Oxford: Oxford University Press, 1903.

Chambers, E. K. *The English Folk Play*. Oxford: Oxford University Press, 1933.

Coby, J. Patrick. *Thomas Cromwell: Machiavellian Statecraft and the English Reformation*. Lanham: Lexington Books, 2009.

Cole, Douglas. *Suffering and Evil in the Plays of Christopher Marlowe*. New York: Gordian Press, 1972.

Craig, Hardin. Morality Plays and Elizabethan Drama. *Shakespeare Quarterly*, 1950, 1(2): 64-72.

Craig, Hardin. *English Religious Drama of the Middle Ages*. Oxford: Clarendon Press, 1955.

Creeth, Edmud. *Tudor Plays: An Anthology of Early English Drama*. New York: Doubleday & Company, 1966.

Creeth, Edmund. *Mankynde in Shakespeare*. Athens: The University of Georgia Press, 1976.

Crupi, Charles W. Christian Doctrine in Henry Medwall's *Nature*. *Renascence*, 1982, 34(2): 100-112.

Cunliffe, John W. *The Influence of Seneca on Elizabethan Tragedy: An Essay*. New York: G. E. Stechert & Co., 1907.

Cunningham, Dolora G. *Macbeth*: The Tragedy of the Hardened Heart. *Shakespeare Quarterly*, 1963, 14(1): 39-47.

Daniell, Christopher. *Death and Burial in Medieval England (1066—*

1550). London and New York: Routledge, 1997.

Davenport, W. A. *Fifteenth-Century English Drama : The Early Moral Plays and Their Literary Relations*. Cambridge:D. S. Brewer, 1982.

Demers, Patricia. Christopher Marlowe and His Use of the Morality Tradition. Hamilton: McMaster University (Master Thesis), 1971.

Dessen, Alan C. *Shakespeare and the Late Moral Plays*. Lincoln and London: University of Nebraska Press, 1986.

Devereax, E. J. *A Bibliography of John Rastell*. Montreal & Kingston: McGill-Queen's University Press, 1999.

Dickens, A. G. *The English Reformation*. London: B. T. Batsford, 1964.

Dollimore, Jonathan. *Radical Tragedy : Religion, Ideology, Power in the Drama of Shakespeare and His Contemporaries*. 3rd ed. New York: Palgrave Macmillan, 2004.

Dowling, M. J. C. Scholarship, Politics and the Court of Henry Ⅷ. London: University of London (Doctoral Dissertation), 1981.

Dunlop, Fiona S. *The Late Medieval Interlude : The Drama of Youth and Aristocratic Masculinity*. York: York Medieval Press, 2007.

Eccles, Mark. *The Macro Plays* : The Castle of Perseverance, Wisdom, Mankind. London: Oxford University Press, 1969.

Eliot, T. S. *After Strange Gods : A Primer in Modern Heresy*. San Diego, New York, London: Harcourt Brace and Company, 1934.

Eliot, T. S. Religious Drama: Mediaeval and Modern. *University of Edinburgh Journal*, 1937, 9(1): 8-17.

Eliot, T. S. *Christianity and Culture*. San Diego, New York, London: Harcourt Brace and Company, 1939.

Eliot, T. S. *On Poetry and Poets*. London: Faber and Faber, 1957.

Eliot, T. S. *Selected Essays*. London: Faber and Faber, 1963.

Eliot, T. S. *Selected Prose*. Kermode, Frank(ed.). New York: Farrar Strauss and Giroux, 1975.

参考文献

Eliot, Valeri & Haughton, Hugh(eds.). *The Letters (Volume 2)*. London: Faber and Faber, 2009.

Eliot, T. S. *The Complete Prose of T. S. Eliot (Volume 2): The Perfect Critic, 1919—1926*. Cuda, Anthony & Schuchard, Ronald(eds.). Baltimore: Johns Hopkins University Press, 2014.

Eliot, T. S. *The Complete Prose of T. S. Eliot (Volume 5): Tradition and Orthodoxy, 1934—1939*. Javadi, Iman, Schuchard, Ronald & Stayer, Jayme(eds.). Baltimore: Johns Hopkins University Press, 2017.

Elton, G. R. *Reform and Reformation: England, 1509—1558*. Cambridge, MA: Harvard University Press, 1977.

Erickson, Carolly. *The Medieval Vision: Essays in History and Perception*. Oxford: Oxford Univesity Press, 1976.

Farnham, Willard. *The Medieval Heritage of Elizabethan Tragedy*. London: Lowe and Brydone, 1956.

Ferguson, Mary H. The Structure of the *Soul's Address to the Body* in Old English. *Journal of English and Germanic Philology*, 1970, 69(1): 72-80.

Fishman, Burton J. Pride and Ire: Theatrical Iconography in Preston's *Cambises*. *Studies in English Literature, 1500—1900*, 1976, 16(2): 201-211.

Gillingham, John. *Richard I*. New Haven: Yale University Press, 2002.

Grantley, Darryll. *English Dramatic Interludes 1300—1580: A Reference Guide*. Cambridge: Cambridge University Press, 2003.

Griffiths, Jane. *John Skelton and Poetic Authority: Defining the Liberty to Speak*. Oxford: Clarendon Press, 2006.

Griffiths, Jane. Lusty Juentus. In Betteridge, Thomas & Walke, Greg(eds.). *The Oxford Handbook of Tudor Drama*. Oxford: Oxford University Press, 2012.

Gunn, Stenven. *Henry VII's New Men and the Making of Tudor England*. Oxford: Oxford University Press, 2016.

Happé, Peter. Introduction. In Happé, Peter(ed.). *The Complete Plays of John Bale (Volume I)*. Cambridge: D. S. Brewer, 1985: 1-28.

Happé, Peter. *English Drama Before Shakespeare*. New York: Addison Wesley Longman, 1999.

Harris, John W. *Medieval Theatre in Context: An Introduction*. London and New York: Routledge, 1992.

Harris, William O. *Skelton's* Magnyfycence *and the Cardinal Virtue Tradition*. Chapel Hill: University of North Carolina Press, 1965.

Harvey, Nancy. The Morality Play and Tudor Tragedy: A Study of Certain Features of the Morality Play and Their Relationship to English Tragedy Through Marlowe. Raleigh: University of North Carolina at Chapel Hill (Doctoral Dissertation), 1969.

Hazlitt, W. Carew (ed.). *A Select Collection of Old English Plays (Volume 1)*. London: Reeves and Turner, 1874.

Hazlitt, W. Carew (ed.). *A Select Collection of Old English Plays (Volume 2)*. London: Reeves and Turner, 1874.

Hill, Eugene D. The Trinitarian Allegory of the Moral Play of *Wisdom*. *Modern Philogoly*, 1975, 73(2): 121-135.

Hill, Eugene D. The First Elizabethan Tragedy: A Contextual Reading of Cambises. *Studies in Philology*, 1992, 89(4): 404-433.

Hogan, Robert & O'neill, Micheal J. (eds.). *Joseph Holloway's Abbey Theatre: A Selection from His Unpublished Journal "Impressions of a Dublin Playgoer"*. Carbondale: South Illinois University Press, 1967.

Hogrefe, Pearl. *The Sir Thomas More Circle: A Program of Ideas and Their Impact on Secular Drama*. Chicago: The University of Chicago Press, 1959.

Hollister, C. Warren. King John and the Historian. *Journal of British Studies*, 1961, 1(1): 1-19. https://www.jstor.org/stable/175095.

Holt, J. C. Politics and Property in Early Medieval England. *Past and*

Present, 1972(57): 3-52.

Hopkins, Lisa. *Christopher Marlowe, Renaissance Dramatist*. Edinburgh: Edinburgh University Press, 2008.

Hume, David. *The History of England from the Invasion of Julius Caesar to the Revolution in 1688 (Volume Ⅰ)*. Indianapolis: Liberty Fund, 1983.

Johnston, Alexandra F. (ed.). *The Castle of Perseverance*: A Modernization, Based on an Acting Edition Prepared by David M. Parry. Toronto: University of Toronto (Doctoral Dissertation), 1985.

Kaula, David. Time and the Timeless in *Everyman* and *Dr. Faustus*. College English, 1960, 22(1): 9-14.

King, Pamela M. Morality Plays. In Beadle, Richard (ed.). *The Cambridge Companion to Medieval English Theatre*. Cambridge: Cambridge University Press, 1994: 240-264.

Klausner, David N. (ed.). *Two Moral Interludes*: The Pride of Life *and* Wisdom. Kalamazoo: Medieval Institute Publications, 2009.

Kolve, V. A. *The Play Called Corpus Christi*. Stanford: Stanford University Press, 1966.

Kolve, V. A. *Everyman* and the Parable of the Talents. In Taylor, Jerome & Nelson, Alan H. (eds.). *Medieval English Drama*. Chicago and London: University of Chicago Press, 1972: 316-340.

Lancashire, Ian. The Auspices of *The World and the Child*. Renaissance and Reformation, 1976, 12(2): 96-105.

Levin, Carole. A Good Price: King John and Early Tudor Propaganda. *The Sixteen Century Journal*, 1980, 11(4): 23-32.

Lilova, Olena. Manifestations of Folly in Henry Medwall's Morality Play *Nature*. Theta XI, *Théâtre Tudor*, 2013: 101-112. https://sceneeuropeenne.univ-tours.fr/sites/default/files/theta/pdf/THETA11-07-Lilova.pdf.

Lilova, Olena. The Value of Science in John Rastell's Play *Four Elements*, c. 1518. *Via Panorâmica*: Revista Electrónica de Estudos Anglo-Americanos/An Anglo-

American Studies Journal (Número Especial), 2014(3): 43-57.

MacCracken, Henry N. A Source of Mundus Et Infans. Publications of the Modern Language Association, 1908, 23(3): 486-496.

Mackenzie, William R. A Source for Medwall's *Nature*. *PMLA*, 1914, 29(2): 189-199.

Mackenzie, William R. *The English Moralities from the Point of View of Allegory*. Boston: Ginn and Company, 1914.

Mangan, Michael. 莎士比亚悲剧导读. 北京: 北京大学出版社, 2005.

Milward, Peter. *The Mediaeval Dimension in Shakespeare's Plays*. New York: The Edwin Mellen Press, 1990.

Nelson, William. *John Skelton, Laureate*. New York: Russell & Russell, 1964.

Norgate, Kate. *John Lackland*. New York: Macmillan, 1902.

Norland, Howard B. *Drama in Early Tudor Britain: 1485—1558*. Lincoln and London: University of Nebraska Press, 1995.

Normington, Katie. *Medieval English Drama: Performance and Spectatorship*. Cambridge: Polity Press, 2009.

Nunn, Hillary. "It lak'th but life": Redford's *Wit and Science*, Anne of Cleves, and the Politics of Interpretation. *Comparative Drama*, 1999, 33(2): 270-291.

Oser, Lee. *The Ethics of Modernism: Moral Ideas in Yeats, Eliot, Joyce, Woolf and Beckett*. Cambridge: Cambridge University Press, 2007.

Pafford, J. H. P. & Greg, W. W. (eds.). *King Johan by John Bale*. London: Malone Society Reprints, 1931.

Parr, Johnstone. John Rastell's Geographical Knowledge of America. *Philological Quarterly*, 1948, 26(1): 229.

Phillips, C. L. The Writing and Performance of *The Hour-Glass*. In Gould, Warwick (ed.). *Yeats Annual No. 5*. London: Palgrave Macmillan, 1987: 83-102.

Potter, Robert. *The Form and Concept of the English Morality Play*. Ann

Arbor: University Microfilms, 1965.

Potter, Robert. *The English Morality Play: Origins, History and Influence of a Dramatic Tradition*. London and Boston: Routledge & Kegan Paul, 1975.

Price, H. T. The Authorship of "Titus Andronicus". *The Journal English and Germanic Philology*, 1943, 42(1): 55-81.

Ramsay, Robert L. Intorduction. In Ramsay, Robert L. (ed.). *Magnyfycence: A Moral Play*. London: Kegan Paul, Trench, Trübener & Co., 1906: i-cxcvii.

Redworth, Glyn. A Study in the Formulation of Policy: the Genesis and Evolution of the Act of Six Articles. *The Journal of Ecclesiastical History*, 1986, 37(1): 42-67.

Reed, Arthur W. John Rastell, Printer, Lawyer, Venturer, Dramatist, and Controversialist. *The Library*, 1917, 15(1): 59-82.

Reed, Arthur W. John Rastell's Plays. *The Library*, 1919, s3-X(37): 1-17. https://doi.org/10.1093/library/s3-X.37.1.

Reed, Arthur W. John Rastell's Voyage in the Year 1517. *The Mariners Mirror*, 1923, 9(5): 137-147.

Relson, Alan H. (ed.). *The Plays of Henry Medwall*. Cambridge: D. S. Brewer, 1980.

Rex, Richard. *Henry Ⅷ and English Reformation*. New York: St. Martin's Press, 1993.

Ribner, Irving. *The English History Play in the Age of Shakespeare*. Princeton: Princeton University Press, 1957.

Richardson, Christine & Johnston, Jackie. *Medieval Drama*. New York: St. Martine's Press, 1991.

Riggs, David. Marlowe's Life. In Cheney, Patrick (ed.). *The Cambridge Companion to Christopher Marlowe*. Cambridge: Cambridge University Press, 2004: 24-40.

Robinson, James E. *Murder in the Cathedral* as Theatre of the Spirit.

Religion & Literature, 1986, 18(2): 31-45.

Scarisbrick, J. J. *Henry VIII*. London: Eyre & Spottiswoode, 1968.

Schell, Edgar T. & Shuchter, Irvine J. D. *English Morality Plays and Moral Interlude*. New York: Holt, Rinehart and Winston, 1969.

Schell, Edgar T. Scio Ergo Sum: The Structure of *Wit and Science*. *Studies in English Literature*, 1500—1900, 1976, 16(2): 179-199.

Schmitt, Natalie C. The Idea of a Person in Medieval Morality Plays. *Comparative Drama*, 1978, 12(1): 23-34.

Schwyzer, Philip. Paranoid History: John Bale's *King Johan*. In Betteridge, Thomas & Walker, Greg (eds.). *The Oxford Handbook of Tudor Drama*. Oxford: Oxford University Press, 2012: 1282-1319.

Scragg, Leah. Iago——Vice or Devil? *Shakespeare Survey*, 1968(21): 53-65.

Shelley, Elizabeth J. The Medieval Influences of Shakespeare's *Richard III*: Morality Plays, Miracle Plays, and The Chronicles. Allendale: Grand Valley State University (Master Thesis), 2007.

Smart, Walter K. Some Notes on *Mankind* (Concluded). *Modern Philology*, 1916, 14(5): 293-313.

Smart, Walter K. *Mankind* and the Mumming Plays. *Modern Language Notes*, 1917, 32(1): 21-25.

Southern, Richard. *The Medieval Theatre in the Round: A Study of the Staging of* the Castle of Perseverance *and Related Matters*. New York: Theatre Arts Book, 1975.

Spencer, Theodore. *Shakespeare and The Nature of Man*. New York: Macmillan, 1961.

Spivack, Bernard. Falstaff and The Psychomachia. *Shakespeare Quarterly*, 1957, 8(4): 449-459.

Spivack, Bernard. *Shakespeare and Allegory of Evil*. New York: Columbia University press, 1958.

Stock, Lorraine K. The Thematic and Structural Unity of *Mankind*. *Studies in Philology*, 1975, 72(4): 386-407.

Székely, Éva. Plays of a Spiritual Anguish: An Analysis of Three of W. B. Yeats's Most Representative Irish Plays. *Confluenţe: Texts and Contexts Reloaded*, 2016 (1): 56-73.

Thompson, Elbert N. S. *The English Moral Plays*. New Haven: Yale University Press, 1910.

Thompson, Elbert N. S. *The English Moral Plays*. Rep. of 1910 ed. New York: AMS Press, 1970.

Thomson, H. J. The Psychomachia of Prudentius. *The Classical Review*, 1930, 44(3): 109-112.

Tolkien, J. R. R., Gordon, E. V. & Davis, Norman(eds.). *Sir Gawain and the Green Knight*. Oxford: Oxford University Press, 1967.

Tuohy, Frank. *Yeats*. Dublin: Gill and Macmillan, 1976.

Tydeman, William. *The Theatre in the Middle Ages: Western European Stage Conditions, c. 800—1576*. Cambridge and New York: Cambridge University Press, 1979.

Tydeman, William. *English Medieval Theatre: 1400—1500*. London, Boston and Henley: Routledge & Kegan Paul, 1986.

Walker, Greg. *Plays of Persuasion: Drama and Polices at the Court of Henry VIII*. Cambridge: Cambridge University Press, 1991.

Walker, Greg. *John Skelton and the Politics of the 1520s*. Cambridge: Cambridge University Press, 1988.

Walker, Greg (ed.). *The Oxford Anthology of Tudor Drama*. Oxford: Oxford University Press, 2014.

Ward, Adolphus W. *A History of English Dramatic Literature to the Death of Queen Anne (Volume I)*. London: Macmillam Company, 1899.

Westfall, Suzanne R. *Patrons and Performance: Early Tudor Household Revels*. Oxford: Clarendon Press, 1990.

White, Paul W. *Theatre and Reformation: Protestantism, Patronage, and*

Playing in Tudor England. Cambridge: Cambridge University Press, 1993.

Wickham, Glynne (ed.). *English Moral Interludes*. London: J. M. Dent & Sons, 1976.

Williams, Arnold. *The Drama of Medieval England*. East Lansing: Michigan State University Press, 1961.

Wilson, F. P. & Hunter, G. K. *The English Drama: 1485—1585*. Oxford: Oxford University Press, 1969.

Wilson, James M. The Formal and Moral Challenges of T. S. Eliot's *Murder in the Cathedral*. Logos: *A Journal of Catholic Thought and Culture*, 2016, 19(1): 167-203.

Wilson, John D. *The Fortunes of Falstaff*. Cambridge: Cambridge University Press, 1961.

Wort, Oliver. *John Bale and Religious Conversion in Reformation English*. London: Pickering & Chatto, 2013.

Yeats, W. B. *The Hour-Glass: A Morality*. *The North American Review*, 1903, 177(562): 445-456.

Yeats, W. B. *Autobiographies*. New York: Macmillan, 1927.

Yeats, W. B. *The Collected Plays of W. B. Yeats*. New York: Macmillan, 1953.

Yeats, W. B. *Later Articles and Reviews*. Johnson, Colton(ed.). New York: Scribner, 2000.

后 记

与英国中世纪戏剧的结缘算来已经十年有余,其间随着认识的深入,断断续续有些思绪形诸笔端,幸得《文艺研究》《外国文学评论》《外国文学研究》《国外文学》《戏剧(中央戏剧学院学报)》《南大戏剧论丛》《解放军外国语学院学报》等不弃陋闻浅视,先后刊发拙见,遂完成两个与之相关的国家社科基金项目"英国中世纪戏剧流变研究(5—15世纪)""莎士比亚之前的英国都铎戏剧转型发展研究(1485—1590)"。回想当初,为了突破当时研究的困境,结合多年来跟随恩师梁工教授研习《圣经》文学的积累,偶然闯入英国中世纪戏剧的领地。闲逛了几年后,随着课题"英国中世纪戏剧流变研究(5—15世纪)"的完结,竟然发现这是一条坎坷但充满惊喜的学术道路。在席卷欧洲的文艺复兴思潮的影响下,中世纪的宗教剧岌岌可危,而另一场享誉世界的戏剧盛宴即将开启。难道曾经持续二百多年的宗教剧就这么悄然退场,人文主义大戏仅仅来自沉睡的古希腊酒神?为了搞清楚英国中世纪宗教剧到底如何灭亡的或者到底去了哪里,以及人文主义戏剧是如何形成的,另一个课题"莎士比亚之前的英国都铎戏剧转型发展研究(1485—1590)"应运而生。这个课题完成之后,我又产生了一个疑问——英国中世纪戏剧和文艺复兴戏剧之间既然不是截然的断裂,那么连接二者的桥梁究竟是什么呢?为了解决这个问题,我试图以英国中世纪戏剧中的一个戏剧类型为切入点,遂有了单独探讨英国中世纪道德剧的冲动,本书构思由此而来。

感谢我已经毕业和在读的硕士生、博士生。我给浙江师范大学人文学院比较文学与世界文学专业的研究生开设了"英国中世纪戏剧"和"英国早期现代戏剧"课程,至今已有五年。在课堂上我将自己课题研究的内容与他们分享,同时也鼓励他们将自己的想法写下来。在我的指导下,朱琰当年的硕士学位论文以英国中世纪道德剧为主题,目前正在围绕莎士比亚和道德剧的关系进一步创作博士学位论文。本书第三章第三节、第四章第二节分别以她的硕士论文和博士论文中的一部分作为初稿,经过我的修改、增补和润色而成。硕士生蒋庆梅创作了第四章第一节的初稿、余澳莲创作了第五章第一节的初稿、丁洋创作了第五章第二节的初稿,我在这些初稿的基础上遵照全书统一的宗旨进行了修订和润色,因此,这部分应该是我们一起合作完成的。博士生陈丽华对全书注释和参考文献的格式帮忙做了调整。她们为本书所做的贡献记在这里,作为我们师生情谊的见证。

  书虽完稿,但心中充满担忧。书中所论为一家之言,难免有不妥之处,同时错误与疏漏难免,请各位方家批评指正!

  最后,衷心感谢浙江大学出版社国际文化出版中心的包灵灵女士和仝林女士!她们为本书的编辑和出版尽心尽责、一丝不苟,精湛的专业素养和高度的职业精神让人敬仰!虽不曾谋面,但因书相知。感谢默默支持我的家人,他们是我工作和生活的动力!感谢浙江师范大学人文学院和人文社会科学处出版基金的资助!

  是为记!

郭晓霞
2023 年 12 月 19 日于美国堪萨斯大学